编辑委员会

探索与批评

第一辑

主编/王 欣 石 坚

四川大学出版社

项目策划：陈　蓉
责任编辑：陈　蓉
责任校对：黄蕴婷
封面设计：墨创文化
责任印制：王　炜

图书在版编目（CIP）数据

　　探索与批评：英、汉 / 王欣，石坚主编 . — 成都：
四川大学出版社，2019.11
　　ISBN 978-7-5690-3228-4

　　Ⅰ . ①探… Ⅱ . ①王… ②石… Ⅲ . ①外国文学－文
学研究－文集－英、汉 Ⅳ . ① I106-53

　　中国版本图书馆 CIP 数据核字（2019）第 274053 号

书名　　探索与批评
　　　　Tansuo yu Piping
_____

主　　编	王　欣　石　坚
出　　版	四川大学出版社
地　　址	成都市一环路南一段 24 号（610065）
发　　行	四川大学出版社
书　　号	ISBN 978-7-5690-3228-4
印前制作	四川胜翔数码印务设计有限公司
印　　刷	四川盛图彩色印刷有限公司
成品尺寸	170mm×240mm
插　　页	2
印　　张	12
字　　数	226 千字
版　　次	2019 年 12 月第 1 版
印　　次	2019 年 12 月第 1 次印刷
定　　价	48.00 元

_____

扫码加入读者圈

◆ 读者邮购本书，请与本社发行科联系。
　 电话：(028)85408408/(028)85401670/
　 (028)86408023　邮政编码：610065
◆ 本社图书如有印装质量问题，请寄回出版社调换。
◆ 网址：http://press.scu.edu.cn

四川大学出版社
微信公众号

目　录

文学跨学科研究专辑

书　评

Contents

General Narratology

Literary Genre Studies: Science Fiction

Critical Theory and Practice

Interdisciplinary Studies of Literature

Book Review

广义叙述学研究专辑 ● ● ● ● ●

虚构叙述交流中的"真知还原"

赵毅衡

摘　要：　"真知"是叙述交流的底线追求，对于虚构叙述也是如此。接受者需要从交流中找到"真"，才能继续这个交流活动。"真知还原"，就是接收者在理解活动中，用各种方式把虚构的虚假还原到"真知"状态，因为只有"真知"，才能填充驱动叙述的"认知差"。文本的不可靠，反而能促进还原，增加阅读观看的趣味。本文讨论了"真知还原"的四种大类，但是大部分读者对文本"信以为真"，落入"逼真性"陷阱，放弃了还原的权利。最重要的类型，是用还原"悬置"虚构，让虚构性保持距离后，内在故事可以还原为真。

关键词：真知还原　叙述交流　虚构性　认知差

"Veridiction-reduction" in Fictional Narrative Communication

Zhao Yiheng

Abstract: "Truth " is the thing that the receiver wants to get in any narrative communication, not less in fictional narratives. Only by finding something true could he continue the communication. " Veridiction-reduction " is what the receiver performs in understanding any narrative by reducing the fictionality to "true" conditions. For only with truth could he fill in the cognition gap that drives narration. There are, however, different types of truth-reductions. The unreliability of the text adds to the pleasure of understanding. A large number of audience, nevertheless, believe what the text says, falling into the trap of verisimilitude but giving up the right of reduction. The most important type is to epoche the fictional frame while performing the reduction within the fictionality. The fun of art is to play the tricks of truth-reduction against all odds so as to break the fictional shell.

Keywords: veridiction-reduction; narrative communication; fictionality; cognition gap

一、虚构叙述交流中的"真知底线"

所谓"真知还原",就是虚构叙述在传达中,在接受者的理解中,用各种方式把虚构的虚假,"还原"到"真知"状态,也就是接受者"信以为真",或"权且以假为真"。这种"真知化"效应,是叙述交流成功的前提。

问题听起来很抽象,本文的讨论也的确比较复杂。且让我们从《红楼梦》第十九回中的一段故事讲起。宝玉怕黛玉刚吃过饭睡出病来,想替黛玉解闷,就给黛玉讲了一个"扬州林子洞耗子弄腊八粥"的故事。黛玉知道宝玉向来喜欢杜撰故事,说到"扬州""林子洞"绝对是拿她打趣,不会有什么真话。但她仍对宝玉说:"你且说。"双方都知道故事是假的,双方仍然愿意一说一听,完成这个故事的讲述与传达。

为什么这男女打趣的故事值得一说呢?因为"真知性"是所有交流的底线条件。任何人没有理由听一段完全无真知成分的话。说话交流的根本出发点是"认知差",也就是信息发出者认为在某个事件上,他比信息接受者知道得多,而信息接受者觉得在这个问题上,他能听到一些真实的信息。当我们要向某个人或某些人说话时,我们必定是有某些东西要告诉对方,而要告诉对方的东西,必定是我们拥有的关于某事物或文本的认知。"我"要表达,是因为"我"感知到对方对此事物或此文本完全没有或没有足够的认知。"我"要表达并希望你接受,是为了填补我们之间这种假定的认知差。

此种认知差,是人际意义交流的启动力,意义交流是人变成社会人的根本动力。"我"看到有认知差,才有表达的欲望和需要。虽然这种认知差,只是发送者的主观假定,但是必须要有这个假定,才能开始讲述。穴居人在岩洞壁上画画,正是因为他觉得他了解狩猎的精彩场面,而其他人(包括后代)并不了解;电视台连线地震转播现场,记者急迫地说话,是因为他认为他在现场所目睹的局面，全国观众都不知道；开大会请某人做报告，敢于来讲的人，必然预先估量了他与听众在所谈问题上的认知差，相信自己对听众有值得一说的知识。

这是否就是说：凡是向他人说一桩事的人，必定在此事上"自以为高明"？其实并非如此。因为这种认知差，只限于与某个事物或某个文本有关的知识。一个孩子纠缠母亲要去玩某种游戏，因为他认为在他对这种游戏的需求这个问题上，他比母亲知道得多；一名男生向女生求爱，是因为在他的爱情这个问题上，他的认知比女生多——"你不知道我的心"；一个小学生向老师承认他回答不出问题，在"我无知"这一点上，他的认识比老师清楚。

总之，任何交流的功能都是补足认知差，因此必须在一定意义上是"真知"的。那么林黛玉有什么必要听贾宝玉荒唐的"扬州林子洞耗子弄腊八粥"的故事？她知道贾宝玉肯定没怀好心准备拿她开玩笑，她为什么要听下去呢？因为她觉得贾宝玉的荒唐故事背后有真意，那就是贾宝玉编故事的聪明劲儿，以及讲这个故事可能透露的对她的感情。此回题为"情切切良宵花解语，意绵绵静日玉生香"，点出了这段中的"情切意绵"，一个意假一个知假，但是一个愿说一个愿听：在假说假听中，得到真事真知。

而这，就是所有的小说与电影的根本机制——读者观众知道这是假的：作者在虚构，文本不真知，但是我们依然要看出一个名堂。我们甘愿上当，是因为我们心中有一种渴望需要填补，可能有点像林黛玉对贾宝玉感情的渴望，但是更像林黛玉对贾宝玉聪明劲儿的欣赏，总之，我们总想得到一些真知的信息。

应当指出，这个相应的认知，是表意者与接受者的主观假定，至今没有找到客观的衡量标准。不过对于表意与交流来说，也不需要客观标准。主观假定在某一点上比对方所知多一些，就形成了足以驱动意义流动的认知差。

为获取意义，交流双方必须有一个共同动机，即输送与获得真知。虽然此种真知是他们的主观判断，这个文本必须有满足真知性要求的起码条件。文本包含真知，是发出功能和接收功能到位的条件。格雷马斯指出，每个文本接受者在开始解读之前，已经签下一个"述真合同"（veridiction contract）（Greimas，Collins，& Perron，1989，pp. 651－660），即相信该文本中有某种真知。

伽达默尔讨论过施莱尔马赫对阐释学提出的基本要求，即"（接受者）自身置入作者的内心中"，认为这种自身置入，并非真正把我们接受者的观点置入文本发出者心中，而是把我们自身置入文本的意见之中，也就是说："我们试图承认他人所说的具有事实的正确性。"（Gadamer，1986，p. 297）本文讨论的"真知性"接近伽达默尔的看法，即接受者承认"他人所说的具有事实的正确性"，承认文本中有值得接收的真知。

如果一个故事中任何真知都没有，听者观者就没有理由接收。这一关联式也牵涉文本：如果文本内没有任何真知，叙述者与受述者这两个功能就会同时失效，叙述文本就不能成立。哪怕明显的虚构失实（例如《西游记》师徒西天取经路上遇到的妖魔鬼怪），也让我们看到想象力之"真"，或中国民间信仰的某些"真相"。接受者可以拒绝接受他认为假的信息，却不可能对此"述真合同"提出一个主观意志挑战：他必须有所得，他不可能要求"我要接受一个假的意义"，因为这样一来，这个假意义对他来说就是一种"真知"，它是"真的假"，他只是想看出此文本中"真的"作假动机。例如审讯一个有谎瘾的惯犯，听者可以不信，但是他想证实他的不信，"我看你如何撒谎"。这实际上与林黛玉情意绵绵听贾宝玉胡吹的意义机制是相同的。

二、不可靠文本的"真知还原"

正因为如此，叙述接收的关键，是在发出者提供的文本中找出一个"真知"的核心，把接收的文本放在这个基础上。这样他就可以与发出者组成一个"交流游戏格局"，即所谓CAG（Communication Action Game）："发送者的意图意义→文本携带的文本意义→接受者的解释意义"。

接受者不可能直接了解到作者或导演班子的意图意义，他们能接触到的只是文本与伴随文本（例如作者的一贯风格，导演选择演员的标准等）。这些伴随的文化经验，只能作为不确定的解释参考。文本的在场性，实际上遮掩了发送意图，接受者就只能设法从文本中得到"真知"。

很多叙述无法追溯意图：古代神话与古史，追究其源头几乎不可能。例如我们无法考证《史记》中夏代历史的真伪，只能认为既是司马迁记载，必是有其事。现在的电影、广告等叙述文本，发出主体组成过于复杂。既然无发送者意图可依据，接受者就会假定他们的确想告诉我们一些真知，否则传达只能中断。

文本既然是袒露的，它的意义便是待实现的意义。接受者得到的文本有两个大类：一类"可信"，即在接受者眼中不显露矛盾，可以相信；另一类"不可信"，内部成分冲突不能一贯，违背常理。因此，接受者通过文本留下的痕迹，按文化惯例，寻找合适的解释模式。尽管如此，接受者的一切解释，都必须在文本中寻找根据。例如《春秋》的各种"微言大义"读法，无论解释者如何发挥，必须声称是根据《春秋》的文字；裁判是否判罚，靠他的观察：球员绊倒是真摔还是作假，裁判不去判断球员的意图。

例如言情偶像剧，年轻观众最多。当代都市人工作繁忙、压力沉重，言情剧提供了距离安全的做白日梦的机会，可以助其释放压力、慰藉心灵。据说观众中有两种典型：第一种是忘情投入，感情沉迷，把一切当作真的；主要是比较年轻、阅历较少、文化层次较低的人群。他们把言情剧当作人生教科书，把"爱豆"当作自己的理想恋人，经常产生不切实际的幻想，自己谈恋爱也忍不住像演电视，甚至闹到殉情。另外有一种观众是"批评家"，他们打心底觉得言情剧幼稚，看的目的是"看穿骗局"，在网络上显示聪明，在影迷论坛上发帖进行挞伐，甚至被影迷们围攻时，他们颇有众人皆醉我独醒的满足感。这两种人从完全不同的方面理解文本，得到的都是他们心目中的"真知"。

接受态度是解释的保证，而接受者的第一反应就是是否接受并开始解释这个文本，接受就是格雷马斯说的"签署述真条约"，然后才出现对此文本的理解。接受者的解释一旦开始，就难以规定以何种形态结束：意义解释可以因实际原因暂时中止，却永远不会结束。

三、"逼真感"

在叙述传达的三个环节中："诚信或作伪"是发送者态度；"可信或不可信"是文本品质；"愿接受或不愿接受"是接受者态度。显然，第一个条件不能保证可知，文本的变化最多，各种变异的因素在这里插入，直接对接受方式提出要求。叙述的意义进程，建立在这三个环节的配合上，接受者必须愿意接受，才能对虚构的叙述进行"真知还原"。

叙述的最基本格局是"诚信意图→可信文本→愿意接受"，这三者都是"真知"，是所有叙述交流格局中最基本的样式。"诚信意图"就是叙述作者"言其所知"，他的"所知"是不是客观真理当然是另一回事；所谓"可信文本"，就是没有让接受者发觉有内在矛盾的、合乎常情常理的文本；所谓"愿意接受"，就是接受者意识到文本有意义而开始解释过程。这个格局，是所有科学的/实用表意的格局，至少是此类表意的文化程式。对于虚构叙述而言，就是要设法归结还原到这个格局上，至少把第三个环节即接受环节还原到此格局上。

因为不管发出者是否行骗，是否"知一说一"，此叙述传达格局依旧。在实际的交流中，作者动机难以识别。哈贝马斯在讨论社会交流时指出：发送者与接受者的互动是交流的关键。而这种互动有如下棋，交流双方只能根据摊在桌面上的格局处置进退（Habermas，1990，p. 91）；巴恩斯认为交流如打扑克般困难，不知道对方藏而不露的牌（Barnes，1990）。笔者觉得在讨论叙述中的真知时，哈贝马斯的比喻可能比较准确：符号表意文本是摊开的，是接受者能看到的棋局，不是遮起来的扑克，接受者能依靠的只是文本，文本的袒露成了唯一"真知"的存在处。只不过棋局真真假假、扑朔迷离，不是那么容易观察到真情，这才会出现叙述交流中的种种复杂情况。

发送者意图是否有诚意很难确定。广告多多少少有虚假，大众也允许广告夸张：只要文本合适，效果就会相似，令人产生购货的念头；上级看部下的调查汇报，大多并不在意是否完全真知，只要说得通就行了，心中如果有疑惑，只要关系不大，也一笑了之。

正因为意图意义常被遮蔽，而且实际上我们只看到文本，所以作者意图与叙述交流关系并非至关重要。诸葛亮哭周瑜，究竟是诚意还是欺骗，对此东吴将士莫衷一是，我们也至今都弄不清他的动机。艾柯说："不能用来撒谎的东西，也不能用来表达真理，实际上就什么也不能表达。"（Eco，1976，pp. 58-59）这个观察是很敏锐的。"真知还原"能使二者效果类似。

反过来，一旦文本不够完美，接受者遇到无法顺势解读的地方，态度就复杂起来。本文第一节再三说过：只要能解释出"真知"价值，接受者不必一律拒绝接受。要理解意义，并不一定需要一个袒露一切的文本，接受者对文本的要求可以打折扣，他可以超越文本的局限，依据合作的惯例达到理解。叙述学讨论的"不可靠叙述"中，文本与意义的关系是扭曲的。接受者需要通过一定的办法"纠正"文本的不可靠。由于现代读者观众"真知还原"能力超强，现代文学影视叙述的文本不可靠是常规，可靠的叙述反而是偶然见到的。

现代叙述艺术以复杂为美，往往拒绝产生合一的声音。当各种主体的不同价值观共存于一个文本时，它们的冲突关系更为突显。其中最容易违反文本意义的，是叙述者这个叙述的关键功能。一旦文本中叙述者的立场价值不符合隐含作者的价值观，就出现了叙述者对于隐含作者不可靠的情况。不可靠的这种机制是叙述学界的共识。普林斯认为：叙述不可靠性出现于"叙述者的准则和行为与隐含作者的准则不一致；他的价值观（品位、判断、道德感）与隐含作者的相异"（Prince，1988，p. 101）。费伦说："如果一个同故事叙述者是'不可靠的'，那么他关于事件、人、思想、事物或叙事世界里其他事情的讲述就会偏离隐含作者可能提供的讲述。"（赫尔曼，2002，p. 40）

但是不可靠问题依然引发争论，必须强调说明：所谓不可靠，不是文本内容对读者来说不可靠（例如说谎、作假、吹牛、败德等），不可靠是文本的一种形式特征，是叙述方式的问题。文本形式不可靠，并不是文本内容不可信，相反，接受者可以经由文本的不可靠形式，从中更加真切地得到真知，直白地说：正由于叙述不可靠，才需要"真知还原"；而一旦接受者不得不进行此种挖掘真知的操作，叙述就变得有趣起来。

属于这一型的包括"有意说糊涂"的叙述，这听起来复杂，实际上日常生活中有很多。例如主人看表，你知道对方不是查看时间，而是一个暗示，因此你不会问对方时间，而是知趣地告辞。文本扭曲不直接传达原意，但接受者的理解能力和抓捕伴随文本真知的能力，跨越了此障碍，虽然用了一点力气，但最后达到的理解更为深刻。这种"反讽传达"是现代叙述艺术之所以迷人的根源。《我是猫》通过一只猫的视角说故事，《阿甘正传》以一个傻瓜的口吻讲述，《罗杰疑案》让谋杀犯来讲破案经过，都一样能够更有效地让接受者看到真相。

如果接受者拒绝翻越反讽障碍，情愿接受文本表面意义，又会如何？一个绝妙好例是《三国演义》中的名段"空城计"：魏兵攻来，诸葛亮仓促间无兵力守城，只能大开城门不设防。如此守城法太"不可信"，与"诸葛一生唯谨慎"的常态完全相反。诸葛亮意图当然是作伪，无奈之时只能用出乎常理的文本。司马懿明知这个文本是反讽，但是不知底细，拒绝超越文本表面意义，从而中计退兵。这是拒绝"还原"的麻烦，只把文本表面意义当作真知。得到无须还原的真知，当然比较容易、畅快，却是要付出代价的。

这是文学艺术传达的一种重要格局，即"逼真性"（verisimilitude）。普林斯称为"引发一定程度上符合外在于文本的一套'真知性'标准的文本品质"。虚构叙述文本明显是假的，但是接受者愿意采纳一定的文化程式，可能使明知为假的文本产生让人信以为实的逼真性。至今为某些文论家所津津乐道的栩栩如生的"现实主义"效果，早在王充《论衡》中就被指斥："好谈论者，增益实事，为美盛之语；用笔墨者，造生空文，为虚妄之传。听者以为真然，说而不舍；览者以为实事，传而不绝。"两千年后，依然如此。马丁认为，"现实主义之所以是最虚假的小说形式恰恰是因为它显得真实，从而掩盖了它是幻觉这一事实"（马丁，2005，p.178）。这不是因为这一届读者观众不如古人，而是文学艺术本来就有此种魔力。

艺术叙述的发送者明确宣称自己在进行一个作假表演，明显打出虚构的记号。例如扉页就声明是小说，"切勿对号入座"；例如电影世界是方形的，片头说清楚是某人导演某人演出；例如舞台的三面墙，甚至以唱代言。亮明如此多非真记号，还是有观众信以为真，为虚构的故事情节揪心担忧，为人物的命运感动得不能自已。《少年维特之烦恼》的德国读者读后自杀，英国读者写信向福尔摩斯求救，观看《白毛女》的中国士兵拔枪欲打黄世仁，看来以假作真是世界通例，人同此心。

茅盾1932年对电影《火烧红莲寺》的批评中便有详细记载："《火烧红莲寺》对于小市民层的魔力之大，只要你一到那开映这影片的影戏院内就可以看到。叫好、拍掌，在那些影戏院里是不禁的；从头到尾，你是在狂热的包围中，而每逢影片中剑侠放飞剑互相斗争的时候，看客们的狂呼就同作战一般，他们对红姑的飞降而喝采，并不是因为那红姑是女明星胡蝶所扮演，而是因为那红姑是一个女剑侠，是《火烧红莲寺》的中心人物；他们对于影片的批评从来不会是某某明星扮演某某角色的表情那样好那样坏，他们是批评昆仑派如何、崆峒派如何的！在他们，影戏不复是'戏'，而是真实！"（茅盾，1933）

为什么一代代读者观众不会聪明一些？因为不以假为真需要一定的修养以及文化经验。托多洛夫说得很精彩："（逼真性）只有在对自身的否定中才能存在，只在无它的时候才能有它。或者我们感受中它是如此，但实际上已并非如此了；或是我们的感受中它如此，但实际上还没有变成如此。"（Todorov，1968，p. 151）为什么？因为"以假作真"是一种真知幻觉。接受者一旦反思自己的意识状态，就能明白自己是在幻觉中，就不能把这个叙述文本中的虚构故事当真。大部分电视剧观众之所以追剧不舍，就是因为电视剧过多的繁杂细节，过慢的节奏，感情的滥用，种种让"看穿了文化程式"的观众受不了的特点，却使得它们太像生活本身。使得追剧者欲罢不能的，恰恰就是这种强烈的"逼真幻觉"。

正好这部分电视剧迷（茅盾称为"小市民"）是不太习惯反思的人，他们无法如托多洛夫说的"对自身否定"。相反，他们心甘情愿地落入巴尔特说的"资产阶级的文化陷阱"："我们社会尽最大的努力消除编码痕迹，用数不清的方法使叙述显得自然，装着使叙述成为某种自然条件的结果……不愿承认叙述的编码是资产阶级社会及其产生的大众文化的特点，两者都要求不像符号的符号。"（Barthes，1977，p. 44）

这不是指责某些人幼稚，任何人都可能跌进"逼真性"陷阱之中：福楼拜写到艾玛之死时大哭。有人劝他不如让艾玛在《包法利夫人》中活下去，福楼拜说："不，她不得不死，她必须死。"这是明白人暂时糊涂一会儿，马上回到虚构之中，重新站在故事之外。

四、虚构框架包含的述真

上面已经提到：愿意接受是解释能够开始的关键，不愿接受，叙述传达就此结束。接受者看不到此叙述文本中有获取真知的可能，他会拒绝接受这个文本，就像学生玩手机不听课一般。此时，哪怕意图诚意、文本可信，文本大有真知可以填补"认知差"，叙述文本得不到接受，依然无效。万一意图并不诚意，文本又不可信，一如疲惫的老师不想教好课，或者没有好好备课，敷衍塞责，学生玩手机就更加理直气壮。

但是我们可以看到，一旦叙述明确声称自身是虚构的，不要求接受者把它当真，此时接受者反而能从中另外架设一个可靠的叙述文本。这种叙述交流类型非常重要，实际上是文学艺术能够立足的根本交流模式，也是本文花如此多笔墨，最后想说清的"真知还原"的最佳模式。

虚构叙述的传达，对于发送者与接受者双方，都是一场表演：发送者是做戏，文本摆明是假戏，接受者的接受是有条件的，他不接受文本的表面直接信息。在这个类型中，发送者也知道对方没有要求他有"事实性"的诚信，反而可以自由地作假；发出的叙述文本是一种虚构，不必对事实性负责，此时他可以堂堂正正地"美言不信"。接受者看到文本之假，也明白不必当真，他在叙述文本中欣赏发送者作假的技巧（作家的生花妙笔，演员的表演，画家的笔法），此时"修辞"不必立其诚，而是以巧悦人。在这个基础上，他反而能自由地做出"真知还原"的复杂操作。

就拿戏剧来说，舞台与表演（服装、唱腔等）摆明是假戏假演，虚晃一枪：承认为假，还望观众假中求真。钱锺书曾引莎士比亚《第十二夜》台词："如果这是舞台演出，我就指责假的绝无可能。"这是让戏中人站在观众的立场："一若场外旁观之论短长"（钱锺书，2007，pp. 1167-1168），以接受者立场，先说清楚舞台上本是虚构的演示叙述，说清楚了，观众反而不能以叙述虚构为拒绝的托词。余下的唯一可能，就是必须从中找到"真知性"。

如果做不到这一点，所有这些虚而非伪的表意，就没有达到以虚引实的目的，如钱锺书引李贽评《琵琶记》："太戏！不像！……戏则戏矣，倒须似真，若真反不妨似戏也。"（钱锺书，2007，p. 1345）各种虚构文本假中含真，但是读者要意识到他必须采用文化形成的读法规范。

我们可以以小说《洛丽塔》为例子。虽然纳博科夫在后记中指出小说构思是多年前一则新闻，这本书是否根据真人真事改编，或是否有现实中的

"原型人物"，实际上与叙述文本分析无关。首先，这本书是媒介化的叙述，封面书名作者为弗拉基米尔·纳博科夫，这是真实层面上的事。然后扉页上出现了"A Novel"（小说），这是第二层框架，其中的内容已经不指称事实。在这里小说干脆另外设立一个叙述框架，让这个虚拟的框架对所叙述的故事负责。这样作者/读者都能抽身退出，站到叙述的外沿。

在这个叙述框架中，一切又重新归结于一个似真的世界：在一所监狱里，典狱长雷博士读到了刚去世的犯人亨伯特教授的长长的忏悔。叙述者/叙述框架的设立，目的是做一个"真知还原"。所以雷博士读完后郑重其事地推荐给大众，并且给亨伯特之忏悔一个煞有介事的道德评语："有养育下一代责任者读之有益。"雷博士的导语指出亨伯特教授忏悔必定包含着"真知"，不然怎么会有教育功能？倒不是因为此人说的只是他主观感觉的真相，虽然他本人并不承认自己有精神病，而我们从行文很明显地看出他有被迫害妄想症。此处说的"非事实性"是因为它只存在于这个虚构的世界中。而在这个忏悔叙述构筑出来的世界里，他的忏悔不是骗局。由此，我们可以看到一层层的虚构，包装的内容被一步步还原为真知。如果有读者读了这本小说却同情亨伯特，那就是对小说的核心部分作了"真知还原"。

可以说，所有的艺术都希望达到这种效果，哪怕是最无稽的幻想。例如《西游记》，也是这样一种不断进行"真知还原"的格局。《西游记》的故事，吴承恩是说假，叙述者"说书的"是说真，受述者"看官"必须当真。而最后如果读者在这总体的虚构中，不能为孙行者的命运担心，或不能欣赏作品写妖魔鬼怪的精灵劲儿，作品就未能完成最后的"真知还原"，就像林黛玉未能在贾宝玉的"扬州林子洞耗子弄腊八粥"的故事中听出贾宝玉的"真知"情意。

张爱玲说："我有时候告诉别人一个故事的轮廓，人家听不出好处来，我总是辩护似地加上一句：'这是真事。'"张爱玲这话似乎是道歉，她的确是在虚构故事，不过她可以自辩：在虚构世界里，故事是应当作真的。此时作者在呼吁：我托一位叙述者说一个假的故事，你们也可以分裂出一个人格来听。然后作者怎么说都不是在撒谎，因为他用一个虚设人格，与读者的一个虚设人格，进行真实意义上的交流。

接受者对艺术叙述一直在"假"与"真"之间摇摆，大部分情况下是"从假中找到（某种）真"的"真知还原"。马丁说："小说从根本上与读者从故事中获得的那种实在感、真实感或'现实主义'感紧密相连。以一种既真心实意又虚情假意的态度，我们既相信它，同时又不相信它。"（马丁，2005，p. 49）可以说艺术不是一个真知的符号表意，而是一个"大家均知其假而暂且一同当真"的作伪表演。虽然框架是一个虚构的世界，这个世界里的人却不仅可以，而且必须随时用各种办法进行"真知还原"，让虚构金蝉脱壳，回归真知。

以上各种例子，似乎非常特殊，此种"真知还原"却是叙述艺术的必需。可以总结本文讨论的各种"真知还原"类型——

第一种：虚构本身是真的虚构，因此符合交流的"真知底线"；

第二种：反讽阅读可以穿透不可靠虚构叙述文本；

第三种：虚构叙述文本经常可以产生"逼真感"；

第四种：悬置虚构叙述框架后，可以对内在文本进行还原。

这最后一种类型，虽然最为复杂，却是虚构叙述艺术的最高境界。作者与读者如果能取得"真知还原"默契，达到钱锺书描述的"莫逆相视，同声一笑"（钱锺书，2007，p.1650），才达到了艺术真境界。但是如果接受者忘记了虚构框架之假，拒绝分裂出一个人格，而是整个人格"全心全意"沉浸于虚构世界，在表面真知的幻觉中，忘记了那个虚构世界还等着被还原，那就是弄错了真知之所在。

引用文献：

赫尔曼，戴卫（2002）. 新叙事学. 北京：北京大学出版社.

马丁，华莱士（2005）. 当代叙事学（伍晓明，译）. 北京：北京大学出版社.

茅盾（1933）. 封建的小市民文艺. 东方杂志（第三十卷第三号）.

钱锺书（2007）. 管锥编，全后汉文卷九二. 北京：生活·读书·新知三联书店.

钱锺书（2007）. 管锥编，太平广记卷二四五. 北京：生活·读书·新知三联书店.

Barnes, J. A. (1990). *A Pack of Lies: Towards a Sociology of Lying*. New York: Cambridge Univ. Press.

Barthes, R. (1977). Introduction to the structural analysis of narrative, *Image-Music-Text*. New York: Hill & Wang.

Eco, U. (1976). *A Theory of Semiotics*. Bloomington: Indiana Univ. Press.

Gadamer, H-G. (1986). *Wahrheit und Methode*, Ⅱ. Tuebingen: J. C. B. Mohr.

Greimas, A. J.; Collins, F. & Perron, P. (1989). The veridiction contract, *New Literary History*, Vol. 20, No. 3, Greimassian Semiotics, 651−660.

Habermas, J. (1990). *Moral Consciousness and Communicative Action*. Cambridge: Polity Press.

Prince, G. (1988), *A Dictionary of Narratology*. Norman: University of Nebraska Press.

Todorov, T. (1968). Poétique, Qu'est-ce que le structuralism? Paris: Seuil.

作者简介：

赵毅衡，四川大学文学与新闻学院符号学－叙述学教授，博士生导师，主要研究方向为形式论、符号学、叙述学。

Author

Zhao Yiheng, Professor of Semiotics-Narratology, College of Literature and Journalism, Sichuan University. He mainly focuses on the study of formalism, semiotics, narratology.

E-mail：zhaoyiheng2011@163.com

元叙述转向中的自我认知

文一茗

摘　要：元叙述破除了人们赋予"叙述"这一符号行为的传统使命——"再现"。元叙述似乎在回应着文学叙述演变的规律，即文本表意的形式总是沿着对世界对象的"认知—建构—消解"之轨迹滑动。此处的"消解"包含着对自我的回归，并在自我反观中准备下一轮意义演示的转向。自我的形成，体现为过程中的局限性——被动遭遇物的过程之中所作的能动回应与自由抉择。而所谓自我认知，总是为了回应对象的某个片段所作出的努力。

关键词：元叙述　自我　认知

Self-cognition in Meta-narrative

Wen Yiming

Abstract: The cognitive effort that narrative should "represent" the world finds its most ironical expression in meta-narrative, which seems to echoes the course of narrative turn, i. e., understanding — interpretation — deconstruction, so as to approach the possibly new dimensions of self. The becoming self, however, best illustrates the limitation of human cognition, making possible reaction and free choice when passively encountering the objects. And the so-called self-cognition has always been the efforts made to respond to some fragment of the objects.

Keywords: meta-narrative; the self; cognition

　　元意识并非新鲜之事，但当其成为文本的主导时，或当其有助于接受者突破原有的阅读、理解程式时，该文本就成了一个"元文本"。因为从其定义来讲，"元"（meta-）化意味着通过分离而实现的自我反观与深入。事实上，任何叙述形式成为主导，就成为主题意义的暗示。所以，从本质上讲，元叙述是一种对原有自我的转向与突破。元叙述似乎在回应着文学叙述演变的规律，即文本表意的形式总是沿着对世界对象的"认知—建构—消解"之轨迹滑动。与之对应的修辞也沿着"模拟—象征—反讽"轨迹滑行。此处的"消解"包含着对自我的回归，并在自我反观中转向下一轮意义演示。而自我的主体性，正是一种过程中的局限性——被动遭遇他物的过程之中所作的能动回应与自由抉择。所谓自我认知，则是为了回应对象的某个片段所作出的努力，这正符合符号乃"无限衍义"之理。

所以，元意识在文本中的主导趋势体现了现代思想中一种迫不及待的自我认知。自 20 世纪以来，西方文艺理论就呈现出这种回到自身、纵深内省的气质。对世界对象化的认知到达一定高度时，主体意识到，守住自己的内心，难于于千军万马中守住一座池城。最深不可测、难以驾驭的，是自我的认知本身。面对被自我文本化的世界，自我必须承认无知。叙述，不是为了再现，也不可能完成再现，因为再现总是对事物的片面对象化。元意识，是通过彻底暴露叙述机制，对叙述创造一个文本世界来反映现实世界之可能性的根本怀疑。叙述，使自我前所未有地谦卑，故而更深地卷入存在之流。

一、何为"元叙述"

元叙述破除了人们赋予"叙述"这一符号行为的传统使命——"再现"。诚如帕克里夏·沃（Patricia Waugh）在其《元小说》中所总结的，在充满"自我怀疑和文化兼容"的当代，虚构作品是对于"一种更为彻底的感受的回应，这种感受的要点是：不再有永恒真实的世界，只存在着建构的系列、技巧以及非永恒的结构"（Patricia Waugh，1984，p. 8）。自我的构成本身是一个符号文本，其边界范围规范着自身在世如何确立。也就是说，元叙述文本对我们的最大启示在于：叙述是一种构成，一种过程化，是文学叙述的认知转向的结果，指向"文学文本之外世界可能有的虚构性"。叙述的转向，在于让自我通过叙述，得以重审现实与虚构的过程性和构成性。我们所面对的"生活"世界也并不比虚构更真实，它也是符号的构筑：世界不过是一个大文本。符号的边界就是世界的边界。（赵毅衡，2013，p. 311）将文本元化，不只是为了元化叙述本身，更是让我们的认知得以元化。如前所述，任何意义的形式条件发展到一定高度，就会承认自身的局限，并通过反指自身开启新的文本生命。对此，赵毅衡精辟指出：欲超越当代文化传统，需要对更根本的东西——表现形式与解释方式——进行测试与再建。当代文化元意识的产生，符合了这个需要。（赵毅衡，2013，p. 311）

元叙述首先是一种形式转向，但从更深层次来看，它揭示了意义的演示规律。根据维柯"四体演进"之说而形成的修辞演变格式（隐喻—提喻—转喻—反讽），任何一种文化体裁的最高阶段，必然是一种"反讽"（irony）。反讽这一术语，可以指意义形式的反讽，也可以是对意义本身的反讽。但反讽并不一定是对自我的彻底消解与否定，而是广义上的对原有自我样态的"离开"与"返回"这一颇为纠缠的双向运动。元叙述正体现出这种对自身的全面批评，从而开启新的可能的意义空间。所以，叙述的元化是个程度问题，也是文学叙述这一最基本的意义活动到达相当自觉程度后的必然所至；笔者建议将元叙述理解为对"叙述"本身的批评。

叙述本身即元化过程。以广义上的叙述干预为例，叙述者对正在进行的事件或角色进行点评，从而或明或暗地形成某种意义取向，这本身是局部的元化——对所述部分形成自省与批评。而所谓叙述者与人物之间形成的话语竞争格局（甚至在如海明威小说中，人物话语主体性压过退隐的叙述者声音），说明了叙述者无法完全控制文本意义的阐释与接收，因此，有必要通过元化承认文本的局限。元小说的自我批评的姿态与文学史中曾出现的"批评现实主义小说"不同。后者恰恰是以十分强大的叙述者为文本展开的基础，从而促使读者越过文本与现实的边界，使其认知固定在文本所指向的真知范围内。换言之，其所批评的对象是某个非我的他物，而非叙述自身。而元叙述所指向的，是旧有的自身；所思考的，是可能的新我。

由此，元叙述可以同时在三个层面展开：叙述者的自我暴露；叙述机制的自我揭示；叙述意图的自我批评。首先，叙述者在文本内的自我指示，是元叙述的形式前提，因为对所有叙述文本的暴露，都始于对叙述声音的揭示，将读者的注意力聚焦于声音的出处，让人意识到文本是一个被造物（something created）。这也是元叙述的最早形式，如中国传统的说书人格局中，通过对观众话语主体性的呼吁——"看官，你道此书从何而来？且听我细细道来"，将叙述者自身实体化。正因为叙述者的自我暴露是元叙述的基本形式，故在反复使用过程中容易被程式化，成为一种（尤其在演示类叙述中）广谱的交流模式。

而更为深度的元化，是文本自我交代其叙述机制，即故事本身说清楚故事的源起及构成方式。这是传统的隐身框架叙述尽力避开的文本现象，因为这无疑降低了"所述即真实"的权威。然而，叙述机制的自我揭示并非新颖之事，常见的如"后记""前言"等。以毛姆的《面纱》为例，该小说"序言"第一句说明"该部小说的写作得益于但丁诗句的启示"，并且详细分享了自己如何构思的情感体验：

> 我揣摩不透厄丝莉亚从何得知的这么详细的故事，在但丁的原诗中远没有这么丰富。不过这个故事却激发了我的想象力。我翻来覆去地思考着它，有时一想就是两三天，这样持续了好多年。"锡耶纳养育了我，而马雷马却把我毁掉"，这行诗牢牢地记在了我的脑子里，不过因为还有多部小说也在构思当中，于是我把这个故事一搁就是很长时间。显然我要把它写成一个现代故事，但是要在当今的世界上为它找到一个合适的背景实属不易。直到我远赴中国之后，这件事才最终有了转机。（毛姆，2006，p.3）

与上述例子（在与故事隔开的附文本中交代文本来历）不同，也有将元叙述部分嵌入文本的，如印第安裔美国作家路易斯·厄德里克《踩影游戏》（*Shadow Tag*，2010），接近小说尾声，我们得知，之前关于男女主人公的情感纠葛，源起于叙述者"我"——男女主人公的女儿，现已成年，并正在攻读文学学位——的一份论文设计。对故事原因及过程的透露，无疑是更深层地将文本推向前台，突出其"虚构性"本质。该如何理解这种叙述即虚构的根本属性呢？作为受造之物，文本的"野心"应该得到怎样的规范、界定？文本内的真知是否与文本外的世界完全扣合？或者说，叙述是否应该确立文本意图？对此，元叙述体现出一种惊人的努力——在文本内"去文本化"。正因为真知不过是偶然文本的必然链接，所以"文本化"的世界才是对主体认知的真实写照。

因此，元叙述是一种修辞形式，也是思维展开本身，更提示重新接收对象文本的可能性。正如马克·居里观察指出，元小说介于小说与批评之间。我们或许可以认为，元意识文本是介于再现与反思之间的领域。元叙述本身是一种意义的转向。基于此理解，我们可以尝试着通过元叙述之窗，探视当代文学元叙述转向可能的形式类型及其折射出的自我符号形象。

二、关于文本边界

与当下讨论元叙述的大多数声音不同，笔者认为，元叙述并非嘲弄意义本身，而是通过放弃意义形式的统一，逼问更深的存在可能性。这是人类文化符号能力到达相当高度后的必然现实——说者交代自我生成，与释者共筑文本意义的方向。敬畏意义之源，故而警告所有试图捕捉意义的形式。这或许是任何意义形式之规律。

皮尔斯符号定义对索绪尔系统论的最大突破之处，在于将符号视作一个过程。单次叙述行为（单个文本）是追求真知的环节之一。与19世纪维多利亚时期欲将文学替换信仰的野心与姿态刚好相反，元叙述的勇气在于，告诉你这种努力本身不过是一个关于语言符号的寓言。这种消解自我的意向性转化为以下文本形式，亟须我们重审叙述中的传统概念，如文本边界与叙述权威。

赵毅衡曾将文本定义为：能被接受者理解为意义合一的整体。此处"整体"更为精准的表述或许应为"形式的整体"。而意义也是"临时的意义合一性"。元叙述文本最大的形式特征和文本意图就在于：突破既有的文本边界，并由此揭示单次意义行为及解释的临时片面性。这个定义道出了"文本"的构成及解释的偶然性。文本的边界可以是流动的，而流动的边界正好消解了（传统意义上人们所期待的）文本价值指向。

有一个较为极端的案例，是美国青春偶像剧《暮光之城》同名小说中一段关于时间意义"空缺"的再现：男主角（吸血鬼）爱德华为保护心仪的女主角（人），不想与之有任何牵连，阻止两人恋情的进一步发展，于是决绝地选择了从后者生命中完全消失。行文至此，小说干脆空出12页白纸。相比之下，电影镜头采用更为传统的处理形式：360度摇镜头中，内置"时光流逝"的蒙太奇，用以表现女主角无果的苦等。小说的元叙述安排得十分隐晦而精彩。空白的空间不仅仅是为了表示爱情缺失后白白流走的时间，更是通过叙述的休止，指向文本更深层的边界流动——"我写到此处，需要停顿。并且，我需要表达我这种临时放弃的写作姿态。对此，读者作何感想？"

通过流动的文本边界，文本暴露生成过程。然而，流动的文本边界要求读者有更强的跨文本能力。事实上，这一叙述形式更常见于幼儿读物。面对如此宽泛的符号世界，尚未被社群文化语言完全程式化的幼儿，或许具有更强的跨越文本边界的能力。从这一角度而言，当代文学中日趋明显的元叙述转向，是对"文本塑形之前"（pre-textualized）的世界的回归。稚子之眼，或许更能窥见天堂的奥秘。元叙述所欲消解的，是自我"成人化"的文本世界。

三、再议叙述权威

所说的背后，总有个言说的话语源头——这似乎不言自明。纵观古今中外文学史，不难发现，不同时期人们尝试着通过文本展示出的价值，指向历史文化语境中的自我缺失。所以，文本必然被呈现为一个意义的有机整体，让残缺的自我可以栖居于此，并得以自我修复。后现代洪流中的零散式写作，不满文本内的"横向真知"，主张破坏意义的整体性。其结果，使自我在这场离心运动中，断裂为毫无相关性的残片幻影，进而成为高度依赖单次语境的文本化符号自我。这就是我们说的后现代写作之最大特征——指向意义的焦虑本身。后现代自我（the postmodern self）最大的病症，就是意义的焦虑。因为太多的意义与身份，将自我构成一种不连贯、不相关的多元性（multiplicity）。迷宫般的自我符号竞相提示着我们可能成为的那个"自我"，而真正能做的，是不停地消费符号能指，游走于偶然关联的缝隙之间，自我愈发成为一种叙述构建，一种实验身份的努力，一种再现视域，一个关于自我的故事。所以，谈及后现代自我，就等于进一步言说指称。自我阐释的符号之链沿着指示性与自反性空前延伸。自我不会一次性地确定意义，而是不断地涉入阐释过程。难怪诸种后现代理论总传达出一种悲喜交加的情绪：既承认挫败，又欢庆无限的可能。自我既不是外在，亦非内心，而空间性地成为一种"之间"的主体：在外，是难以定位的世界；在内，放弃了对意义之源的追寻。自我空前地复制符号、消费符号，并且反思符号。自我空前地依赖叙述文本来规范、理解、表达自我。那么，该如何定义"后现代自我"呢？当然，这本身也是一种自我叙述化，不妨将之理解为：不堪多元性重压而诉诸多元叙述的自我形象。它只能栖居于并迷失于文本的符号自我，为绝对的文本性欢呼。

然而，作为后现代叙述形式之一的元叙述转向，似乎是一种必要的必然——这既是后现代消解整体性的延续，也通过叙述权威的前辈自反而有力地遏制了前者的任性，从而让人在"跨文本"之间，可以更温情地重审存在的现状。元叙述转向是对叙述权威的理性反思。如果碎片式写作是纯粹的发泄，那么，文本生成的自我揭示则是一种与读者对话的姿态。叙述者在坦白文本生成的过程中，被"人物化"，作为意义元素更深度地融合于叙述情节中。正如石黑一雄的《远山淡影》中承认自我虚构的叙述者悦子那样，我们只有得知这一切不过是悦子刻意为之的虚构时，才会更加认真而悲悯地回顾悦子呈现的这段历史。这也是电影版《了不起的盖茨比》（2013）的文本意图：通过强化叙述者尼克的创伤叙述，揭示整个故事的由来，从而使叙述者尼克（较之于原著中的叙述者尼克而言）增加了更多的意义，比如不只是时代的观察者，也是受害者、反思者和叙述者等，并进而反思"疗伤"是否可能的命题。

元叙述的效果曾被归纳为对文本理解程式的嘲弄。然而，元叙述转向所揭示的更深层命题，是通过对形式的嘲弄而深入更严肃的意义。通过元叙述而消解叙述权威，是要求读者退到文本的文本之外，保持距离地思考文本的文本之内。读者的参与，并不一定是直接形式的卷入（如游戏文本的叙述机制所示），而是跨文本之间的意义建构。

四、隐含作者的危机

如前所述，元叙述意识在文本中的主导趋势是对后现代元主体形式泛滥的一种必要的遏制。任何形式的转向，都会指向更深层的意义规律。元叙述的自省特质，能否通过打破文本的写作与接收程式，从而突破原有的文本真知？是否会再度引发叙述学研究中的隐含作者之争？

"隐含作者"最早由韦恩·布斯提出。此后，在注重文本建构的修辞学派与主张研究文本如何被接收理解的认知学派之间，隐含作者如幽灵般游走而难以定位。隐含作者的麻烦不在于其定义，我们可将隐含作者简单定义为"文本人格化"，即整个文本所指向的意义方向。其容易引发的笔墨官司在于，此处的文本价值方向，出处何在？是读者的推导与重构，还是作者预设的写作意图？最终还是赵毅衡建议的（借鉴皮尔斯的）"来回试推法"，让文本意义在一定历史时期内靠阐释社群得以落实与相对固定，因为意义是客观落入主观意识之中的临时性结果。可是，当一个文本中出现大量的元叙述元素，打破了文本自身的稳定性时，这似乎成为最稳定的文本意图；隐含作者似乎再次陷入新的危机。那么，我们又该如何界定基于隐含作者而进一步引发的"不可靠叙述"等问题呢？如前所述，不可靠叙述本身被理解为一种主题，它代表着意义的不确定性。这因而也是后现代作品最主要的叙述特征。而这种尚待生成的意义本身又同时暗指一个文本所承载的多方主体意识之间的竞争与较量，也就是隐含作者与隐含读者分别如何从一份素材中生成意义，是从底本到述本的扭曲过程。

隐含作者与隐含读者是互为镜像的两个概念。它们之间的关系是循环论证。隐含作者是体现整个文本价值取向的那个自我，这个文本自我的生成建立在与之对应的信息接收主体之上：隐含读者——它事实上是真实作者（根据其认知力水平、知识结构）所能预设拟定的一个期待视域；读者主体，会随着时代变迁而导致的认知力变更而变质。因此，这是一组游移不定的、相互相生的概念。彼此的关系如一枚钱币之两面。自我处于一个高度弹性的阐

19

释过程之中，这是一个充满弹性的符号化过程。在关于自我的种种阐释中，自我的概念呈现出从主客二维自我向三维自我过渡的趋势。自我是具有自反性与对话性的概念，因此，"自我意识"这一概念是一个充满元意识色彩的符号，即要求站在自我的元层面来回视自我。文本作为意义被感知的实体，都具备某种身份。文本身份之于自我的意义在于，文本身份可以影响自我的符号结构与位移。那个能说"我的历史"的主体——为了先行的将来，只有通过不断地向前投射自己，通过不断地认识和实现存在的新的可能性，才得以过着人的生活；自我总是一个已被抛到"我"自己前面去的存在。"我"的存在始终都不是"我"可以作为已完成的对象而加以把握的东西，它始终是新的可能性，始终是悬而未决的，过去的意义取决于将来的揭示。符号文本的生产和传播，迫使发出主体和接受主体考虑到对方的存在，以对方的存在作为自己存在的前提，以身份互动来调整自我在符号交流中的位置。

符号学关注的是达意方式，自我通过符号进行表意和解释活动，并希冀他者的回馈。因此，符号传达是一个互动的信息传播过程，体现出两个主体之间的互动关系，而非单向的意图输出。符号文本存在于发出主体与接受主体之间，符号文本是互动性文本。在一个文化中，符号文本互动产生后，才进入传播流程。符号文本是一种符号意指过程，它不是从能指到所指的直通车，而是在文本信息过程中使意义不断增殖，使符号自我不断繁衍的过程。发出主体赋予文本的意图意义，文本本身所携带的意义，接受主体悟出的阐释意义，这三种意义不一定完全对应。符号表意行为是这三种意义不断交锋的过程。但是，如果传达过程中发出主体或接受主体能够互相承认对方是符号表意行为的主体，这三种意义在表意过程中就可以实现各种调试应变。两个主体只有承认对方的存在，表意和解释才得以进行。发出主体以一个能或愿"解其中味"的他者为基础，接受主体也以"为我"式的解读模式来构建自我。叙述主体在文本层面分化为：隐指作者—叙述者—人物（说者）；以及与之对应的隐指读者—受述者—人物（听者）。叙述文本要生成意义，叙述主体就离不开他者的介入与互动。对整个文本的充分理解，必须放置到叙述主体与接受主体之关联的动态网络中，甚至可以将他者视为叙述得以展开的动力。可以从两个层面来理解"意义"：一方面是指文本本身的意义，那么，另一方面就更强调被悟出的意义。叙述主体的每一次分化，都建立在其预设的一个他者的基础上。也就是说，叙述主体的意图（即意义生成的源头），是在与其对应的阐释主体的互动关系中形成意义的自我增殖。这是从叙述主体与阐释主体的垂直对应关系而言。在这个叙述交流图式中，还应注意到的是：

沿着叙述主体分化的水平方向，逐层往下分析，每一层的主体与其高一层/低一层的叙述主体之间的关系，是怎样诠释叙述主体的意图的？叙述主体和阐释主体分别以不同方式构建自我：一方面，叙述主体的行为以预设一个能或愿"解其中味"的他者为基础；另一方面，阐释主体也以一种"为我"式的解读模式在阅读行为中或认同或反思地构建自我。

不可靠性作为一种叙述策略，其本身意义的呈现以及对不可靠叙述的判断和全面理解，都离不开受述者的介入及其针对叙述主体所展开的种种形式的对话；这种或顺水推舟，或逆流而行的对话，实质是受述者的阐释策略，它在信息两端双方的互动过程中呈现出来。因此，受述者是分析小说叙述主体不可靠性的一个重要元素。本文首先从叙述主体的自反性这一角度出发，来分析受述者在不可靠叙述中的取位，并得出：作为信息重构者的阐释主体和作为信息发出者的叙述主体，这二者之间的互动，使"不可靠"本身显得有意义。

叙述学界将不可靠叙述定义为隐含作者与叙述者之间价值取向的不一致。此定义缺陷在于：隐含作者也是由隐含读者这一动态概念推导而得的。所以，可以这么补充：隐含作者与叙述者两个不同的自我之间的价值差距产生了不可靠叙述，而不可靠叙述的意义取决于隐含作者（不同于以上的）另一自我的解读。文本的产生源于信息发出主体；对不可靠的研究（或者这种阐释本身）又反射出那个特定时代的价值取向。因此，不可靠叙述本身具有不可靠性。

叙述者有一种特殊的社会文化联系，经常脱离作者的控制。他往往强迫作者按一定的方式创造他。作者，叙述的貌似万能的造物主，在他面前暴露出权力的边际，暴露出自己在历史进程中卑微的被动性。叙述者身份的变异，权力的强弱，所起作用的变化，他在叙述主体格局中的地位的迁移，可以是考察叙述者与整个文化构造之间关系的突破口。叙述者这一人物的"性格"常常非作者所能控制。他有时苦恼，有时并不苦恼。由此可以看出，叙述者并非作者所能控制，而文本与整个文化语境的关联，又是叙述者所不能控制的。叙述者的价值体系时常与整个文本所呈现出来的价值体系形成强烈的反差，这就形成不可靠叙述。

事实上，不可靠叙述是小说文本中的一种特有现象（或者说文本技巧），我们只有将其置于叙述者与受述者之间的互动关系网中方可得其全貌。作为他者的受述者是分析小说叙述主体不可靠性的一个重要元素。作为信息重构者的阐释主体和作为信息发出者的叙述主体，这二者之间的互动使"不可靠"

本身显得有意义。

元叙述引发的叙述学问题，值得深究。因为它并不只是指向某个局部的形式问题，而欲以文本整体——叙述，这一最基础的符号行为为反思对象。在对叙述不断元化的过程中，自我的缺失又该借谁聊以慰藉？"我"不仅在说，而且深知自我为何言说、言说何物，并且，在"述说"的这一刻，使自我言说的意义得以明晰。随着叙述的展开，自我分化指向更深的意义维度——自我的元化，必然体现为叙述的元意识。自省竟可以叙述化地展开。

元叙述的坦率与谦卑，尤其能体现符号定义之本真：单个符号，是无尽衍义之链上无限逼近真知的一个环节。人的世界，是通过符号能企及的对象化世界。它或许折射出自我心理深层的焦虑与不安：当我们谈论太多的意义编码与解码之后，我们应该如何言说意义源起之前？元叙述转向，反映了内心的不满与惶恐，面对神秘的"前意义"领域，自我的能动性何在？唯有不停地说本身，并同时暴露述说的机制，承认所说的虚构性——虚构，或许是仅存的真实。

引用文献：

毛姆，W. S. (2006). 面纱（阮景林译）. 重庆：重庆出版社.

赵毅衡 (2013). 广义叙述学. 成都：四川大学出版社.

Waugh, P. (1984). *Metafiction: The Theory and Practice of Self-Conscious Fiction*. London：Routledge.

作者简介：

文一茗，四川外国语大学教授，主要研究方向为叙述学、符号学。

Author:

Wen Yiming, Professor in Sichuan International Studies University. Her research fields are Narrotology and Semiotics.

E-mail：wym1023@163.com

中西叙事学研究的互识与共进①

汤 黎

摘 要：本文首先梳理和厘清了自 20 世纪 80 年代以来西方叙事学中国化的历程和存在的症结，而后对当代英语学界的中国叙事研究进行了介绍和阐发，进而探讨了未来中西叙事学研究的方向。本文认为，未来中西叙事学融会的方式，要从西方叙事学本土化和中国叙事学国际化两大议题展开；不仅要找到西方叙事学这一舶来品最大化地适应中国文化土壤的途径，在借鉴西方叙事学的同时，还要立足于中国本身的叙事传统和文化语境，探寻和挖掘中国文化中的叙事理论话语资源，构建中国叙事学的理论体系，实现中西叙事学的互识与共进。

关键词：西方叙事学中国化 中国叙事学 叙事传统 互识 共进

The Mutual Understanding and Development of Chinese and Western Narratology

Abstract: This paper firstly traces and clarifies the process of the Chinization of Western narratology and its inadequacy, afterwards introduces and elaborates the study of Chinese narratology in English academic field, and then searches the direction of studies on Chinese and Western narratology in the future. This paper holds the view that the method of integration between Chinese and Western narratology should be proceeded on both the issue of the Chinization of Western narratology

---

① 本论文为 2017 年国家社科基金一般项目"当代英美文论界后理论现象研究"（项目编号 17BWW015）阶段性成果。

and the internationalization of Chinese narratology. The approach by which Western narratology, this imported discipline, adapts to the context of Chinese culture should be found. Meanwhile, using Western narratology for reference, based on the narrative tradition and cultural context, we should explore and excavate the source of discourse for narrative theory in Chinese culture, construct the theoretical system of Chinese narratology, and realize the mutual understanding and development of Chinese and Western narratology.

Keywords: the Chinization of Western narratology；Chinese narratology；narrative tradition；mutual understanding；mutual development

西方叙事学自 20 世纪 80 年代进入中国学界以来，在国内文学研究领域持续受到高度关注，并产生了深远的影响。国内学者在致力于将西方叙事学引入中国的同时，还对其在中国语境中的理论移植和本土化做出了多维度的探索和多方位的研究，力图在此基础上建构国内叙事学的新途径和新领域。在西方叙事学中国化这一议题上，国内学界经历了从单向的引入和运用到双向的比较和对话的过程。在中国叙事学国际化这一议题上，国内学界的研究相比海外学界却有某种程度的滞后。迄今在研究西方叙事学在当代中国的语境化以及中国叙事学国际化方面仍存在诸多问题。本文将从国内学界的西方叙事学研究、英语世界的中国叙事学研究这两个方面梳理学界对此问题的研究成果和存在的不足，并在此基础上提出更系统和深入的研究构想：以西方叙事学为参照的同时又不局限于追随西方叙事学的理论发展和视域，在对西方叙事学进行借鉴的同时坚持中国叙事学的本土性和独创性，促进叙事学领域的中西学界互识与互动，从而在尊重语言和文化差异的基础上促进中西文化交流。

一、国内学界的西方叙事学研究

国内对西方叙事学的研究大致分为三种模式。

第一种模式致力于构建中国叙事学，将中国叙事传统体系化并进行深化和拓展，同时借鉴西方叙事理论来完善中国叙事学的理论框架和论证方式，并运用所构建的理论体系来分析和解读中国古今文学艺术，展现中华民族的叙事传统经验和叙事旨趣。从事此类研究的学者以杨义、傅修延、徐岱等为代表。杨义在其《中国叙事学》中论述了中西叙事学的不同逻辑和理念，并在对中国传统叙事学进行梳理的基础上总结出了中国古典叙事学的基本原理。他将中国叙事理论与中国的文化战略相联系，指出应当借鉴西方叙事学理论来构建符合中国文化传统和社会语境的中国叙事学理论体系；既有主体性，又有开放性。（杨义，1997）傅修延在其所著《中国叙事学》中追溯了始于先秦的中国叙事传统，不仅讨论了神话中的元叙事，《山海经》中的原生态叙事，古典小说、戏曲和民间传说的叙事新解读，赋的叙事特点等文本叙事模式，还跨越了文本的藩篱，将叙事学的范畴扩展到了青铜器、瓷器等艺术领域，甚至探索了中国叙事学体系中的听觉叙事和视觉叙事，以及中西相通的"聚焦"概念。该书为中国叙事学体系化的形成提供了坚实基础。（傅修延，2015）徐岱在《小说叙事学》中梳理了中国古代叙事学和当代西方叙事学，并分析了中外小说的叙事方式，进行了中西小说叙事的对话与比较。（徐岱，1992）董乃斌在《中国文学叙事传统研究》中探讨了中国文学史中抒情传统与叙事传统的并存互动。（董乃斌，2012）乔国强在《中国叙述学刍议》中指出，中国叙事理论应当在中国古典叙事理论的基础上进行构建，同时应厘清西方叙事理论同中国叙事问题之间的关系，在中西叙事学差异的基础上借鉴西方叙事理论，充分理解和尊重中国传统叙事特点和中国社会语境的叙事诉求，将中国叙事经验和国内现有的西方叙事研究成果整合成体系，以此拓展和推进中国叙事学。（乔国强，pp. 29－40）赵炎秋、陈果安等所著《明清叙事思想研究》从体制形态、报刊语境、读者意识与近代叙事思想的演进等方面深入和系统地讨论了明清叙事思想。（赵炎秋，陈果安，潘桂林，2008）张世君所著《明清小说评点叙事概念研究》对以金圣叹、毛宗岗、张竹坡、脂砚斋为代表的四大评点家对明清四部小说的评析中所包含的叙事概念进行了梳理和归纳，并与西方叙事概念进行比较研究，凸显了明清小说点评叙事的学理性。（张世君，2007）此外，建构中西比较的叙事学也是国内学者的关注聚焦之处。赵毅衡在其《当说者被说的时候：比较叙述学导论》一书中提出了"比较叙述学"这一议题。虽然此书的研究框架还是主要借用了西方叙事理论的模式，但作者在书中列举了大量中外文学作品来进行叙事方式上的比较研究。（赵毅衡，2013）

　　第二种模式主要关注当代西方叙事学理论在国内学界的理论移植和发展，并力图对当代西方叙事学的疏漏、含混和空白之处进行厘清和填补。从事此类研究的代表为赵毅衡和申丹等学者。在文本对象选取上，虽然赵毅衡着力于研究中国传统文学文本和中国文化语境，申丹注重对西方文学作品的分析，但两位学者关注的焦点都并非中西方叙事理论的差异，而是以对文本本身的阅读和分析为中心，在对文本进行细读之后总结和归纳出其中蕴含的叙事风格和方式，并从中抽取和创造新的叙事方法和理论。赵毅衡在《苦恼的叙述者——中国小说的叙述形式与中国文化》中提出了"形式文化论"的批评方法，将形式论与历史主义相结合，用于梳理中国白话小说从传统到现代的演变历程。（赵毅衡，1994）赵毅衡所提倡的"广义叙述学"试图将叙事学从文本内扩展到文本外，把视野拓宽到各门类叙述，建构一个适用于社会文化语境中所有叙述行为的理论。在其所著《广义叙述学》一书中，赵毅衡从符号叙述的大范畴出发，探寻所有叙述行为背后的共同规律，在归纳总结之后抽取出叙述的共同原理和范式，强调广义叙述学的可能性与必要性。（赵毅衡，2013）申丹提出了"整体细读法"，指出此种方法旨在仔细考察文本本身，强调作品局部成分的内涵以及各成分之间的相互关联，同时注重文本的互文与语境。她致力于寻找西方叙事学理论所忽略或含混不清之处，对其加以厘清和修补，以期对其进行完善。譬如，她对"隐含作者""聚焦""视角"等西方叙事学领域的概念进行了深入细致的探讨，并在对叙事学的话语研究和文体学的文体研究这二者的结合上有着相当的建树。例如，她所著《叙述学与小说文体学研究》便体现了她在叙述学与小说文体学相结合方面所做出的努力和成果。（申丹，2004）胡亚敏所著《叙事学》在西方叙事学的阐释框架内，从叙述、故事、阅读三方面分析了叙事学的基本问题。同时在此书的附录部分，作者对金圣叹的叙事理论进行了梳理，作为西方叙事学理论的补充和互文。（胡亚敏，2004）董小英《叙述学》同样也在西方叙事学的理论框架下讨论了叙述范畴、叙述语态、叙述语式、叙述结构这几个方面的内容，并且其所涉及的文本对象均为西方文学文本。（董小英，2001）谭君强《叙事学导论：从经典叙事学到后经典叙事学》梳理了西方叙事学从经典到后经典的发展脉络。（谭君强，2014）

　　第三种模式主要致力于在运用西方叙事理论来解读中国的文学作品的同时，结合中国文学叙事的批评传统和本土特色进行分析，试图将中国文学文本与西方叙事学的解读方式进行语境化的对接和匹配。此种模式虽然也提倡西为中用，但仍以西方叙事学理论为基石，与建构中国叙事学的第一种研究模式有着本质区别。陈平原的《中国小说叙事模式的转变》以西方叙事学的认知模式和研究方法为基础，结合中国传统叙事技巧的研究，在中西对话和古今对话之中对中国小说叙事模式的发展和变化进行了梳理，重点讨论了西方叙事技巧影响下的中国小说叙事在 20 世纪最初 30 年的嬗变。虽然此书涉及"史传"传统和"诗骚"传统等中国叙事传统，但此书所采取的理论话语和研究框架仍以西方叙事理论为主。（陈平原，2010）谭君强所著《叙述的力量——鲁迅小说叙事研究》主要运用西方叙事理论的分析模式对鲁迅小说的叙事模式进行了透彻和全面的分析。（谭君强，2000）台湾学者李贞慧所著《历史叙事与宋代散文研究》以西方叙事理论为参照系统，结合中国"抒情传统"，以宋代散文作为文本对象，阐明中国历史叙事的特征。（李贞慧，2015）张清华著《存在之镜与智慧之灯——中国当代小说叙事及美学研究》运用西方叙事和美学理论，结合中国社会文化语境，对当代中国小说的叙事模式与美学特质进行了探讨。（张清华，2010）罗小东在《"三言""二拍"叙事艺术研究》中，运用西方叙事学话语体系，结合中国传统文化语境，对"三言""二拍"的叙事艺术进行了解读。（罗小东，2010）王贵禄的论著《中国西部小说叙事学》在西方叙事学的框架下，将中国西部小说的叙事手法同文本的社会语境相结合，总结出了中国西部小说叙事自成体系的叙事模式。（王贵禄，2015）此类研究为数不少，不一一赘述。

笔者认为，西方叙事学进入中国学界以来，国内学者对其中国化的探讨和拓展取得了不容忽视的成果，然而其中也存在一些不足，尚有继续推进的空间。因而，在西方叙事学中国化的问题上，应解决的第一个关键性问题是找寻西方叙事学中国化的最佳路径，消除西方叙事学在中国文化语境下"水土不服"的现象。此外，近几十年来，不少国内学者致力于建构中国叙事学体系并取得了一系列成果，然而构建完善的中国叙事学理论话语体系的工作还需要进一步进行。如能探求如何以本土化的西方叙事学为参照，构建有民族话语特色的中国叙事学体系，则能进一步推动中西方学界在叙事学领域的互识与对话。再者，自西方叙事技巧和叙事理论进入中国以来，国内学界出现了为数众多的、将其运用于文本实践的研究，然而此类研究存在直接套用和生硬嫁接等问题。因而，融合中西叙事学理论，对当代中国文本的叙事话语有一个相对整体性的解读，也是今后研究的重要走向。

二、英语学界的中国叙事研究

自20世纪80年代西方叙事学进入中国以来，中国学界对其展开了全方位、多层次的研究，翻译并引入了难以计数的西方叙事学成果。然而与此同时，海外学者对中国叙事学的研究却未能在中国学界引起应有的重视。这部分地导致了国内学界对中国叙事学在国际叙事学界的影响不甚了解的状况。本文对有关中国叙事学的英文文献做了大致的梳理，从以下三个方面对其进行分类：

第一，中国叙事学理论概述及中国传统诗歌和小说等文本中的叙事模式。

美国学者浦安迪（Andrew H. Plaks）所著《中国叙事文：批评与理论文汇》（*Chinese Narrative: Critical and Theoretical Essays*）、美国学者多尔·莱维（Dore J. Levy）所著《中国叙事诗：从汉朝到唐朝》（*Chinese Narrative Poetry: the Late Han through Tang Dynasties*，1988）、俄罗斯学者奥尔加·里昂托维奇（Olga Leontovich）《中国虚构叙事之世界：内容、角色及社会影响》（"The World of Chinese Fictional Narratives: Content, Characters and Social Impact"）、加籍华裔汉学家高辛勇（Karl S. Y. Kao）《中国叙事的派生》（"Aspects of Derivation in Chinese Narrative"）、美籍华裔汉学家高友工（Yu-Kung Kao）《中国叙事传统中的抒情境界：阅读〈红楼梦〉和〈儒林外史〉》（"Lyric Vision in Chinese Narrative Tradition: A Reading of *Hung-lou Meng* and *Ju-lin Wai-shih*"）、美国学者戴维·罗尔斯顿（David L. Rolston）《中国小说批评传统中写作的"视角"问题》（"'Point of View' in the Writings of Traditional Chinese Fiction Critics"）、美国学者保罗·费希尔（Paul Fischer）《中国早期"子书"中的互文性：〈尸子〉中的共同叙事》（"Intertextuality in Early Chinese Masters-Texts: Shared Narratives in *Shi Zi*"）等，对中国传统叙事学的总体模式、中国传统小说点评、传统诗歌和"子书"等文本中的叙事进行了讨论。

著名汉学家、美国普林斯顿大学东亚系和比较文学系教授浦安迪致力于中国叙事学的研究，其在中国出版的相关书籍有《中国叙事学》《明代小说四大奇书》《浦安迪自选集》等。他在《中国叙事理论的概念模式》（"Conceptual Models in Chinese Narrative Theory"）一文中指出，中国叙事性文学不仅是包含中国哲学观念的文化载体，还能与哲学话语中的观念和模式相对应。文章讨论了中国文学传统中叙事和哲学之间的关系，认为哲学话语和叙事话语都属于元语言系统。作者将中西叙事学传统进行了比较研究，分析了在事件叙事和非事件叙事中两大传统的不同之处；将中国叙事文本的模式阐释为对比的二元性、多样化以及整体性，并提出中国叙事传统强调文学结构的功能性。（Plaks，1977）

美国布朗大学比较文学系教授多尔·莱维主要研究方向为中国传统文化，尤其专注于中国文学中的叙事、文学与视觉艺术之间的关系等。他在《中国叙事诗研究模式》一文中指出，中国叙事诗传统自《诗经》开始，包含了历史性、自传性、政论性和社会批评性等多样化叙事模式。同时，中国传统叙事诗中的叙事技巧也对中国小说的叙事技巧产生了深远影响，譬如，在小说叙事中混合了散文和诗歌的叙事特色。诗歌叙事帮助调和了个人表达和社会评论这两大中国文化艺术的基本意图。此外，中国叙事诗还提出了"何谓叙事"等基本问题。该文讨论了中国叙事诗在本土的批评传统，并且以王维和陶潜等的诗歌为例，分析其叙事视角、叙事时序、人物刻画等写作技巧，在比较文学的视域中运用了当代叙事理论的模式来讨论中国叙事诗。（Levy，1988）

里昂托维奇在《中国虚构叙事之世界：内容、角色及社会影响》中指出，中国叙事以其多样化的方式反映了中国悠久的历史文化、民族身份、价值观念以及中华民族将现实概念化的途径。该文从语言学、符号学和传播学等跨学科的视角，以叙述分析为主要研究方法，对中国叙事进行了综合研究。此文从叙事交互的宏观语境和微观语境、叙事轨迹、叙事时间、叙事者等方面进行讨论，重点研究了以神话为主的虚构叙事的文化维度，将中国叙事视为通过民族身份、心智和世界观来将现实概念化的工具，并探究了文本虚构与社会建构之间的关系，讨论了当代中国社会中神话构建的影响。作者认为，此文的研究成果应当被运用于其他类型的中国叙事，并可以引导其在文本阐释、教育、文学研究以及跨文化交流中的实际运用。（Leontovich，2015，pp. 301—317）

高辛勇的主要研究领域为中国叙事学、修辞学、中国古代文学，在国内出版有其《修辞学与文学阅读》一书。他在《中国叙事的派生》一文中指出，中国文本具有明显的"互文"特征，但此种互文又有派生。中国叙事传统中的互文派生能够回溯到自《左传》起的早期历史传记，并对之后包括小说在内的中国文学产生了深刻影响。作者对互文派生进行了分类，并从文本中的语境重构、派生文本的再现、叙事动机和叙事环境适应这几个方面来讨论了叙事派生，其后又以《李章武传》《王知古》《醒世恒言之杜子春三入长安》这三个文本为例进行了详细的文本解读，分析了具体文本实践中的叙事派生。（Kao，1985，pp. 1—36）

高友工研究方向为中国文学、中国古典文艺学，专注于"抒情论"研究，著作颇丰，国内出版有《美典：中国文学研究论集》《唐诗的魅力》等。在《中国叙事传统中的抒情境界：阅读〈红楼梦〉和〈儒林外史〉》一文中，他阐释了中国诗歌传统中的"抒情境界"及其对古典和白话叙事类型的影响，重点讨论了"抒情境界"在《红楼梦》和《儒林外史》中叙事风格的体现。文章探讨了"抒情境界"移植到叙述文类后的延续性以及其所产生的叙事内容与叙事技巧的变化。作者指出，在全然不同的叙事类型中，这一抒情境界

仍然适用；在不同的语境和文化环境中，其对文本内容和技巧都有很好的修饰作用。（Kao，1987，pp. 227−243）

戴维·罗尔斯顿《中国小说批评传统中写作的"视角"问题》一文概述了西方叙事学的"视角"问题以及中国学界对"视角"的研究，梳理了中国传统小说和中国小说批评传统中与"视角"相关的问题，讨论了传统小说中"小人""自家""我""在下"等第一人称称谓，以及"说话的""说书的"等叙事者，在此基础上对比了西方叙事学中全知全能叙事者、限制性叙事者等叙事者的相关概念，结合金圣叹、张竹坡、脂砚斋等点评家的观点，对《金瓶梅》《水浒传》《二十年目睹之怪现状》《儿女英雄传》《红楼梦》的叙事模式进行解读。该文还谈论了中国小说批评传统中的聚焦概念和叙述立场，解读了沈括在《梦溪笔谈》中对中国绘画叙事的探讨和毛宗岗对绘画叙事的看法，并以《儒林外史》《西游记》等文本为例，阐释了传统文本中经常采用的"口中说来""只听得""心目中略一写""点入其耳目中"等多种感官叙事，指出了中国小说批评传统在叙事学上的传承性。（Rolston，1993，pp. 113−142）

保罗·费希尔，美国密歇根大学中国语言文学系副教授，著有《传统中国小说和小说点评：字里行间的阅读与写作》（*Traditional Chinese Fiction and Fiction Commentary: Reading and Writing between the Lines*）等。他在《中国早期"子书"中的互文性：〈尸子〉中的共同叙事》一文中指出，中国早期的"子书"包含相当多的共同叙事。作者以杂文的雏形《尸子》为例，讨论了《尸子》与其他"子书"的共同叙事，以及这些共同叙事如何被借用和形成互文。在具体解读中，作者借用《尸子》及相关文本，阐述了"共同叙事"的构成，并且举例说明了不同类型的互文叙事。作者在文中分析了叙事借用的不同方式以及叙事挪用的三种类型，并指明了共同叙事在措辞中经常出现实质性变异的原因。（Fischer，2009，pp. 1−34）

第二，中国叙事学中历史叙事与虚构叙事的互文。

美国学者格兰特·哈代（Grant Hardy）《中国古代历史学家能为现代西方理论做贡献吗？司马迁的多重叙事》（"Can an Ancient Chinese Historian Contribute to Modern Western Theory? The Multiple Narratives of Szu-ma Ch'ien"）、美籍华裔学者陈威（Jack W. Chen）《空白区域和秘密历史：中世纪中国历史编纂的认识论问题》（"Blank Spaces and Secret Histories: Questions of Historiographic Epistemology in Medieval China"）、加拿大学者曼素恩（Susan Mann）《场景设定：中国历史中的传记写作》（"Scene-Setting: Writing

Biography in Chinese History")、美籍华裔学者余国藩（Anthony C. Yu）《历史、小说以及中国叙事阅读》（"History, Fiction and the Reading of Chinese Narrative"），均对中国历史书写中的叙事思想进行了探讨。

格兰特·哈代，美国北卡罗来纳大学宗教历史学教授，主要研究中国历史，著有《青铜与竹的世界：司马迁对历史的征服》（*Worlds of Bronze and Bamboo: Sima Qian's Conquest of History*）等。他在《中国古代历史学家能为现代西方理论做贡献吗？司马迁的多重叙事》一文中指出，作为最有影响力的中国史书之一，司马迁的《史记》体现了与西方历史传统全然不同的历史编纂形式。司马迁将对历史的叙述分为几个相互叠加的部分：朝代和帝王的基本记录、编年表、论述、世袭贵族或诸侯史以及列传。此种碎片化的安排结果之一是同一故事从不同的视角被多次讲述，而各个视角的讲述并非完全一致。从传统西方史学的角度来看，此种做法是对历史真理的漠视，然而《史记》中的许多部分都体现了司马迁对精确还原历史的追求。该文重点选取了《史记》对公元205年叛乱的多重叙事进行深入研究，认为《史记》的叙事方式不仅符合路易斯·明克（Louis Mink）和海登·怀特（Hayden White）提倡的新历史叙事，还体现了司马迁如下的史学观念：对历史学家和历史证据的缺陷的认识，对历史进行多重阐释的可能性，以及对道德洞察的重视。作者认为，《史记》的叙事方式为当代历史学家脱离传统历史写作模式提供了新的途径。（Hardy，1994，pp. 20-38）

华裔美籍汉学家陈威，加利福尼亚大学洛杉矶分校副教授，主要研究方向为中国诗歌和中国文学思想，代表著作为《统治者的诗歌：唐太宗》（*The Poetics of Sovereignty: On Emperor Taizong of the Tang Dynasty*）。他在《空白区域和秘密历史：中世纪中国历史编纂的认识论问题》中指出，《春秋》体现了孔子所提倡的叙事约束、历史事实、道德深度等特质，而他之后的中国历史写作既重视官方的史料记录，又重视个人描述、文学逸事等非官方的资料来源。该文聚焦于逸事资源和历史编纂的交汇，认为历史编纂反映了其叙事状态，而叙事则体现了事实真理或道德真理。（Chen，2010，pp. 1071-1091）

加拿大历史学家曼素恩，代表著作为荣获东亚历史领域的"费正清奖"的《张门才女》（*The Talented Women of the Zhang Family*）一书。她在《场景设定：中国历史中的传记写作》一文中梳理了中国文学中传记文学和历史文学的流变，阐释了传记文学在封建帝王时期的社会功能，重点讨论了以司马迁等的作品为代表的汉文学中的叙事场景和死亡意象，以及墓志铭对人

物叙述和塑造的作用，并在此基础上论述了中国传统历史叙事策略的阐释力。(Mann，2009，pp. 631—639)

美国芝加哥大学巴克人文学讲座教授余国藩以英译《西游记》（*Journey to the West*）饮誉学界。他在《历史、小说以及中国叙事阅读》一文中指出，传统中国叙事的研究通常涉及历史小说，而其中又不可避免地涉及野史和稗史。作者从新历史主义的视角，分析了《左传》《汉书》《尚书》《春秋》等中国古代编年史，结合西方学界对其的讨论，指出编年史和叙事之间的密切关系，探讨了编年叙事中的道德说教、政治意识形态等因素。作者同时还讨论了《西游记》《金瓶梅》《三国演义》等小说中的历史叙事，指出了文中历史与虚构的并置，指出中国传统文化对历史叙事的认知是周期性的再现和说教性的话语。作者认为，找寻阐释中国历史和小说叙事的新模式势在必行。(Yu，1988，pp. 1—19)

第三，跨学科的叙事学研究。

美国学者孟久丽（Julia K. Murray）所著《道德镜鉴：中国叙述性图画与儒家意识形态》（*Mirror of Morality: Chinese Narrative Illustration and Confucian Ideology*）、美国学者宋秀雯（Marina H. Sung）《"弹词"和"弹词"叙事》（"'T'an-tz'u' and 'T'an-tz'u' Narratives"）、美国学者蕾切尔·西尔伯斯坦（Rachel Silberstein）所著《流行形象：19世纪中国女性汉服的叙事圆环和叙事边界》（"Fashionable Figures: Narrative Roundels and Narrative Borders in Nineteenth-Century Han Chinese Women's Dress"）、埃克托·罗德里格斯（Héctor Rodríguez）《中国审美问题：胡金铨电影中的影片形式和叙事空间》（"Questions of Chinese Aesthetics: Film Form and Narrative Space in the Cinema of King Hu"）等，从绘画、音乐、服饰、电影这几个方面对中国叙事进行了多样化和混合式的研究。

中国艺术史研究专家孟久丽在中国出版有《道德镜鉴：中国叙述性图画与儒家意识形态》一书。她所撰《何谓"中国叙述性图画"?》（"What Is 'Chinese Narrative Illustration'"?）一文阐释了"中国叙述性图画"的概念，探讨了中国图画艺术中故事和文本再现的叙事模式。作者认为，中国叙述性图画不仅体现和传达了文化价值观念，同时还在形成和传播社会规范和政治权利上起到了重要的作用。作者在文中讨论了约翰·海伊（John Hay）对中国传统文学中叙事模式的划分，以及巫鸿（Wu Hung）对中国叙事"讽喻性再现"的广义解读，同时对绘画手卷中的"讲述"和"再现"进行了评述。作者运用西方叙事学理论来解读中国叙述性图画中"图画"与"故事"的关系，并结合视觉媒介、再现模式、时序和空间安排，进行了多维度的阐释。
（Murray，1998，pp. 602—615）

美国学者宋秀雯《"弹词"和"弹词"叙事》一文讨论了"弹词"脚本和
"弹词"叙事这两种"弹词"文本的不同类型，并梳理了"弹词"作为一种故
事叙述形式的流变以及"弹词"的具体叙事模式，以《天雨花》《再生缘》
《明成化说唱词话丛刊》等"弹词"文本为例，结合郑振铎《从变文到弹词》
以及陈寅恪的《论再生缘》等众多评论家对"弹词"文本的讨论等与之相关
的论述，对"弹词"及其叙事展开了历时和共时的深入研究。（Sung，1993，
pp. 1—22）

美国罗德岛设计学院文化史教授蕾切尔·西尔伯斯坦《流行形象：19 世
纪中国女性汉服的叙事圆环和叙事边界》一文指出，中国清朝的刺绣工从印
刷品和表演中汲取了大量叙事灵感。此文对皇家安大略博物馆中陈列的两件
服装上所绣的戏剧场景体现出的叙事圆环和叙事边界进行了细致研究。作者
认为，清朝中晚期衣物和纺织品上叙事形象的出现和流行有三个主要因素：
19 世纪社会生活中戏剧表演及其叙事的重要性，流行印刷品中叙事形象的传
播，刺绣的商业化。此文通过探讨 19 世纪中国女性着装中流行文化和服饰时
尚之间的关系，为研究清朝中晚期女性服饰中的叙事形象提供了一个新颖的
视角。（Silberstein，2016，pp. 1—22）

埃克托·罗德里格斯在《中国审美问题：胡金铨电影中的影片形式和叙
事空间》中，以胡金铨电影中的"中国性"再现为研究对象，认为以香港和
台湾为背景的胡金铨电影从中国的绘画、戏剧和文学中汲取了主题和表现规
范，体现了中国艺术传统中的突出特质。该文研究了胡金铨电影中的多聚焦、
无聚焦、不连贯等叙事手法，以及电影叙事空间中的异质性叙事和叙事重叠
等复调性叙事模式，探寻了胡金铨电影中叙事空间和文化传统之间的关系，
认为中国审美体现了非关联性、非理性和透视性这三大特征。（Rodríguez，
1998，pp. 73—97）

总体而言，英语世界的中国叙事学研究已经涉及了多个领域，但还较为
零散，系统性上还有待加强。此外，国内学界对以英语世界为主的海外学界
之中国叙事学的研究了解还较为有限，未能很好地实现国内外研究的对接。
因此，鉴于西方叙事学中国化的困境，若能将中国叙事学国际化之路和西方
叙事学中国化的问题结合起来考量，从中西叙事学的交汇视野来进行研究，
则将有进一步的拓展。

三、走向未来的中西叙事学研究

　　未来中西叙事学研究的走向，不仅应让国内学者了解和熟知西方叙事学本土化的最新成果和发展动向，在梳理西方叙事学本土化历程，进而让西方叙事学更好地融入中国语境的同时，也应致力于以西方叙事学为参照构建中国叙事学体系，并将中国叙事传统和中国叙事学领域的发展引入西方学界，以此彰显中国学者在叙事学领域的独特视野，从而让中国叙事学在国际叙事学界占据一席之地。具体在西方叙事学理论的中国文化语境的实践问题上，由于语言、文化传统、社会语境、思维方式等的不同，中西叙事学存在本质上的差异，西方叙事学不可能完全适用于诞生在中国文化语境中的文学文化文本，因而必须在对当代中国文化背景下的具体文本分析中，将西方叙事学的分析方法同中国传统叙事学的思想与理念相结合，在将西方叙事学融入中国语境的同时，运用符合民族思维方式和话语习惯的中国叙事理论，对当代中国文化文本进行全面透彻的解读和分析。在理论建设和国际交流上，应不局限于追随西方叙事学的理论发展和视域，而是以西方叙事学为参照，立足于中国本身的叙事传统和文化语境，探寻和挖掘中国文化中的叙事理论话语资源，弘扬民族叙事话语；在中华民族的深层文化心理结构的基础上，建构自身的理论范式；致力于降低中西叙事学的趋同性，让中国叙事学学者在国际叙事学界发出具有中华民族特色的声音。

　　未来的研究应致力于将西方叙事学本土化进程同中国叙事学体系的建构结合起来讨论，并在对二者进行爬梳和总结的基础上，将叙事理论运用于实践。在具体实践层面，不仅全面利用西方叙事学进入中国学界以来国内学界对其进行的相关研究，也深度挖掘国内外学者对中国叙事传统的讨论及其研究成果，同时还应广泛讨论当代中国文学和电影叙事模式等；在最大限度地整合各方面各领域的资料之后，将理论层面的研究运用于文本实践，重点选取受西方后经典叙事模式影响较大的当代中国文学和电影文本进行解读和分析，在分析过程中既注重西方叙事学本土化，又注重中国叙事传统和经验，在文本实践中验证理论的有效性和可行性，以此对理论体系有一个全面的构建。研究的系统性应体现为：全面深入梳理和系统阐述西方叙事学中国化的演进历程并分析其可推进之处；整理和归纳国内学者对建构中国叙事学所取得的成果，并由此探寻中国叙事学国际化之路；在此基础上尝试比较国内学界叙事学建构强调叙事的民族性和叙事的普适性这两种理论走向，并从中摸索出一套既保持本土性，又能积极参与国际对话的叙事学体系。在具体思路上，以现有的西方叙事学中国化及中国叙事学研究为基础，对西方叙事学中国化以及以西方叙事学为参照的中国叙事学的进程和现状进行综合整理、评述和总结，并由此找寻西方叙事学中国化以及中国叙事学走向国际视野的最佳路径。

对于中西叙事的交汇，应解决西方叙事学在当代中国的语境化问题、中国叙事学国际化问题以及中西叙事学融会并运用于实践的问题。在西方叙事学在当代中国的语境化问题上，应厘清西方叙事学进入中国学界以来国内学界对其进行的多维度多层次研究成果，发现其中的不足，并对其进行补充和完善，致力于找到西方叙事学这一舶来品最大化地适应中国文化土壤的途径。在中国叙事学国际化问题上，应在借鉴西方叙事学的同时，立足于中国本身的叙事传统和文化语境，探寻和挖掘中国文化中的叙事理论话语资源，探求如何更好地将中国叙事学体系引入国际叙事学界，并与西方叙事学平等交流对话。在中西叙事学融会并运用于实践的问题上，应试图在文本实践中寻求一个中西叙事学融会的最佳模式，将叙事学理论同后现代理论、文艺美学等结合，注重文本生产的社会学语境，在中国文化场域中展开叙事学的互文性实践，再将实践提炼和升华为理论。其关键点在于，如何有效地整合近几十年来国内学界对中西叙事学的众多庞杂研究成果，以及如何系统化地研究海外学界零散的中国叙事学相关讨论，并从中进行理论性归纳和推进。

概言之，通过梳理西方叙事学中国化的历程，汲取西方叙述学精华、西为中用；同时注重中国叙事传统、民族审美旨趣，并拓展、深化中国叙述传统，发掘中国叙事学构建的多个维度和多种可能性，在遵从中国叙事学建构基本诉求的同时借鉴西方叙事学的研究方法，求同存异，在并存中求繁荣，构建中国叙事学的范畴体系，让中国叙事学走向西方学界。中国叙事学的构建应既保持本土性和独创性，又不囿于中华民族的叙事传统，让其在国际叙事学界占据一席之地。通过中西叙事学领域的互识与对话，促进中西双方在叙事话语形成背后深层的社会文化、心理、思维模式等方面的了解与交流，让中国叙事在全球化语境下得到更广泛的接受和更深层次的了解。

引用文献：

陈平原（2010）. 中国小说叙事模式的转变. 北京：北京大学出版社.

董乃斌（2012）. 中国文学叙事传统研究. 北京：中华书局.

董小英（2001）. 叙述学. 北京：社会科学文献出版社.

傅修延（2015）. 中国叙事学. 北京：北京大学出版社.

胡亚敏（2004）. 叙事学. 武汉：华中师范大学出版社.

李贞慧（2015）. 历史叙事与宋代散文研究. 北京：中国社会科学出版社.

罗小东（2010）. "三言""二拍"叙事艺术研究. 北京：中国社会科学出版社.

乔国强（2010）. 中国叙述学刍议. 江西社会科学，6，29−40.

申丹（2004）. 叙述学与小说文体学研究. 北京：北京大学出版社.

谭君强（2000）. 叙述的力量：鲁迅小说叙事研究. 昆明：云南大学出版社.

谭君强（2014）. 叙事学导论：从经典叙事学到后经典叙事学. 北京：高等教育出版社.

王贵禄（2015）. 中国西部小说叙事学. 北京：中国社会科学出版社.

徐岱（1992）. 小说叙事学. 北京：商务印书馆.

杨义（1997）. 中国叙事学. 北京：人民出版社.

张清华（2010）. 存在之镜与智慧之灯——中国当代小说叙事及美学研究. 福州：福建教育出版社.

张世君（2007）. 明清小说评点叙事概念研究. 北京：中国社会科学出版社.

赵炎秋，陈果安，潘桂林（2008）. 明清叙事思想研究. 长沙：湖南师范大学出版社.

赵毅衡（1994）. 苦恼的叙述者——中国小说的叙述形式与中国文化. 北京：北京十月文艺出版社.

赵毅衡（2013）. 当说者被说的时候：比较叙述学导论. 成都：四川文艺出版社.

赵毅衡（2013）. 广义叙述学. 成都：四川大学出版社.

Chen, J. W. (2010). Blank spaces and secret histories: questions of historiographic epistemology in medieval China. *The Journal of Asian Studies*, 69(04), 1071−1091.

Fischer, P. (2009). Intertextuality in early Chinese masters-texts: shared narratives in Shi Zi. *Asia Major*, 22(2), 1−34.

Hardy, G. (1994). Can an ancient Chinese historian contribute to modern western theory? the multiple narratives of Szu-ma Ch'ien. *History & Theory*, 33(1), 20−38.

Kao, S. K. (1985). Aspects of derivation in Chinese narrative. *Chinese Literature Essays Articles Reviews*, 7(1/2), 1−36.

Kao, Y. K. (1977). Lyric vision in Chinese narrative tradition: a reading of Hung-Loumeng and Ju-Lin Wai-Shih. Plaks, H. (Ed.), *Chinese Narrative: Critical and Theoretical Essays*, New Jersey: Princeton University Press.

Leontovich, O. (2015). The world of Chinese fictional narratives: content, characters and social impact. *International Communication of Chinese Culture*, 2(3), 301−317.

Mann, S. (2009). Scene-Setting: writing biography in Chinese history. *The American Historical Review*, 114(3), 631−639.

Murray, J. K. (1998). What is "Chinese narrative illustration"? *The Art Bulletin*, 80(4), 602−615.

Murray, K. (2007). *Mirror of Morality: Chinese Narrative Illustration and Confucian*

Ideology. Hawaii: University of Hawaii Press.

Plaks, H. (Ed.)(1977). *Chinese Narrative: Critical and Theoretical Essays*. Princeton, New Jersey: Princeton University Press.

Rodríguez, H. (1998). Questions of Chinese aesthetics: film form and narrative space in the cinema of King Hu. *Cinema Journal*, 38(1), 73—97.

Rolston, L. (1993). "Point of view" in the writings of traditional Chinese fiction critics. *Chinese Literature Essays Articles Reviews*, 15(1/2), 113—142.

Silberstein, R. (2016). Fashionable figures: narrative roundels and narrative borders in nineteenth-century han Chinese women's dress. *Costume*, 50(1), 63—89.

Sung M. H. (1993). T'an-Tz'u and T'an-Tz'u narratives. *Toung Pao*, 79(1), 1—22.

Yu, A. C. (1988). History, fiction and the reading of Chinese narrative. *Chinese Literature: Essays, Articles, Reviews*, 1988, 10(1—2), 1—19.

作者简介：

汤黎，四川大学外国语学院特聘副研究员，主要研究方向为西方文论与英美文学。

Author:

Tang Li, associate researcher of College of Foreign Language, Sichuan University. Her research interest is Western literary theory, and British and American literature.

E-mail: tony111226@163.com

一人一故事剧场的符号叙述学研究

付 宇

摘　要：符号叙述学从媒介角度划分叙述体裁，剧场演出是其中演示类体裁的一种表现形式。一人一故事剧场演出主要由观众口述故事与演员表演故事共同组成。从符号过程看，该剧场具有双重发送者、符码和接收者，这使得演出具有明确的观众干预性、表演即兴性、不可预测性等特点。其演出文本边界取决于接收者的解释方式，演出文本边界模糊。一人一故事剧场演出文本有清晰的叙述分层。从当今叙述实践来看，一人一故事剧场扩容了当代叙述研究的现实意义。

关键词：一人一故事剧场　符号叙述学　框架叙述者　叙述分层

A Semio-narratological Study of Playback Theatre

Fu Yu

Abstract: The study of semio-narratology defines narrative genres according to media, based on which the theater performance is a form of performative narrative. Playback Theatre has two sets of addresser, code and addressees, because it is mainly composed of both the audience's oral story telling and the actor's performance. It shares the features of performative narratives, such as the possible interaction between the performer and the audience, unpredictability and improvisation, etc. Playback Theatre doesn't have a definite text boundary, which depends on the audience's way of interpretation and it has very clear narrative levels. Playback Theatre has been worldly influential and the study of the Playback Theatre hopefully may widen the scope the study of narratology.

Keywords: Playback Theatre; semio-narratology; frame-person duality; stratification

一人一故事剧场（Playback Theatre）于 1975 年由乔纳森·福克斯（Jonathan Fox）和乔·萨拉斯（Jo Salas）等在美国创立，从字面来看，剧场表演的核心是将故事重演，因而也有人称其为"倒带剧场"或"重播剧场"。1996 年一人一故事剧场由莫昭如引进至香港，并确定其中文名称；2005 年一人一故事剧场被引进到中国大陆，广泛用于社区服务、文化教育、文化发展等领域。

与一般基于文字剧本的戏剧演出不同，一人一故事剧场依靠观众参与推动演出进程，即观众在剧场内讲述自己生活的瞬间感受或故事，演员依据观众讲述的故事进行即兴表演。作为一种观众参与度极高的戏剧形式，一人一故事剧场有明确的口述故事部分和演员表演部分，那么这种剧场演出是一种叙述吗？如果剧场演出是一种叙述文本，相较于单一的故事叙述或者单一的舞台表演，一人一故事剧场又有哪些自身的特点？自布拉格学派以来的戏剧符号学目前已取得丰富的研究成果，其主要研究集中在作为戏剧文本的符号系统如何传递戏剧信息方面，而本文将从符号叙述学角度探寻剧场演出如何成为叙述，进而探寻一人一故事剧场的符号过程、叙述特点、演出文本构成及其叙述机制，以及该叙述实践给当代叙述研究带来的现实意义。

一、剧场演出作为叙述

长久以来，叙述学专注于书写文本领域的研究，而对其他叙述类型的研究较少。罗兰·巴尔特（Roland Barthes）在他的《叙述结构分析导言》中认为叙述包括悲剧、正剧、喜剧、哑剧，但巴尔特很少研究小说之外的叙述；格雷马斯（Algirdas Julien Greimas）在《结构语义学》中将戏剧纳入叙述，其关心的重点却从不在戏剧之上；热奈特（Gerard Genette）指出叙述学应该讨论所有类型的故事，包括虚构类及其他（如纪实类），但实际上其研究多围绕小说展开（Genette，1991，pp. 755−756）。面对这种情况，安德烈·戈德罗（Andre Gaudreault）认为今天叙述学中书写占据研究的主导地位或许与人们对模仿（mimèsis）与叙事（diègèsis）概念的误解和扭曲有关。戈德罗指出柏拉图和亚里士多德对于"叙事"一词的使用是不同的，"柏拉图原话'diègèsis dia mimèseôs'的直译，即'通过模仿叙事'"（戈德罗，2010，pp. 80−81），即柏拉图的模仿是叙事的一种；亚里士多德的叙事是模仿的表现。后来的人们没有顾及柏拉图的《理想国》和亚里士多德《诗学》所传达的全部含义，而是从柏拉图那里借来"模仿"，从亚里士多德那里借用"叙事"。到热奈特那里，他将模仿和叙事看作互相对立的概念，认为戏剧是模仿而不是叙述，因而将戏剧排除到叙述研究之外。

此外，书写文本占据叙述学研究的主导，这一状况的产生也受到英语将叙述视为过去时态的影响，这将现在进行时态的戏剧表演排除到叙述之外。当代新叙述学代表人物费伦（James Phelan）曾明确表示"叙事的默认时态是过去时"（费伦，2007，p. 25）。普林斯（Gerald Prince）1987 年版《叙述学词典》对叙述的要求为"重述"（recounting），叙述是指叙述人对叙述接收者讲述或传达已经发生了的事件（赵毅衡，2011）。按此定义，戏剧是正在发生的故事，不是被重述的故事，因此戏剧不是叙述。而在 2003 年版《叙述学词典》中，普林斯将"重述"（recount）改为"传达"（communicate），打破了英语叙述对于过去时的遵守，拓宽了叙述所涵盖的领域，这样戏剧便被纳入叙述的范围之中。

当代西方叙述学家瑞恩（Marie-Laure Ryan）则突破叙述的过去时态以及书写文本范畴，从跨媒介角度拓展了当代叙述研究领域。2004 年，瑞恩主编《跨媒介叙述》（*Narrative across Media*），列举出面对面叙述、单画幅叙述、动态图片、音乐、数字媒体，这个集合并不是要涵盖所有理论模型，而是从根本上创建跨媒介叙述研究（Ryan，2004）。2014 年，瑞恩三编《跨媒介故事世界》（*Storyworlds across Media*），收录了多种媒介形式讲述故事的案例，内容涵盖戏剧、当代故事片、绘画小说、电脑游戏、画报艺术，此外还涉及了多种媒介形态的相互影响研究。瑞恩用"故事世界"（storyworld）替代"叙述"（narrative），其意旨不仅在于当下在叙述领域"世界"范畴的出现，同时也扩展了当代文化的意义（Ryan，2014，p. 1）。[①]

随着时代的发展，越来越多不同形态的媒介进入叙述学研究视野，故事世界的建构也早已不再局限于文字文本，而是呈现出愈来愈丰富的形式。媒介是符号携带意义的可感知部分，从媒介角度看叙述问题，或许将是理解今天我们所面临的越来越多样的叙述形态的一个有效视角。国内有学者指出，"媒介特点决定叙述题材，叙述类型就是媒介类型"（唐小林，2016，p. 13）。而叙述学史上第一部符号叙述学著作——赵毅衡的《广义叙述学》，正是从媒

---

① 本书中编者收录了三个部分：mediality and transmediality，multimodality and intermediality，transmedia storytelling and transmedia worlds。

介角度出发对叙述予以分类。在这部著作中，作者将叙述定义为"某个主体把有人物参与的事件组织进一个符号文本中，此文本可以被理解为具有时间和意义的向度"（赵毅衡，2013，p.7）。同时，作者按照再现的本体地位类型—媒介/时向方式两条轴线将叙述全域划分为三种类型：记录类叙述、演示类叙述和意动类叙述，分别对应三种时态：过去时、现在时、未来时。其中，"演示叙述，是用身体−实物媒介手段讲述故事的符号文本，它的最基本特点是，面对演示叙述文本可以被接收者视为'此时此刻'展开"（赵毅衡，2013，p.40）。这样，剧场演出便被纳入叙述范畴，是演示叙述的一种表现形式。此外同样从媒介角度出发，唐小林将媒介分为两类：非特有媒介和特有媒介。他认为"只有身体符号是非特有媒介符号，其余的符号全是特有媒介符号"（唐小林，2016，p.71）。在此基础上，他将符号叙述划分为讲述和演述两种基本类型，并指出："非特有媒介符号"叙述是演述，对应现在时态；特有媒介符号是重述，对应过去时态。由此来看，剧场演出是现在时向的非特有媒介符号。

从媒介角度对叙述予以划分肯定了剧场演出是一种叙述。依照赵毅衡对最低叙述的定义，剧场演出是用身体−实物媒介手段讲述故事的符号文本，它将人物参与的事件组织到剧场表演中，可被理解为具有时间和意义的向度。其最主要的特点是以身体为媒介展开，言语、肢体动作、相关音乐等都是身体媒介的一部分；同时，演示叙述文本可以被接收者视为此时此刻展开，因而具有展示性、即兴性、观众参与性的特点；此外，基于以上两点，剧场演出每一次形成的符号文本均不相同，演出文本具有唯一性和不可重复性。如果说演示叙述是当代最重要的叙述门类之一，那么剧场演出则是其中一种主要形式。

二、一人一故事剧场的基本结构

在传统戏剧演出中，演员按照剧本的设定进行排练与表演，观众是舞台下面的观看者，对戏剧演出的参与程度较低。一人一故事剧场抛弃了以往按照剧本演出的模式，由观众现场讲述自己人生中的真实事件，演员依据讲述的故事进行即兴的舞台表演。形式上，一人一故事剧场类似于拼贴艺术，即整场演出由一个又一个的观众口述故事和演员表演串联起来。剧场演出由主持人对全场进行引导，当观众愿意分享自己的感受或者故事时，主持人会对其进行访问，由观众口述故事，之后演员通过肢体动作、语言、道具等媒介再次"讲述"故事，其间或伴有乐师即兴创作的音乐。演员表演结束后主持

人会引导故事讲述者重新谈谈对这个故事的理解，或直接引入下一个故事。整场演出即由不同故事的拼贴组合完成。（如图1）

主持人访谈→观众口述故事→演员即兴表演→主持人访谈→进入下一个故事……

图1　一人一故事剧场演出流程

一人一故事剧场打破传统的观众与表演者之间看与被看的关系，采用讲述故事与表演故事互为对话的特殊结构，更加重视人与人交流的现场性和表演的即兴性。其演出空间结构也较为独特：采用中心围合式剧场形态，剧场演出不需要复杂的舞台设计，只需要简单布置出大概轮廓，即观众席围绕成一个圆圈，中间预留的空区为表演区域。这种空间设计注重拉近观众与舞台的距离，强调观众在剧场演出中的参与程度和投入程度。在演出空间内，演员根据观众叙述的故事进行创作和演绎，观众则既可以观看演员的表演，也可以观看其他观众（口述自己故事的观众）的表演，同时自身可随时参与演出。

作为一种叙述文本，一人一故事剧场对故事文本进行了二次加工与叙述，二者共同组成了一个相互关联又具有差异性的符号文本，传统的"符号发送者—符码—符号接收者"的模式在这里组成了一个双重对话文本（如图2）：

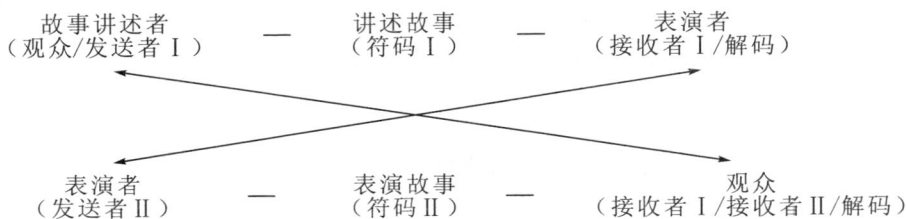

故事讲述者 （观众/发送者Ⅰ）	—	讲述故事 （符码Ⅰ）	—	表演者 （接收者Ⅰ/解码）
表演者 （发送者Ⅱ）	—	表演故事 （符码Ⅱ）	—	观众 （接收者Ⅰ/接收者Ⅱ/解码）

图2　一人一故事剧场双重发送者、符码、接收者

在一人一故事剧场中，作为主要信息的故事本身经过了二次生产和传播，被叙述的故事有两个发送者，经过了两次符号文本传播，即作为第一次符号文本生产、传播的故事口述，和作为第二次符号文本生产与传播的演员的故事表演。一个完整的意义单元包含口述故事与表演故事，口述单元影响表演单元，表演单元对下一个口述故事的诞生具有潜在影响，二者相互配合，共同影响观众对意义的理解。

　　赵毅衡在符号叙述学的研究中提出演示类叙述具有"被干预潜力",而一人一故事剧场表演进程的推进必须依靠观众的参与,也就是说观众干预演示的功能被明确。这种观众参与到演出进程的表演使得整个叙述文本进程难以控制。同时,也正是观众对剧场表演进程的干预,促成了一人一故事剧场对观众的吸引力,正如有学者所言,"干预潜力制造了某种接受态度,一切表演都是悬而未决,悬而未决又导致了某种干预冲动,而干预冲动是表演艺术符号的魅力所在"(陆正兰,2012,p. 156)。在这里,观众具有了双重身份,既是受述者,又同时参与叙述进程,即观众作为受述者参与演出,充当叙述人格。演员演什么故事,讲什么台词,如何创造性地演绎,都基于观众的故事讲述。剧场演出每推进一个环节,观众都必须做出有意义的行为,即参与其中,开启另一个故事的剧场表演。在这个有着双重发送者的文本中,符码的接收者既包括表演者,也包括现场的所有观众,表演者通过对故事的解码和再编码,将故事表演出来,口述与表演二者共同推动叙述前进。口述故事与表演故事这两种不同的表现形式所呈现的不同符号,形式上构成了某种对话、互动和张力,使得意义的生产与解释处于流动之中,观众在聆听故事与观看表演中获得审美体验。

　　基于此,一人一故事剧场有自身的特点:其一,观众在其中既成为故事的发出者,也成为故事的接收者,这种形式使得演出如果没有观众参与将无法进行,明确了观众对演出干预的决定作用;其二,其所叙述的文本当场展开,当场接收,观众现场讲述故事,演员即刻对故事文本予以接收、解码、再编码,进行表演,戏剧演出文本随演出现场情况而确定,这使得每一次剧场表演的演出文本均不同,表演具有即兴性和不可预测性;其三,剧场演出是"进行时"文本,文本无法保留,表演上一刻完成,下一刻就消失,更无法反复读取,符码此时此刻发出与接收,因而意义也在现场实现。此外,观众以故事讲述者的身份成为剧场表演的一部分,弥合了观众与舞台表演之间的罅隙,真正打破戏剧中的"第四堵墙",对当代戏剧研究也具有一定的启示意义。

三、一人一故事剧场的演出文本

　　在符号学中,"文本"一词的词义非常广泛,既可以指狭义的文字文本,也用来指广义上的可被解释的符号文本。赵毅衡指出:

　　　　文本要具有意义,不仅要依靠自己的组成,更取决于接收者的意义构筑方式。接收者看到的文本，是介于发送者与接收者之间的一个相对独立的存在，它不是物质的存在，而是意义传达构成的关系：文本使符号表意跨越时间空间的间隔，到达接收者的解释中，成为一个过程。（赵毅衡，2013，pp. 213-214）

由此来看，叙述文本至少包含两个叙述化过程，第一个叙述化过程是把某种事件组合到文本之中（发生于文本构成过程），第二个叙述化是在文本中读出卷入人物的情节（发生于文本接收过程）。一人一故事剧场的演出文本第一个叙述化受其发出者影响，观众口述故事和演员表演叙述二者以身体为媒介共同构成演出文本；第二个叙述化则需要依靠接收者从中解释出意义。由于演出中的观众干预、现场性、即兴性以及不可预测性，演出文本最终解释的实现受到多重因素共同影响。有些看似非文本的成分会被当作文本的一部分介入解释，也有些文本成分被接收者忽略，这样，演出文本边界就有着众多的可能性。也就是说，在本研究对象中符号文本的边界实际上是模糊不清的，其文本的边界最终取决于接收者的解释方式。

胡妙胜在谈到文本间的关系这一问题时曾指出："演出文本不是孤立的现象。它是在文本之间的相互作用中产生的。文本之间的相互关系构成一个网络。一个具体的文本只是其中的一个结节。这个网络成为其中任何一个结节的参照架。"（胡妙胜，1989，p. 305）在对一人一故事剧场基本结构的分析中，我们已经得知其演出文本的形成与观众口述故事文本、演员表演文本具有关联。但仍有诸多其他因素影响接收者的解释。因而在理解一人一故事剧场时，赵毅衡提出的"全文本"概念或许更加适合解释一人一故事剧场的演出文本。赵毅衡认为"凡是在进入解释的伴随文本，都是文本的一部分，与狭义文本中的因素具有相同价值"（赵毅衡，2013，p. 218）。这里涉及的另一概念"伴随文本"，出自赵毅衡《符号学》一书，作者用这一概念讨论文本之间的关系，包括显性伴随文本（副文本、型文本）、生成性伴随文本（前文本、同时文本）、解释性伴随文本（评论文本、链文本、先后文本）（赵毅衡，2016，pp. 143-159）。同样，一人一故事剧场的全部演出文本也至少由这六类伴随文本的支持构成。由于篇幅关系，这里只做简单举例——

副文本：剧组概况、演员基本情况、剧场的主要发起者及其所持有的剧场观念等；

型文本：一种现场发挥的即兴戏剧表演；

前文本：剧场演出之前的全部文化语境，如人们对自我经历的反思和回想，对自身生活世界文化的理解等；

同时文本：演出文本生成时，主持人、观众、演员同时出场，构成同时文本（此处需要指明的是，当观众作为故事讲述者参与演出时，观众与演员不再是同时文本，而是共同构成演出文本）；

评论文本：在进入剧场前人们对一人一故事剧场的评价，包括标签、传闻、伦理价值取向等；

链文本：通过观看剧场表演，接收者有意识或无意识产生的与演出文本相链接的部分，如对过去的追忆、对当下生活的反思等。

通过以上简单分析，我们看到对一人一故事剧场的演出文本边界的界定实际上并没有固定而统一的标准，而是与接收者的接收方式相关。在演出文本的生成过程中，一方面，主持人、演员、观众之间的持续互动构成演出文本；另一方面，观者根据自身对媒介的理解生成演出的文本意义，通过对生成文本的再度选择组合，即把文本理解为具有时间和意义的向度，形成最终的演出文本。

既然作为叙述的演出文本边界无法确定，那么如何从叙述角度确定其叙述者与受述者呢？叙述者是故事讲述的源头，是叙述的发出者。一人一故事剧场中，观众通过分享自己的故事推动剧场演出，因而观众的讲述为演员的表演奠定相应的文本基础。而观众作为一个"显身讲故事者"，只能影响其中一个阶段演员的表演，却无法成为整场演出的叙述者。那么，叙述者在哪里？

笔者认为，作为一种演示性叙述，一人一故事剧场的叙述者为框架叙述者。即使演出边界无法确定，其叙述者为框架叙述的性质也不会改变。实际上，叙述框架是一个抽象概念，前文已经提到，一人一故事剧场有其固定的表演模式，这种模式类似于比赛中的指令规则，参赛人员只能按照框架规则努力取得胜利，而观众、演员、主持人也都只能在框架中完成演示叙述。所以我们或许无法确定演出文本边界，却可以寻找一个文本的起点。赵毅衡指出："演示需要一个明确的叙述框架作为区隔指示符号，说明此后发生的一切，都已经进入了文本，成为被叙述的故事的一部分。"（赵毅衡，2013，p.45）在一人一故事剧场观众入场前，剧场空间已布置完毕，观众从进入剧场，亲身感受到剧场的氛围起，便开始进入剧场的框架之内，此时，叙述即已开始。在这个相对封闭的演出空间内，这个被隔出的环境就是一个创造的世界，一个剧场表演的世界，一个与现实世界相区分的世界。这里需要注意的是，由于每一个人对"全文本"理解的不同，演出文本边界取决于接收者的解释，所以笔者在这里对叙述起点的分析便不是唯一定论，而只是其中一种解释方式。

在明确了一人一故事剧场的叙述源头是叙述框架而非显身人物之后，或许还存有以下疑问：作为故事讲述者的观众是叙述者吗？对故事进行演绎的演员是叙述者吗？这里涉及的是叙述学上分层的问题。按照赵毅衡对分层的定义：上一叙述层次的任务是为下一个层次提供叙述者或叙述框架（赵毅衡，2013，p. 102）。即高一层次的叙述是生产低层叙述的叙述行为或叙述框架。按照这个划分，本文将一人一故事剧场中观众口述故事这一层视为主叙述层，它为演示叙述提供了叙述框架；将演员的表演视为次叙述层，它按照主叙述层提供的框架进行现场演绎；将向故事讲述者提供框架的，即影响故事讲述者这一层次的叙述称为超叙述层，在本研究中，表现为主持人的现身以及对全场的控制和引导；而剧场演出的叙述源头即框架叙述者，则为超超叙述层。从口述故事到表演故事，由于表演者身份的清晰转换，我们可以清楚地看到每一层叙述的框架区隔（见表1）。

表1　一人一故事剧场的叙述分层

叙述层次	叙述内容			
超叙述层	主持人	主持人	主持人	……
主叙述	观众口述1	观众口述2	观众口述3	……
次叙述	演员表演1	演员表演2	演员表演3	……

在一人一故事剧场中，主持人的引导是故事的超叙述层，观众的故事讲述是主叙述层，演员的表演是次叙述层，下一层叙述在上一层叙述展开的框架中另外设立了新的框架，在这种局面中，我们可以称其为"口述＋表演"。观众虽然是演出文本的受述者，但同时也是表演者，以身体为媒介参与演出，充当叙述人格。"它以观众为主角，赋予他们表演的动力，并赋予他们分享价值观和经验、与他人辩论和通过故事支持他人的权利。"（Park-Fuller，2003，p. 288）此时观众作为故事讲述者是剧场演出中的一个角色，且以第一人称"我"展开叙述，更容易获得人们的理解和同情，进而使其故事的真实性得到认定，作为主叙述层的叙述者为下一叙述层演员表演设定框架。演员表演故事部分呈现出一个新的述本，"一个讲述的文本，一旦再次回到演述，它就将再次获得新的生命"（唐小林，2016，p. 73）。如2019年6月在成都的一场演出中，一名观众讲述了自己在雨夜归家，路遇拾荒老太太赠伞的故事，演员们则分别扮演了"我是一片云，我要下雨""我是一只鞋子，一只在雨中赶路的鞋子""我是一把伞，一把被人丢弃、被人拾到、又再次送给别人的伞""我是垃圾，路边无人注视且遭人嫌弃的垃圾"，将观众所讲述的故事进行重

新解读和演绎，呈现出剧场表演独特的艺术魅力。无论是讲述者，还是其他观众，在观看表演后都会对故事本身重新进行理解和思考。

上一层叙述为下一层叙述提供框架，同时下一层的叙述也会影响上一层的叙述者，叙述学称其为跨层。"跨层是对叙述世界边界的破坏，而一旦边界破坏，叙述世界的语意场就失去独立性，它的控制与被控制痕迹就暴露了出来。"（赵毅衡，2013，p. 276）2019 年 5 月在广州的一场演出中，一个男孩讲述了自己如何向母亲坦诚自己是同性恋的经过之后，现场一名女性观众十分激动，讲述了自己作为母亲面对这件事时的恐惧与恐慌。在本案例中，次叙述层的表现影响着主叙述层，在次叙述层叙述完成之后，主叙述层承接次叙述层的叙述并展开新的叙述，并共同影响现场观众对故事的理解与感受。

四、一人一故事剧场的现实意义

一人一故事剧场同时观照个人经验、个人叙述与公共交流，作为一个面对公众的开放性平台与空间，让人们讲述故事，观看故事的演绎。在从观众口述到演员演绎这一过程中，由于演员表演对口述故事的重写、偏移、改写，故事原本的意义难免会发生改变，这使得演出文本有了更丰富的样式。当故事本身成为一个开放的文本时，其表意内容也不断丰富。有学者指出，一人一故事剧场叙述、民间和社区绩效理论与实践案例的相互交织，为关于讲述和倾听个人叙述以反压迫价值观和倾听伦理为基础的文化生产方式的讨论提供了信息（Dennis，2007，p. 183）。因而当下这种剧场形式被越来越多的社区、教育、平权运动者采用。

同时，无论是故事的讲述，还是故事的演绎，都不是纯粹客观的，而是加入了个体情感－道德理解和判断，在公共交流中从叙述延伸而来的意义便具有了某种社会功能。在心理治疗领域，一人一故事剧场可以作为促进严重的精神疾病恢复的一个有效实践（Moran，Alon，2011，p. 318）；在新加坡的社区中一人一故事剧场被认为有潜力改善老年人的心理和情感健康状况（Krystal，Eleena，Jia et al，2018，p. 33），国内也有人对将一人一故事剧场纳入社区养老服务中的实例进行探索和研究（曾丽敏，2018，p. 43）；在学校教育中，一人一故事剧场可用于校园心理健康教育，例如用一人一故事剧场处理学校中的欺凌问题，学生讲述各自被欺凌的经历，观者观看对故事的表演，以此探索如何创造一个充满尊重和安全的校园环境（Salas，2005，p. 78）；甚至在国际关系方面，一人一故事剧场也可发挥其影响，如里弗斯在被占巴勒斯坦地区的社区动员和文化活动中使用的一人一故事剧场，采用了传统的以对话为导向的举措进行冲突转化，与参与式戏剧和以叙事为基础的进程进行融合，以寻求解决巴勒斯坦和以色列冲突中不对称的权力关系问题（Rivers，2015，p. 155）。

布鲁克斯指出："我们的生活不停地和叙事、和讲述的故事交织在一起，所有这些都在我们向自己叙述的有关我们自己生活的故事中重述一遍……我们被包围在叙事之中。"（布鲁克斯，2000，p. 1）这为我们阐明了叙述之于人类生活的无处不在，而一人一故事剧场通过剧场演出形式让我们意识到自我生活于叙述之中。一人一故事剧场在世界范围内兴起，它不仅是一种新兴的表演形式，也是叙述进入人类生活各方面的证明。人们通过叙述确立自我，认知世界，正如阿瑟·阿萨·伯杰所指出的："叙事向我们提供了了解世界和向别人讲述我们对世界的了解的方式。"（伯杰，2000，p. 10）

五、结语

一人一故事剧场是一种演示类叙述文本。本文主要描述了剧场的演出流程、符号过程与演出文本和叙述分层问题，以及这种叙述形式给现实生活带来的实际改变与意义。由于篇幅关系，很多问题尚未涉及，如：如何看待其演出文本纪实性与虚构性；在叙述者问题上是否出现不可靠叙述；演出文本是否可能实现三界通达，这又将产生何种影响。这些问题还有待后续研究跟进。这里，笔者想强调的是，由于学界对演示体裁是否是叙述这一问题长久以来的争议，尽管近年来国内涌现了一批研究符号叙述学的学者，但目前对各类演示本文的研究尚不充分。面对众多叙述实践，当代叙述理论在未来仍有进一步推进和完善的空间。叙述实践日益丰富以及越来越多的人们意识到叙述对于人类生存意义的重大影响，必将不断给未来叙述研究领域带来新的研究课题。

引用文献：

伯杰，阿瑟·阿萨（2000）. 通俗文化、媒介和日常生活中的叙事（姚媛，译）. 南京：南京大学出版社.

费伦，詹姆斯（2007）. 文学叙事研究的修辞美学及其它论题（尚必武，译）. 江西社会科学. 7，25－31.

戈德罗，安德烈（2010）. 从文学到影片：叙事体系（刘云舟，译）. 北京：商务印书馆.

胡妙胜（1989）. 戏剧演出符号学引论. 北京：中国戏剧出版社.

陆正兰（2012）. 表演符号学的思路. 符号与传媒. 5，156－159.

唐小林（2016）. 媒介：作为符号叙述学的基础. 中国比较文学. 2，13－26.

唐小林（2016）. 演述与讲述：符号叙述的两种基本类型. 社会科学辑刊. 3，68－74.

曾丽敏（2018）. 一人一故事剧场在社区养老服务中应用的思考. 社会福利（理论版）. 10，43－47.

赵毅衡（2011）. 一本派用场的词典：代序. 见杰拉德·普林斯. 叙述学词典（乔国强，李孝弟，译）. 上海：上海译文出版社.

赵毅衡（2013）. 广义叙述学. 成都：四川大学出版社.

赵毅衡（2013）. 苦恼的叙述者. 成都：四川文艺出版社.

赵毅衡（2016）. 符号学. 南京：南京大学出版社.

Dennis, R. (2007). Your story, my story, our story: playback theatre, cultural production, and an ethics of listening. *Storytelling, Self, Society*, 3, 183－194.

Genette, G. Ben-Ari, N. McHale, B. (1991). Fictional narrative, factual narrative. *Poetics Today*, 4, 755－756.

Krystal, S. Y. Ch., Eleena, S. L. L., Jia, Q. T., et al. (2018). Effects of playback theatre on cognitive function and quality of life in older adults in Singapore: A preliminary study. *Australasian Journal on Ageing*, 1, 33－36.

Moran, G. S., Alon, U. (2011). Playback theatre and recovery in mental health: Preliminary evidence. *Arts in Psychotherapy*, 5, 318－324.

Park-Fuller, L. M. (2003). Audiencing the audience: playback theatre, performative writing, and social activism. *Text & Performance Quarterly*, 3, 288－310.

Rivers, B. (2015). Narrative power: playback theatre as cultural resistance in occupied palestine. *Research in Drama Education the Journal of Applied Theatre & Performance*, 2, 155－172.

Ryan M. L. (2014). *JanNoël. Storyworlds across Media.* Lincoln: University of Nebraska Press.

Ryan, M. L. (2004). *Narrative Across Media: the Languages of Storytelling*. University of Nebraska Press.

Salas, J. (2005). Using theater to address bullying. *Educational Leadership*, 1, 78－82.

作者简介：

付宇，四川大学文学与新闻学院博士研究生，研究方向为中国现当代文学、符号学。

Author:

Fu Yu, Ph. D. candidate of College of Literature and Journalism, Sichuan University. Her research fields mainly cover modern Chinese literature and semiotics.

E-mail: fuyu9935@163.com

文类研究专辑——科幻 ● ● ● ● ●

科幻电影创意视野中的想象叙事

黄鸣奋

摘　要：想象是体现人类创造性的重要心理活动，但也蕴含着脱离实际的可能。科幻电影创意既源于想象，又将想象当成叙事的重要内容，为关于想象的研究提供了丰富的实例。我们可以从科幻电影相关叙事中深化对想象的观念性、形象性和创造性的理解，也可以反过来从这些叙事中清楚地认识到科幻电影作为类型片的特色，即基于科学活动、与之密不可分的想象。

关键词：想象　叙事　科幻电影

The Imaginary Narrative in the Vision of the SF Film Creativity

Huang Mingfen

Abstract: Imagination is an important psychological activity that reflects human creativity, but it also contains the possibility of being divorced from reality. The SF film's creativity originates from imagination and takes imagination as an important part of its narrative, providing a rich example for the study of imagination. We can deepen the understanding of the conceptual, visual and creative characters of imagination from relevant content of SF films, and we can also clearly recognize from these narratives the characteristics of SF films as a type of film, that is, one kind of imagination that is based on and keeps close contact with scientific activities.

Keywords: imagination, narrative; SF films

　　想象与思维一样属于高级认知过程。人们有时强调想象的观念性，将它与以现实性为前提的感知区分开来；有时强调它的形象性，与以逻辑性为特色的思维区分开来；有时突出它的创造性，与不产生新的知识与观念的逻辑推理区分开来。在强调幻想的语境中，想象的范围和力度相对较大，这是科幻、玄幻、魔幻等作品的共同特色。相比之下，科幻语境的想象和科学活动存在更为密切的关系。正如英国学者黛布拉·贝尼塔·肖（Debra Benita Shaw）所指出的，科学想象与科幻想象是不可分离的，因为它们都从同一种文化中涌现出来，这种文化如果不根据技术及其应用便无法想象未来（pp. 168 & 172）。若要论二者的区别，或许可以说：科幻想象比科学想象更超前，更自由，更充满稚气。科幻想象一旦由于技术进步的原因而变得苍老，就成了科学想象。下文所说的"想象叙事"主要是指科幻电影将想象过程与属性当成内容来加以表现。

一、想象的观念性

　　想象的观念性大致包含以下三重含义：想象是在观念中进行的，通常被理解为人脑的内部过程（即黑箱）；想象是对观念的加工，但并非三段论式的逻辑推理，而是和直觉、灵感、颖悟等相联系；想象的产品是观念，如果不经过物质化（即表达）的话，不存在可见的具体形态，却对当事人的行为具备引导作用。

　　在第一重意义上，想象是观念中的认知，指向不在场（准确地说是不构成直接现实刺激）的对象。早在苏联《火星女王艾莉塔》（*Aelita*，1924）中，就出现了有关想象的叙事。主人公工程师洛斯对妻子不信任，因此想象火星皇后通过望远镜朝地球看，并为之所吸引。这种心理活动属于有意想象中的幻想。他后来梦见奔向火星，和火星皇后有艳遇，这种心理活动属于无意想象。想象虽然是在观念当中进行的，但仍可能存在一定的现实诱因。奥地利影片《奥莱克之手》（*The Hands of Orlac*，1924）对此有所反映。片中的钢琴家奥莱克被换上杀人犯瓦塞之双手，奥莱克得知此事后，萦怀于自己成了杀人犯的想象，怀疑自己弑父，其实是有人用瓦塞的指纹做橡皮手套从事谋杀。

在第二重意义上，想象可能是某种记忆库里穷尽式的搜索，但更可能是某种恍然大悟。前者如意大利影片《莫雷尔的发明》（*Morel's Invention*，1974）描写隐藏在荒岛上的一个逃犯接触到来客所带来的新物体，搜索枯肠，想象这种发明所有可能的用途。后者如美国电影《无姓之人》（*Mr. Nobody*，2009）描写自称"无此人"的老者临终时回忆人生道路所经历的各种分叉，目击似乎坚实可靠的世界趋于崩塌，种种异象原来都可以用下述领悟来破解：当事人活在一个 9 岁孩子的想象中。美国影片《珍爱泉源》（*The Fountain*，2006）描写脑癌患者丽兹和丈夫汤姆一起仰望星空、驰骋想象，希望像玛雅人一样，灵魂将会在死后和星星相遇。汤姆为治疗妻子的病而抓紧研发药物，但仍未赶上在她于 2005 年逝世前使用，为此汤姆备感遗憾。不过，这种遗憾在 2500 年左右另一个旅行者汤米的想象中获得弥补。汤米乘坐以意念控制的透明圆球飞船前往玛雅人所说的阴间西保罗。他珍藏着关于丽兹的记忆，相信只要西保罗湮灭，死人就能转生。这只飞船是个包含生命之树的生态圈。他在其中打太极，种蘑菇，切树皮，以获得营养。他也和 2005 年死去的丽兹的幻影交谈。这暗示树代表丽兹，汤米正将她带到西保罗，希望使之复活。他还在自己的手臂上文出年轮，代表飞行所经过的时间。但树突然死了，丽兹的幻影最后出现，安慰汤米，说他们可以一起永生。他突然彻悟，在星球变成超新星，吞没包括飞船在内的一切之前，其身体化为灰烬，其形象变成金身，盘腿飞入阴间，树却转生。丽兹的幻影拾起新树上的果实递给汤姆（2005 年的那个科学家）。汤姆将它种在丽兹的墓前。

在第三重意义上，想象作为一种目标，对人的行为具备引导作用。某些科幻影片强调想象使人脱离现实的一面，突出其消极性。例如，美国电影《碟人入侵》（*Invasion of the Saucer Men*，1957）描写一个醉汉绊到了外星来客的尸体。他想象自己可以通过它来获取财富和名望，因此没有及时报警，为赶来的其他外星人所杀。美国电影《第七星之旅》（*Journey to the 7th Planet*，1962）描写冰冻星球上的神秘生物通过引导来访宇航员的想象来控制其心灵，让他们的思维丧失批判性，觉得幻想出来的东西都是真实的。另一些科幻影片强调想象使人超越现实的一面，突出其积极性。例如，美国影片《金刚》（*King Kong*，1976）描写石油公司总裁威尔逊想象为永久性云堤所隐藏的先前未被发现的印度洋岛屿上有大量石油，为此组织远征。西班牙电影《机器纪元》（*Autómata*，2014）描写 ROC 机器人公司的保险理赔员雅克对人类聚居的城市感到失望，和妻女一道前往想象中的海滨。还有一些影片渲染想象在弃旧图新中所起的作用。例如，美国电影《神奇四侠》

（*Fantastic Four*，2015）① 中的"毁灭博士"杜姆相信人类必须被毁灭，这样才能根据他的想象重建星球零。我国科幻电影《时光大战》（*On Line*，2015）描写沉溺游戏的高二学生童凡患上电脑综合征住院，接连昏迷好几天。他在无意识想象中参与一款以时间为赌注的游戏，不仅认识到不读好书不行，而且认识到自己将来的发展方向应当是报考警校。在医院醒来之后，他向守护着自己的父母表示了好好学习的愿望。

想象具备观念性，不等于说想象就是杜撰或虚拟的。在某些语境中，给事物贴上"出自想象"的标签，不过是为了掩盖事情的真相。在美国电影《灵异拼图》（*The Forgotten*，2004）中，神秘的"他们"进行关于亲子纽带可否消除的实验，因此让周边的人对被测试者泰莉谎称其子萨姆不过是出自想象。但是，经过测试，父母（特别是母亲）对孩子的记忆最终无法被完全擦除。当泰莉将上述记忆追溯到怀孕时，实验宣告失败，一切恢复原状。在另一些语境中，人们有意混淆现实与想象的局限。例如，日本动画片《凉宫春日的消失》（*The Disappearance of Haruhi Suzumiya*，2010）致力于营造现实与想象彼此混合的效果，让外星人、异能者等出没在少男少女时而昏迷时而清醒的状态中，难辨真假。美国电影《爱》（*Love*，2011）描写电脑引导用户进入人类记忆集合数据库，见到宇航员搁浅的情景，分不清是现实抑或想象。在我国网络大电影《异能男友》（2018）中，某科技公司的老总发现负责开发 VR 异能头盔的程序员李想、茉莉抵制自己将有问题的产品上市的计划之后，抓住李想在测试过程中受上述头盔诱导而产生了涉及茉莉的性幻想这一点做文章，一方面责备他利用公司资源满足个人欲望而将其解雇，另一方面让人将相关视频送给茉莉的男友王聪，使二人关系破裂。不过，这样做激起了这两位程序员更强烈的反抗，他们向新闻界揭露了该公司试图用异能头盔控制用户的计划，而这一计划明显是违背伦理的。

二、想象的形象性

对于想象的形象性，至少可以从如下角度理解：（1）想象是对事物的间接认知，所呈现的不是事物的原貌，而是它们的某种变形；（2）想象基于人的表象活动，其中，有意想象基于自觉表象活动，无意想象基于非自觉表象活动；（3）想象的结果不是某种抽象化的结论，而且是某种生动可感的形象。

---

① 此处是乔什·特兰克（Josh Trank）导演的 2015 年版本，后文同名影片是蒂姆·斯托瑞（Tim Story）导演的 2005 年版本。

　　在第一重意义上，想象蕴含着脱离实际的危险。不少科幻电影涉及这一点。例如，英国电影《万古留情》（*I'll Never Forget You*，1951）描写穿越到18世纪的科学家彼得发现那个时代的社会并不是他先前想象的样子。美国影片《星云结晶》（*Star Crystal*，1986）描写携带高级生物计算机的智能生物最初将人类想象得十分好战，因此对所见到的火星探险队痛下杀手，控制了他们所驾驶的飞船；直到黑入飞船主控电脑，获得相关信息之后，才改变看法，表示忏悔，转而与人类和平共处。类似的影片有美国《戴夫号飞船》（*Meet Dave*，2008）。它描写外星人操控人形飞船来地球，经过考察意识到人类比他们想象的更先进。美国电影《香草天空》（*Vanilla Sky*，2001）的主角大卫意识到恋人索菲娅的爱情并不像他想象的那么纯洁和无私；美国动画片《星银岛》（*Treasure Planet*，2002）的主角吉姆意识到遗产号飞船上的厨师西尔弗不是他想象的可以信赖的好友；在日本电影《铁甲艺妓雷爆姬》（*Robo-geisha*，2009）中，失落的少女艺妓被改造成暗杀机器，得知妹妹在一次行动中受重伤可能致命的消息后，与之长期不睦的姐姐菊奴并未如主使者光少爷所想象的那样高兴，相反，她说姐妹血脉相连，她的死唤起自己每个细胞的哀鸣；日本电影《福音战士新剧场版：Q》（*Evangelion New Theatrical Edition: Q*，2012）中，渚薰意识到古代兵器长矛不是他想象的那种模样。

　　在第二重意义上，作为无意想象的梦是科幻电影的重要题材。例如，法、德、西合拍片《童梦失魂夜》（*The City of Last Children*，1995）描绘精神错乱的科学家、海上浮台主人克兰克得了不会做梦的怪病。他因此派独眼人绑架港市的孩子，窃取其梦，想以之延缓自己的衰老过程。他不明白：用威胁的方式只能导致孩子们做噩梦，这对他来说没有价值。后来，孤儿首领米特运用她的想象控制梦境，将它转变成无穷回路，破坏了克兰克的心灵（米特由小姑娘逐渐变成老妇，克兰克则由老头逐渐变成小童。老妇抱起小童）。克兰克醒来后，记起自己是侏儒老婆、嗜睡的克隆人的创造者，决定毁灭这一切。

　　心理学家根据内容的新颖性、独立性和创造性将有意想象分为再造想象、创造想象，根据内容与现实的关系将想象区分为幻想与理想（王永惠，p.81）。其中，再造想象基于别人的描述或现成图样进行。美国电影《绘图人》（*The Illustrated Man*，1969）中有一则故事，描写虚拟现实托儿所可以产生孩子们想象的任何环境，包括投射一个有狮子们在尽情捕食的非洲草原。这可以归入再造想象范围。创造想象是大脑中独立产生新形象的过程，下文所说的艺术想象是其重要分支。幻想是指虚缈无据的想象、无根据的看法或信念，即臆想。某些科幻电影采用颠倒虚实的写法，揭示真理有时掌握在少数人手里的现象。例如，美国动画片《四眼天鸡》（*Chicken Little*，2005）中的小鸡两次说自己被一片天空砸中而推断外星人来袭，其他人以为它是因为被橡子砸了而产生臆想，这让小鸡很丢面子。不料事情却是真的，那片天空原来是隐形外星飞船。我国电影《海带》（2017）中的精神病患者卫仁磊到处说海带星人将在13天后入侵地球，人们也以为他是痴人说梦，没想到确有其事。幻想也可能是指误将不存在的对象当成存在。例如，美国电影《火星上的鲁滨孙》（*Robinson Crusoe on Mars*，1964）中的宇航员搁浅在火星上，只有一猴为伴，孤独状态中出现了其已故同事活生生但无言的形象。至于理想，是指以愿望或长远目标为依据的憧憬。例如，中国影片《十三陵水库畅想曲》（*Ballad of the Ming Tombs Reservoir*，1958）展望20年后十三陵已变成五谷丰登、鸟语花香的人民公社。这是基于长远目标的憧憬。美国3D动画片《怪物大战外星人》（*Monsters vs. Aliens*，2009）描写加州莫德斯托市的姑娘苏珊憧憬到巴黎度蜜月的浪漫，这是以愿望为基础的。

在第三重意义上，科幻电影诉诸生动具体的形象，以表示想象的进程、对想象结果的理解。例如，在美国电影《黑客帝国》（*The Matrix*，1999）中，莫菲斯安排尼欧进母体去见祭司，但说自己只能送他到祭司所住旅馆房间的门口。尼欧在房间外面见到小女孩让字块在空中飘浮，小男孩用意念使金属匙弯曲。小男孩告诉尼欧，这不是用劲实现的，而是想象它不存在："要改变的是你自己。"英、美合拍片《神秘代码》（*Knowing*，2009）中，学校提议为50年后做有意义的事，选中了由女生露欣达提出的建议，即通过时间囊传送信件。这个建议实际上是她在凝视太阳时有人通过耳语提示的。别的小朋友都交了代表对未来想象的图画，露欣达却在一张纸上写了一连串数字，最后两个是33，似乎没有写完，因为女老师泰勒催她交卷。此后露欣达就不见了。泰勒找了好久，才在一个杂物间找到她。那时，她用流血的指甲将几个数字写在门板上。故事后来的发展证明：如果说其他学生的那些图画纯属想象的话，那么露欣达所刻写的数字却是准确的征兆。本片因此将想象和征兆区分开来。

就日常交往而言，"想象"作为发语词①在某些时候代表了具体的情景设定。例如，在美国电影《忍者神龟：变种时代》（*Teenage Mutant Ninja Turtles*，2014）中，米开朗基罗为奥尼尔唱小夜曲"想象你我二人在一起，除你之外我谁都不会爱"，奥尼尔因此充满喜悦。某些科幻电影致力于营造亦真亦幻、难辨虚实的特殊情景。例如，我国网络大电影《超能特工学院》

---

① 发语词，即一个句子开头的词。例如："想象一下你来到公元3000年的成都。"

（2017）描写主角欧阳佐莫名其妙地来到一所充满神秘感的特工学校，想方设法逃出去，在这个过程中和眷恋他的校长之女有生离死别的经历，但到头来是他梦醒，发现学院一切如常，未知所经历之事的真假。

三、想象的创造性

对于想象而言，创造性至少包含如下可能的含义：一是指想象可以提供现实生活中原来没有的形象；二是指想象虽然在观念中进行，但在一定条件下可以变成现实；三是指特定想象相对于既有观念来说是创新性的。

在第一重意义上，艺术家所进行的想象或许最有代表性。正因为如此，不论"艺术创作"还是"艺术想象"，都已经成为学术界常用的范畴。某些科幻电影将艺术想象的影响本身当成叙事内容。例如，西班牙影片《浪漫骑士》（*Rowing with the Wind*，1988）描写科幻小说作家玛丽·雪莱所想象的人造怪物变成现实，对她本人的生活产生干扰。在一些科幻电影中，由艺术想象创造的形象不仅活灵活现，而且现身于生活中。例如，美国影片《幻影英雄》（*Last Action Hero*，1993）描写小影迷丹尼借助魔票进入电影所呈现的世界，与剧中人交往。这是有关鉴赏者的想象。丹尼最喜欢的英雄是动作明星斯莱特。由于他事先看过电影，因此对斯莱特面临的问题一目了然，给斯莱特出了不少主意。不料，斯莱特的对手向银幕外的世界逃逸，他们只好跟踪追击。因此，电影内部冲突转化为电影外部冲突。美国电影《鸡皮疙瘩》（*Goosebump*，2015）描写恐怖作家所想象的恶魔从书中跑了出来；作为对策，人们还得靠写书将它们收回去。

在第二重意义上，有不少科幻电影将想象的现实化或物质化当成题材。例如，美国影片《禁忌星球》（*Forbidden Planet*，1956）描写外星土著克罗尔人造出一台大机器，可以将任何想象得到的东西物质化。克罗尔人因此遭受灭顶之灾，因为这台机器造出了源于本我（Id）的怪物。丹麦电影《思考生命者》（*The Man Who Thought Life*，1969）描写某神经外科博士支持不速之客仅凭想象造物，但对方造出博士自身的复本，使博士的生活陷入混乱，博士只好予以反击。美国电影《杀出银河系》（*Galaxy of Terror*，1981）描写太空船员遇到自己的恐惧想象生成的怪物的追杀。美、德合拍片《神奇四侠》（*Fantastic Four*，2005）描写宇航员里德受宇宙射线影响而获得异能，身体可以变成他能想象到的任何形状，因此被命名为"神奇先生"（Mr. Fantastic）。日本影片《20世纪少年》（*20 th Century Boys*，2008）描写几名小学生将关于未来的想象写成一本预言书，这些想象后来居然变成现实。大坏蛋试图破坏世界，他们在与之进行斗争的过程中成为拯救人类、捍卫和平、匡扶正义的英雄。美国电影《心灵传输者》（*Jumper*，2008）描写一位 15 岁高中生因跌入冰窟而获得心灵传输异能，可以凭借想象瞬间移动到相距很远的地方。

在第三重意义上，想象是一种翻空出奇的活动，每每超出刻板印象、思维定式与社会常规。譬如，美国电影《异形再现》（*The Deadly Spawn*，1983）描写三个大学生发现了一个已经死亡的蝌蚪状生物。他们三个都是科学爱好者，于是决定对它加以解剖。解剖后发现它与地球上的任何动物都不同，有点像鲭鱼、七鳃鳗或腔棘鱼，但又都不是。科幻小说迷弗兰基假设该生物可能来自外太空，但讲究实际的科学家皮特驳斥了这一理论。艾伦比较倾向于弗兰基的看法，认为对这个生物是什么的看法需要想象力。果然，它是外星怪物雨天入侵小镇住宅地下室产卵并孵化而成的。据现代心理学的研究，想象力主要定位于右脑，是从已有形象出发创造新形象的能力，"有许多重大的创造性发现是创造者处于一种梦想似的状态下做出的。这可能与人脑对视觉信息的利用有关，因为右脑的形象思维以视觉信息为主要原料"（刘文霞，p.94）。想象力丰富通常被当成大脑发达的标志，属于肯定性品质。不过，当事人可能因此而相对疏远于现实世界，显得孤独。科幻电影塑造了若干这样的人物。例如，日本电影《怪兽大进击》（*All Monsters Attack*，1969）中的小学生川崎一郎非常有想象力，但心理上有闭锁倾向，经常被同学欺负。他梦见自己旅行到怪物岛，在那里和哥斯拉的儿子为友，后者也有被其他怪兽欺负的问题。美国电影《核能恶警2》（*Cyborg Cop Ⅱ*，1995）中的特警杰克也是一个想象力丰富却很孤单的人。

在话语层面，"想象"有时被当成人的意识的代表来谈论，想象在认知方面的局限被当成人的意识的局限。人们因此采用如下说法："想象不到的困难""难以想象的奇迹""具有无法想象的力量的超级生物""常人难以想象的事""做出了以前根本不敢想象的决定""遭受无法想象的损失""充斥着难以想象的障碍""怪物比他们所能想象的还强大""困难远超想象""测试比他们想象的还要成功""病毒远比他们想象的更可怕""案件的黑暗远远超出他们的想象""疾病以令人难以想象的恐怖速度大肆蔓延""情况比原来想象的差得多"，等等。科幻电影中不乏这方面的例证。在美国电影《巨人：福宾计划》（*Colossus: The Forbin Project*，1969）中，超级计算机的发明者自豪地宣称："它可能比我们想象的更好。"美国电影《硝烟中的玫瑰》（*Born in Flames*，1983）描写纽约一群妇女决定组织起来，把革命推进到比任何一个男人和许多女人平生所想象的更远。美国的《无形杀戮》（*Shadowzone*，1990）描写异形以人们所能想象得到的最恐怖的形态出现。

上文所说的想象和思维既相互区别，又彼此联系，都作为人类把握世界的方式而起作用。它们尽管都属于间接认知，却可以对直接认知加以补充、印证、引导。试以美国电影《超世纪谍杀案》（*Soylent Green*，1973）为例加以说明。本片描写在地球变暖、人口过剩的未来世界，警察调查一桩富商被害案。当时，多数人只能吃由代餐公司用大豆、扁豆制成的混合食品，即一种据说由世界之海中的高能量浮游生物加工而成的绿色圆饼。纽约警方经过调查，认为作为原料的浮游生物并没有足够产量（这是思维在起作用），绿色代餐可能是人体遗骸做的（这是唯一可以想象的与已知产品相匹配的蛋白质来源）。被害的富商是代餐公司董事会成员。估计公司是因为担心富商泄密引发民变而下毒手（这是警方将思维和想象结合起来达成的间接认知）。警方据此做进一步调查，果真在代餐公司的配送中心见到了将人类尸体转变为绿色圆饼的过程（这是间接认知转化为直接认知）。

想象是人类心理活动的重要组成部分，作为创造性的内在机制而起作用。本文的分析表明：科幻电影将想象活动作为自己的描写对象，对它们进行了超出心理学教科书范围的描写，对其性质、价值、局限及问题做了大胆的设想和考察，因而增进人类心理的元认知。在上述过程中，科幻电影形成了自己作为类型片的基本特色，体现了独特的艺术价值，因此值得深入研究。

引用文献：

刘文霞（1993）．创造技法的心理分析．心理学探新，2，89-95.
王永惠（1988）．关于想象的分类问题．心理科学，5，80-81.
Shaw, D. B. (2008). *Technoculture: The Key Concepts*, Oxford; New York: Berg.

作者简介：

黄鸣奋，厦门大学人文学院中文系教授，博士生导师，北京电影学院未来影像高精尖创新中心特聘研究员。
Author:

Huang Mingfen, professor and doctoral tutor of Chinese Department of the Humanities School, Xiamen University, and a special researcher at Future Image Innovation Center, Beijing Film Academy.

理想与抗争：女性主义乌托邦小说的政治批判性[①]

陈 颐

摘 要：文类由话语组成，因此文类同语言一样具有自身的价值取向，隐含社会等级关系。乌托邦小说是一种政治文学，与主流意识形态密切相关。乌托邦小说源远流长，但在男性乌托邦社会中，男性作家把女性的劣等地位视为自然、合乎情理。随着女性主义的发展，女性主义者逐渐意识到男性乌托邦社会并非天堂，于是诉诸乌托邦文类表达自己对美好生活的向往，乌托邦的政治内涵使其同女性主义的结合形成了女性主义乌托邦文学。因此，本文以女性主义乌托邦文本为研究对象，以布洛赫的"希望哲学"和詹姆逊的"政治无意识"为基础，借助柏克的修辞学理论分析女性主义作家如何通过乌托邦文类特有的语言，改变文学场中的权力关系，揭露女性在社会中的边缘地位，表达实现两性平等的美好意愿，体现女性主义乌托邦的政治批判性。

关键词：女性主义 乌托邦 政治无意识 批判性 父权

Ideal and Fight: Political Criticism of Feminist Utopian Novels

Abstract: Genre is composed of discourse, hence genre, just like language, contains its own value orientation and implies social hierarchy. Utopian novels are a kind of political literature, which is closely related with the dominant ideology. Utopian novels enjoy a long history. However, in male utopian

---

① 基金项目：重庆交通大学（引进）人才基金项目"消费视域下英美科幻小说研究"（2020018041）；重庆交通大学外国语学院科研项目"20世纪消费文化对英美黄金时代科幻小说发展的影响研究"（2018wp04）。

society, male writers take female inferiority as natural and reasonable. With the development of feminism, feminist writers gradually realize that male utopian society cannot be a paradise for women, so they resort to utopian novels to express their desire for a better life. The political feature of utopia stimulates the combination between feminism and utopia. This article, with the basis of Bloch's "the principle of hope", Jameson's "political unconscious" and rhetoric of Burke, aims to analyze how feminist writers try to change the power relationship in literary field, disclose women's marginal situation in the patriarchal society and finally present their good wishes for equality.

Key words: Feminism; utopia; political unconscious; criticism; patriarchy

乌托邦文学记载了不同时期人们对美好生活的向往，长久以来受到人们的关注。传统乌托邦文学主要以男性为中心，虚构男性心目中的理想社会，但在两性关系等方面仍继续沿用现实社会中的行为准则，并未关注实际生活中的性别问题。相比之下，很长一段时期里女性作家笔下的女性主义乌托邦作品没有得到应有的关注，直到女性作家被重新挖掘出来，人们才开始回过头去审视这些作品。玛琳·巴尔（Marleen Barr）在《女性与乌托邦》（*Women and Utopia*，1984）中曾提出乌托邦主义所倡导的重构人类文化正是女性主义写作的目标。乌托邦主义对现实的批判和对理想的追求正是女性主义诉诸乌托邦文类的原因之一。从根本上讲，乌托邦小说是一种政治文学，与主流意识形态密切相关。从修辞学的角度来看，乌托邦作为一种文类，同女性独特的既定话语模式相结合，形成了独具特色的女性主义乌托邦文学。从一开始，女性主义乌托邦小说就带有独特的政治性。持悲观看法的学者认为女性主义同乌托邦的这种结合注定女性主义运动只能是一种"乌托邦"式的空想，而本文认为乌托邦文类是政治的产物，女性主义乌托邦小说并不是空想，它们具有政治性和批判性。

一、乌托邦的政治哲学基础

乌托邦虽然不是现实存在的，却对现实有启示作用。换言之，乌托邦虽然不是实实在在存在之物，但它们也并非虚假。事实上，乌托邦是人们几乎听不到的信息，它来自可能永远不会存在的某种未来。根据马吉·皮尔斯（Marge Piercy）的描述，它们是来自未来的时间旅行者，向人们发出关于未来的警示："如果没有我们，没有我们的存在，未来将永远不会形成存在。"（詹姆逊，2004，p. 389）弗雷德里克·詹姆逊（Fredric R. Jameson）吸收了恩斯特·布洛赫（Ernest Bloch）有关乌托邦思想的哲学内涵，尤其是布洛赫对乌托邦精神和梦想的构筑，强调了乌托邦的政治功能：批判现实，激励未来。

基督教以"爱"为生活的信仰，哲学家罗素以"信"为生活之本，而德国哲学家布洛赫则以"望"为本，把希望视为"更美好的生活"，揭示了希望的人类学－存在论内涵，奠定了希望的形而上学基础（布洛赫，2013，p. 1）。布洛赫在《希望的原理》（*The Principle of Hope*）中认为乌托邦冲动其实是人们对所在世界之外的世界和生活的一种幻想，这为乌托邦研究夯实了哲学基础。詹姆逊在此基础上将乌托邦同政治结合起来，提出政治视角是构成"一切阅读和解释的绝对视域"（詹姆逊，1999，p. 17），进一步深化了乌托邦的政治研究意义。布洛赫对具体乌托邦和抽象乌托邦的区分，以及"尚未意识"（Not-Yet-Conscious）的提出，都极大地影响了詹姆逊。詹姆逊对马克思主义乌托邦思想的阐释体现了对布洛赫希望哲学的接受和发展。他认为乌托邦不断地同周围的现实社会相结合，因此在不同时期、不同社会出现了不同的乌托邦。

"政治无意识"通常指文本所影射的同统治阶级对立的意识形态，是詹姆逊提出的一个重要概念。詹姆逊认为乌托邦的本质就是政治无意识，而且是集体的政治无意识。政治无意识、意识形态和乌托邦三者在詹姆逊的理论中紧密相连。政治无意识通过意识形态得到表述，旨在挖掘文本内部隐藏的现实，可以说意识形态是政治无意识的投射。受法国哲学家阿尔都塞（Louis Althusser）等人有关意识形态的影响，詹姆逊认为意识形态深深烙上了统治阶级的痕迹，统治阶级通过意识形态对历史中的潜在矛盾进行遏制。詹姆逊把对文本内在压抑和隐藏事实的发现称作对文本意识形态的"祛魅"。

个人的想象并不是乌托邦，乌托邦是构建在集体意识之上的。乌托邦具有批判性，这种批判性体现了集体的政治无意识。面对文本，詹姆逊指出，不仅应关注文本所论述的内容，还要注意文本未说出的东西，他认为，"正是在查找那种未受干扰的叙事的踪迹的过程中，在把这个基本历史的被压抑和被淹没的现实重现于文本表面的过程中，一种政治无意识的学说才找到了它的功能和必然性"（詹姆逊，1999，p. 4）。文化活动或者文化制品所处的社会历史背景都具有政治性，它们试图解决现实问题，人们的政治无意识就隐藏在这个过程中。文化制品反映了人们试图改变现状的"乌托邦愿望"。詹姆逊重视文本生产中历史的作用，并不仅仅把历史看作决定文本的机械因素。就文学史而言，批评家的分析必须以双重方式揭露文化制品是社会的象征行为。詹姆逊的研究方法主要研究文本赖以生存的意识形态基础，并且说明文本是如何被接受和解释的。

既然文本隐藏着政治无意识，那么如何挖掘文本中的这种政治无意识就成为詹姆逊要完成的首要任务。詹姆逊提出："首先要用符码转换的方法，把文本放在局部历史语境中进行研究，并且考虑它与历史事件的'历时性'关系。统治阶级生产文本，并且通过文本使自己的统治合法化，因此应将文本放置在阶级关系中进行研究，或者说把文本作为传递统治阶级意识形态素的工具同时进行共时和历时的研究，最后在文本与整个生产方式的关系中研究文本，采取一种考虑更大历时视阈的系统和共时的看法。"（詹姆逊，1999，p.4）也就是说，在乌托邦作品中，首先是作者把文本中的乌托邦欲望转换成政治无意识，然后"叙述"进文本当中，接着由阐释者通过文本恢复政治无意识的乌托邦功能。

詹姆逊同时也提出政治无意识的"调和"功能。他指出，调和是给予意义的过程，是普遍的"符码转换"活动（詹姆逊，1999，p.8），它可以将内在于文本的张力接连起来，从美学层面来阐述政治。詹姆逊认为一切事物都是政治的，因此政治无意识就是文化祛伪或祛魅的途径。意识形态并不是道德问题，而是立场问题。詹姆逊所说的所有阶级意识都是乌托邦，并不是说它们本身是相同的，而是说所有这些集体性本身象征着已经达到的乌托邦，并最终指向无产阶级社会的终极具体的集体生活（詹姆逊，1999，p.288）。传统的观点把国家看作统治阶级的工具，这同詹姆逊有关意识形态的描述其实是一致的。只是詹姆逊从文本出发，进一步阐述了意识形态所反映的政治无意识和乌托邦欲望。

意识形态作为政治无意识的表述，掩盖了历史现实，造成了意识形态的封闭和遏制。因此詹姆逊通过对意识形态、乌托邦和政治无意识三者间关系进行分析，提出乌托邦的本质就是政治无意识，文本中的乌托邦欲望先转化为政治无意识，然后再通过意识形态得到表述。这样，乌托邦欲望就延伸为政治无意识，再向外延伸为意识形态，乌托邦的政治功能也就在同意识形态的辩证关系中显现出来了。虽然詹姆逊只是从文本出发论述乌托邦的政治功能，其社会实践性还有待考察，其政治无意识却为乌托邦文学作品解读指明了一条道路，进一步发掘出乌托邦文学作品中的政治性。

二、乌托邦修辞：文类与女性主义

性别歧视是人类社会中最根深蒂固的不平等，男性乌托邦未能超越性别的不平等，因此女性主义需要重新改写乌托邦文类，表现女性主义的诉求。如果说男性话语是正统的、规范的，那么女性话语就是非正统的、不规范的。正因如此，女性话语具有革命性和颠覆性，女性试图借产生于压抑环境中的新话语模式推翻占统治地位的男性话语。根据美国著名修辞学家肯尼斯·柏克（Kenneth Burke）的修辞理论，修辞是"用话语使别人形成观点或诱使别人做出行动"（Burke，1966，p. 41）。其中柏克的旧修辞学关键是"劝说"（persuasion），而新修辞学在于"认同"（identification），"认同"的关键是"同质性"（consubstantiality）。要说服一个人，就要采用跟他一样的语言，在思想等方面也需要同质性。社会由独立、相互分离的个体组成，人们共同行动，拥有共同的观念和态度，形成"同质的"群体。柏克认为当人们具有同质性时，他们就处于相同的基点上。通过"共同行动"（acting together），人们把自己分成不同的类别，经过分类，人们无意识地把自己同既定话语模式联系起来，形成特定的话语群体。话语群体的形成有重要的意识形态意义：当某人成为话语群体中的一员时，他会继续劝说其他人加入，根据他们已形成的世界观进行分类。

人从语言出发产生认同，因为语言可以形成人们的观念体系，体现出隐含的意识形态。当意识形态显露出来时，认同才显得有意义。柏克认为："意识形态就是一些观念的汇集，这些观念相互冲突，都试图为各自的行为正名。"（Burke，1968，p. 163）认同是某种形式的超越，所以它可以消除内在的不和谐，使人们能够赞同彼此的观念。语言为人们的交流提供了话语框架，而人们通过语言和词汇形成自己的世界观并实现认同。女性主义乌托邦文类涵盖了众多学科话语——哲学、乌托邦研究、女性主义理论、文学批评、心理学和社会学，所有这些话语都将自己领域的词汇置于这一文类中，彼此进行认同，在此基础上构成话语群体。语言具有策略，女性主义者策略性地使用语言是为了确定女性主义的目标，在女性话语群体中发展同质性，实现群体认同并且挑战男权话语。

新修辞理论认为群体的话语受到文类规约。卡洛琳·米勒（Carolyn Miller）认为文类的定义不在于语言的内容和形式，而在于它旨在达到的目的。她认为文类形成特定的知识，并且引起一定反应。新修辞理论将文类视为一种策略，这反映了把语言看作构成性而非描述性的观点，文类因此成为在社会、功能和现实方面了解语言的重要途径。尽管传统的文类理论主要关注话语形式，而新理论关注文类的话语结构，但文类都成为"意义生成事件"（meaning making event），有利于特定的社会行为。人的行为由周围环境决定，并受到环境的制约；在特定的社会环境里，女性主义对修辞文类进行重新创造，力图实现政治和文化上的反抗。女性主义群体提供了各种社会行为策略，女性主义乌托邦写作就是其中一种。

文类由话语组成，因此文类同话语和语言一样，不是中立的，而有自身的价值取向，隐含社会等级关系。文类中包含时间和空间的概念，因此巴赫金自创了"时空体"（chronotope）的概念，用来指代在文学作品中时间和空间的相互依存。语境在传统语言学家那里指的是说话的语言环境，而现在语境的范围拓宽了。布罗尼斯拉夫·马林诺夫斯基（Bronislaw Malinowski）认为"语境"（context of situation）是了解语言使用的框架，包括语言使用的外部环境，那些地理的、社会的和经济的环境以及在讨论词语意义时必须考虑到的环境。女性主义乌托邦作为一个文类，其时间和空间应首先得到考虑，这些因素比意识形态所带的偏见隐藏得更深。当女性主义者在处理有关性别和权利问题时，需要挖掘出乌托邦文类和时空的关系。例如乔安娜·拉斯（Joanna Russ）的《女男人》（*The Female Man*，1969），描述了四名女性来自不同的可能世界。拉斯通过乌托邦文类来操控读者的期望，采用新颖的时空安排进入男性话语，帮助读者看穿被视为真实模仿的虚构小说，揭示了小说不仅可以反映女性在父权社会中的地位，还可以想象、构建全新的女性性质。通过这种手法，拉斯将小说暴露为虚构，为"真实"提供了一个新的视角，让读者可以从小说内部往外看，而不是从外部向内看。女性叙述通过多层话语模式在语言和父权社会话语中进行调解。女性作家通过激励读者重新思考自己在社会现实中的存在，对将每个个体安排在其特定位置的社会构建提出了质疑。因此，乌托邦文类不仅是对现在、将来或另一个可能世界的描述，同时试图控制时间和空间。女性主义乌托邦能够为女性主义提供一个特定的时空体，以突出女性主义关注的问题。在乌托邦的另类时空中，女性主义的诉求能够得到更好的解决。

特定的文类有其特定的规则，作家在创作时通常会遵循该文类的传统。文学理论充满意识形态，文类也绝非单纯地建立在美学基础上。文类具有高度的政治性，不仅仅充斥着性别偏见，还包括阶级偏见和种族偏见。在西方文学批评史上，女性作家的作品长期被排除在经典文类之外，这种文类的划分影响着女性作家的创作。文类是一种文化构建，文类划分体现出有关"正常"和"反常"的二元对立思想。女性主义批评试图解构这种思想，认为正是性别间的差异将女性限制在低等的社会地位上。特定的文类有自身的规则和期望，作家在进行创作时，都会自觉或不自觉地遵守该文类的准则。詹姆逊认为："文类是作者和特定公众之间的一个契约、一种制度，其主要功能是具体阐明特定文化产品的恰当使用。"（Jameson，1981，p. 106）因此，文学文类的历史让"我们能够了解既定的文学作品，不仅可以从内部分析这些独立的文本，并且可以根据特定形式的演变历史地看待文学作品"（Moylan，2009，p. 31）。显然，在文学的发展史上，通过文类来归类和描述文学史，使文类同文学史紧紧地联系在了一起。

女性主义乌托邦小说越来越多地加强了文类和性别间的互通。作家提出的文类问题促进了新文类的发展，如批判性乌托邦、批判性恶托邦，以及既包含乌托邦元素也包含恶托邦元素的科幻小说。不管是批判性恶托邦还是开放结尾的恶托邦文本，都内含乌托邦核心，体现了人类解构传统、实现另一种可能社会的愿望。一方面是具有开放性结尾的恶托邦小说的出现，另一方面，混淆文类界限促进了女性主义乌托邦小说和女性主义科幻小说的发展。这两种小说类型融合了多种文类模式，如书信体小说、日记和历史性小说，形成自己的独特之处。

综上所述，女性主义乌托邦文学作品反映了女性在现实生活中缺失的东西，是对女性在父权社会和父权乌托邦消极表现做出的回应。根据韩礼德（M. A. K. Halliday）的系统功能语法，一个文本的作用体现为它参与了事实的构建和事实变化的过程。因此女性主义乌托邦文本的社会实践意义体现为它参与现实中女性主义运动的发展，倡导"个人的即政治的"，让女性作者和读者都跨越现实生活的束缚。乌托邦的最终功能在于培养开放的意识，它不仅仅是构建美好生活的蓝图，更是一种隐喻。通过歧义和多样性，女性主义乌托邦解构了男/女、心灵/身体以及乌托邦/反乌托邦之间的二元对立，实现了文类的现实意义：完成对男权话语的颠覆，构建了新的以差异为特征的女性话语，培养了开放性的女性主体意识。可见，女性主义者之所以选择乌托邦作为反抗男性的武器，主要在于乌托邦这一文类本身所具有的政治批判性。

三、女性主义乌托邦：成为一种"武器"

"文学场"即"文学生产场"（the field of literary production）。语言学家费尔迪南·德·索绪尔（Ferdinand de Saussure）认为语言是一个符号系统，而皮埃尔·布尔迪厄（Pierre Bourdieu）认为语言是一门政治经济学，"文学场由不同资本和权力交互形成，从文学场的角度思考文学，就是从一个空间结构和关系结构出发考察文学的意义"（张意，2011，p. 582）。在现实社会中，拥有资本的人占据统治地位，资本的分配方式决定了社会的等级制度。在文学场中，经济资本变成了文化资本，拥有文化资本的知识分子成为权力支配阶层。而经济资本和社会资本相对匮乏的知识分子，虽然拥有文化资本，也属于被支配阶层。文学场内部有不同的等级：男性一直掌握话语权，拥有丰富的精神和文化积累，属于文学场的支配阶层，而女性长久以来被排除在文学场以外。正如弗吉尼亚·伍尔夫（Virginia Woolf）在《一间自己的房间》（*A Room of One's Own*，1929）中写道："一个女性如果想写小说，必须拥有钱和一间她自己的房间。"（2000，p. 3）因此，女性作家试图在文学场中占有更多的文化资本，以成为文学场中的支配阶层。

当代女性作家有意识地将女性主义视角融入传统属于男性的文类中，以期为观众带来"陌生化"（defamiliarization）。其实，将文类作为"武器"来抵抗政治并不是现代社会所独有的现象。哈罗德·布鲁姆（Harold Bloom）提出了"影响的焦虑"（the anxiety of influence），认为男性作家一直都生活在前辈作家的阴影中，他们试图摆脱这些前辈作家的影响，超越他们，因此"杀死父亲"成为他们的潜在写作意图。对于女性作家而言，女性的身份，无论是作为个体，还是作为某个打上了独特种族文化烙印的集体，都是她们写作的力量所在，通过写作"寻找共同的母亲"是女性写作的目标（欧翔英，2010，p. 80）。男性要"杀死父亲"，而女性则力图在作品中找寻自己，成为自己。女性创作的方式注定和男性不同，女性诉说真理也是"以倾斜的方式来讲述"（欧翔英，2010，p. 81）。因此，女性作家通过掌握文类常规和传统来抵抗对高雅文学（经典文学）和通俗文学的强制性划分。她们的这种行为逐渐变成对霸权意识形态的反抗，正是占主导地位的霸权意识形态将女性以及其他的边缘人群视为一种反常的、低等的存在。

在文学场中的劣势地位使女性主义与乌托邦文类的结合必然有其政治维度。加拿大学者达科·苏文①（Darko Suvin）将"认知疏离"（cognitive estrangement）看作实现乌托邦批判性的内在特征。苏文的"认知疏离"，融合了维克托·什克洛夫斯基（Viktor Shklovsky）的"陌生化"和贝尔托·布莱希特（Bertolt Brecht）的"离间效果"。"疏离"是为了将作品中的世界同现实世界拉开距离，化熟悉为陌生，或将不可思议当作理所当然，打破读

---

① Darko Suvin，译作达科·苏恩文，或达科·苏文，本文从第二种译法。

者机械的感知，深刻揭示两个世界的差异，达到批判的目的。乌托邦作品通过使用"疏离"，拉开读者和现实社会的距离，将乌托邦社会和现实社会并置，鼓励人们用批判的眼光来审视现实。正是通过"疏离"，女性主义乌托邦作品实现了自身的政治批判功能，为女性主义提供了审视男权社会的绝好机会，使乌托邦成为女性主义的天然阵地。作品中的疏离性、对传统的批判和想象性写作形成了女性主义乌托邦文学的政治批判功能。尤其是疏离性促使了女性主义和乌托邦文类的结合。女性主义乌托邦小说包含三个维度：作者和读者所生活的现实社会以及作品中的乌托邦想象社会。作品虚构了以前不曾存在的、非真实的世界，在这里作者可以大胆想象，发表不同的意见。读者在阅读过程中，游离于三个世界，体验每个世界的不同之处，感受替代世界的光怪陆离，经历意识形态的"转换"，从而能更深刻地意识到以往被现实社会认为理所当然，事实上却充满偏见的性别不平等。

女性主义同乌托邦文类的结合有深刻的社会原因，并非随机偶然的。两性从来没有实现真正的平等，女性只有借助乌托邦文类的形式，虚构一个想象的社会，实现男女平等。乌托邦文类所内含的哲学政治基础成为女性主义反对父权制度的有力武器；乌托邦同女性主义一样，都具有批判性和颠覆性，旨在批判当前社会的不公。乌托邦的疏离性是实现女性主义乌托邦小说政治功能的叙事基础，因为只有拉开同现实社会之间的距离，人们才能够客观地看到现实社会的弊端。乌托邦的疏离性、批判性、想象性写作和这一文类本身的特点都为女性主义写作提供了叙事策略，可加深作品的深度与内涵。通过女性主义乌托邦文学和其他的女性主义文学作品，女性主义作家在一定程度上改变了文学场中的权力关系，揭示了女性在社会中的边缘地位，表达了实现两性平等的美好意愿，在写作策略上实现了政治批判功能，从而颠覆了男权话语模式。

文类的本质是语言，因此文类是一种话语实践。通过投射出世界可能的面貌以及人类潜在的不同可能性，文类参与了意识形态的构建，并处于不断构建的状态。本文通过分析乌托邦文类的政治哲学基础，运用文类的新修辞手法，揭示意识形态同文类间的关系，并勾画出乌托邦转变为女性主体所采用的策略，从而彰显了女性主义的政治批判性。女性主义乌托邦小说为女性主体的形成提供可能性，揭露了父权制的有限性，并赋予女性社会行为以意义，成为女性作家反抗男性的武器。女性主义乌托邦小说通过开放的叙事模式打破了性别二元对立，发掘父权社会中女性存在的多重可能性，将个人的上升为政治的，并公开批判男性话语所强调的"正常"。女性主义将生物去神秘化，认为生理特征并不能决定命运；女性主义意识到政治和经济是资本主义社会的主要驱动力，是男性用来压迫女性以维持现状的主要工具；女性主义批判性地看待男性笔下描绘的理想乌托邦社会和其否定的恶托邦社会，指出在对待两性关系方面的不足，并在女性主义乌托邦小说中提出改良方案，促进社会向更好的方向前进。

引用文献：

恩斯特·布洛赫（2012）. 希望的原理（第一卷）（梦海，译）. 上海：上海译文出版社.

弗雷德里克·詹姆逊（1999）. 政治无意识（王逢振、陈永国，译）. 北京：中国社会科学
　　出版社.

弗雷德里克·詹姆逊（2004）. 文化研究和政治意识（王逢振，译）. 北京：中国人民大学
　　出版社.

欧翔英（2010）. 西方当代女权主义乌托邦小说研究. 成都：四川大学出版社.

张意（2006）. "文学场"//西方文论关键词. 北京：外语教学与研究出版社.

Burke, K. (1966). *Language as Symbolic Action: Essays on Life, Literature, and Method*.
　　Berkeley: University of California Press.

Burke, K. (1968). *Counter-statement*. Berkeley: University of California Press.

Jameson, F. (1981). *The Political Unconscious: Narrative as a Socially Symbolic Act*.
　　Ithaca: Cornell University Press.

Moylan, T. (2009). *Demand the Impossible: Science Fiction and the Utopian Imagination*.
　　New York: Methuen.

Schenck, C. (1993). All of a piece: women's poetry and autobiography. In Bella Brodzki and
　　Celeste Schenck, (Eds.), *Life/Lines: Theorizing Women's Autobiography*. Ithaca:
　　Cornel University Press.

Woolf, V. (2000). *A Room of One's Own & Three Guineas*. London: Penguin Books.

作者简介：

　　陈颐，英语语言文学博士，重庆交通大学外国语学院讲师，主要研究方向为西方文论与英美文化。

Author:

　　Chen Yi, Ph. D. of English language and literature, lecturer of School of Foreign Languages, Chongqing Jiaotong University. Her research fields include British and American literature and literary theories.

　　E-mail: purple82475@163.com

科幻未来主义的叙事策略

张　凡

摘　要：在叙事学发展史上，摹仿论与反摹仿论是两大主流。从科幻叙事研究的角度考察，弗莱的神话批评、苏文①的马克思主义和形式主义批评、斯科尔斯的结构主义批评、昂热诺的符号学批评，都揭示了科幻小说的反摹仿叙事特征。随着中国当代科幻创作的发展，"科幻未来主义"这一理论逐渐成形，未来小说成为"科幻小说"的新形态和科幻未来主义的主要载体，"时间、空间、纪"三要素共同建构的"寓言式转换世界"，成为未来小说发展的内在叙事机制。多种多样的新的叙事理论为未来小说搭建起更大的外部框架，由此形成的一整套"科幻未来主义"叙事策略，成为中国科幻转型期持续发展的关键突破点，一种恰逢其时的独特的文学主张。

关键词：科幻未来主义　未来小说　叙事　反摹仿论

The Narrative Methods of SF Futurism

Zhang Fan

Abstract: In the historical development of narratology, the two main trends are the theory of mimesis and anti-mimesis. From a narratological perspective, Frye's myth criticism, Suvin's Marxism and critical formalism, Scholes's structuralism and Angenot's semiotic criticism reveal that historically the narrative of science fiction belongs to the anti-mimesis forms. With the development of SF creative writing and narratology theory, the theory of

---

① Suvin，本文所参考译本译作"苏恩文"，笔者行文从"苏文"。

"SF futurism" has gradually taken shape, and Future Fiction has become both an advanced form of science fiction and the main vector of SF futurism. The three elements as time, space and epoch together build up the "fabulous alternative world", and become the internal narrative mechanism of the development of Future Fiction. A variety of new narrative theories build a larger external framework for Future Fiction, in a way that the resulting "SF futurism" theory reveals a key breakthrough point for the sustainable development of China's SF in transition, and a unique literary proposition at the right time.

Keywords: SF futurism; Future Fiction; narrative; anti-mimesis

　　科幻小说当前面临着历史性危机：未来早已到来，科技发展超越经验世界的感受和预估，即"未来与科技对现实造成了双重入侵"（吴岩，2008，p. 3）。大量的科幻小说描述的未来和科技（例如人工智能），当前已成为写实主义窠臼。科幻小说创作如果没有科幻自我机制的支撑，势必只能使用其他策略——例如，借用爱情、侦探、冒险、哥特等类型小说的传统和方法来完成低科幻叙事；或者，借用主流文学的写实主义、现代主义与后现代主义来描绘现实世界，企图用主流文学的方法，在主流文学中获得认可。这两种叙事，可能获得读者的认同，但也都抛弃了科幻小说的自我机制，并非优秀或高等级的科幻小说的叙事方法。那么，什么是科幻小说的自我机制？科幻小说的叙事具有哪些特征？何为未来小说和科幻未来主义？本文旨在对这一系列问题做出梳理、阐释和初步体系建构。

一、叙事学视野中的科幻小说"反摹仿论"特征

　　科幻小说自诞生以来，就面临一个难题：什么是科幻小说？本节对20世纪叙事学做一简单回顾，考察叙事学史上"小说"和"科幻小说"两个概念，揭示科幻小说鲜明的反摹仿和反现实主义特征。这种反现实主义特征将为科幻未来主义的提出提供理论的参考坐标。

　　第一，神话批评对"小说"这一概念的纠正。批评家弗莱（Northrop Frye）在研究小说时，发现没有合适的词汇来区分历史上的小说类型，而"小说"这一概念指代混乱并缩小了叙事类型。弗莱认为，小说原本的称呼应为"散文化虚构"（prose fiction），这一称谓被后起的强大名词"小说"（novel）掩盖，造成小说含义和外延的模糊，批评从而无以为继。弗莱在

《批评的解剖》（*Anatomy of Criticism*，1971）一书中，重新将"散文化虚构"分为四种类型：小说（novel）、罗曼斯（romance）、忏悔录或自传（confession）、剖析体（anatomy），这四种皆为广义的小说。狭义的小说（novel）常常与其他三种混合，并进一步产生不同的模式混合，例如艾略特（George Eliot）的早期小说鲜明地偏向罗曼斯，而后期的小说则倾向于剖析体（Frye，1971，p. 302）。弗莱进一步指出："小说"与"罗曼斯"这一概念的核心区别在于对人物塑造的观念不同。罗曼斯写作者并不创造与真实世界对应的"人物"，而在潜意识中折射荣格所谓的集体无意识中的力比多，创造男女英雄的抽象人格（Frye，1971，pp. 303-326）。

弗莱论点的意义在于，揭示了当代世界对"小说"这一概念的极大窄化，还原了叙事史上并行的四种倾向，小说（novel）不等于小说（fiction）；更重大的意义在于，它揭示出作为科幻文学先祖的罗曼斯（romance），被当今强大的现实主义传统遮蔽的巨大的史前样貌。弗莱纠正了对"小说"——实际上是主流文学，特别是主流文学中的现实主义小说——的偏信与崇拜，绕开了"小说等同于18世纪现实主义小说与20世纪现代主义与后现代主义小说"的主流文学观念，把斯威夫特及其之前的幻想文学作家，纳入罗曼斯的传统，从而让"罗曼斯"与"小说"这一源流并驾齐驱，恢复历史上非现实主义文学的价值，重新界定了小说的虚构性质。由于科幻文学在历史渊源上隶属于幻想文学，弗莱对虚构叙事的梳理、对罗曼斯传统的恢复，也能为科幻的历史溯源和范式定位提供理论支撑。并且，弗莱所论虽在西方文学之内展开，但上述观点也有助于我们重审中国古代文学中的想象力要素以及晚清科幻的状况。

第二，结构主义批评对未来小说的重新定位。结构主义批评家罗伯特·斯科尔斯（Robert Scholes）提出了"未来小说"（Future Fiction）的概念。他的一系理论著作如《小说的本质》（*The Nature of Narrative*，1966）、《寓幻家》（*The Fabulators*，1967）、《文学结构主义》（*Structuralism in Literature*，1974）、《结构性寓幻》（*Structural Fabulation*，1975）等书，关注"科幻文学"叙事的发生和演进。这位主要做严肃文学批评的研究者，提出了与弗莱颇为类同的重要观念，即18世纪以前的小说，不在我们今天的小说观念之内。中世纪的小说是一种寓言（fabulation，或译作寓幻），这种寓言经过分化，随着现实主义小说的兴起，其非现实主义特征被遮蔽且下降到次要地位，使得今天我们普遍认作现实主义、具有摹仿论倾向的"小说"成为文学中最完美的形式（Scholes，1975，pp. 3-15）。斯科尔斯进一步指出这样几个重要观念。首先，在小说的诞生之初，存在口头文学与书面文学的区分，口头文学中的"魔幻性"事件，并未表现出与社会"现实"具有显著的联系（Scholes，Phelan & Kellogg，2006，p. 3）。其次，所谓寓幻，主要指 20 世纪以来所出现的，具有魔幻及后现代特征的反传统小说，诸如约翰·巴斯（John Barth）和托马斯·品钦（Thomas Pynchon）的作品，它们与科幻文学固属于同一谱系，科幻文学因此可以称为"结构性寓幻"。最为重要的是，斯科尔斯提出了一个重大观点：未来小说并非后现代主义文学的一种，而是经过了现实主义、现代主义、后现代主义之后的更高发展阶段（Scholes，1975，pp. 15-41）。

斯科尔斯对未来小说的结构性分析具有重大意义。首先，弗莱并未研究科幻文学，而斯科尔斯明确使用结构主义叙事学，把科幻小说的传统归结到反现实主义（anti-realism）的路线上，旗帜鲜明地与现实主义一刀两断。其次，在文学的叙事史上，他给予未来小说很高的评价，并认为"未来小说"不仅是科幻小说的未来，而且是所有小说叙事的未来。最后，他将部分科幻小说（即未来小说）从后现代主义的泥潭里解放出来，从另一个角度论证了为什么一部分科幻小说具有主流文学、后现代文学的特征：在横向上，科幻小说与后现代小说呈现一种相容关系；在纵向上，未来小说是具有先锋性的历史取向，反过来可含纳后现代文学的文学形式。

第三，苏文（Darko Suvin）的马克思主义和形式主义批评对科幻小说的定义。20 世纪 70 年代，苏文将科幻小说定义为"一种文学类型，它的充要条件是陌生化（estrangement）和认知性（cognition）的在场和互动，它的主要形式策略是替换作者经验环境和想象的框架"（苏恩文，2011a，p. 8）。苏文对科幻定义的充要条件——陌生化和认知性，从叙事视角观察，正是反摹仿论和摹仿论的两个面向。苏文的定义既兼容了马克思主义一贯的社会分析传统（认知性），又表达了科幻在形式上的反现实主义特点，取得了某种成功的平衡，成为最广为接受的科幻文学定义之一。

在讨论科幻小说的新奇宰制时，苏文解释了科幻小说的两个面向：第一是现实面向，即摹仿论的面向，科幻替换世界运行的逻辑，事实上参照了现实世界的方式，因此具有现实主义特征；第二则是新奇面向，即反摹仿论的面向，要求科幻替换世界具有相对现实的间离效果，这种新奇性应是科幻叙事的主导机制。

第四，科幻批评家斯特林（Bruce Sterling）的"滑流小说"（slipstream）概念，试图描述新的科幻文学形态。1989 年，科幻作家、赛博朋克旗手斯特林敏锐地感觉到赛博朋克理论的局限：它将自身置于科幻小说的内部传统中，无法向外扩展。斯特林由此提出了新概念"滑流小说"，指那些打破了主流小说与科幻界限的崭新类型。斯特林认为，科幻小说的技术不再能够反映"连续的社会视域"，那些非科幻作者反而能非凡地写出更富有想象力、更陌生化、更反现实主义、更具有创新性的作品。斯特林的这一理论并未得到广泛采纳。迟至 2006 年，第一部滑流小说集才得以出版，标题为：《感觉非常奇怪：滑流小说选集》（*Feeling very Strange: the Slipstream Anthology*，2006）。滑流科幻小说的标签充满了反现实主义的特征："魔幻现实主义""反现实主义""后现代""实验的""超现实的"以及"寓幻"。

二、科幻叙事特征与科幻未来主义

通过以上对叙事史，对科幻外部和内部的观念梳理，我们得出科幻小说叙事的五大特征：

第一，科幻小说的首要叙事特征为反现实主义和反摹仿论的传统。总结 20 世纪叙事理论，考察叙事史的两条主线：摹仿论和反摹仿论，体现在叙事策略上，前者为现实主义或写实主义，后者则属于反现实主义或非现实主义。在形式主义、结构主义、后结构主义叙事理论的表述中，科幻文学的史前史一脉，天然具有反现实主义传统。

科幻文学在叙事传统上，天然具有反现实主义的传统，然而与现实主义的实际关系则错综复杂，相反相生。在特定时期，甚至能体现为现实主义叙事。以英国著名的科幻作家威尔斯（H. G. Wells）的小说为例，从科幻的大传统和小说形式上看，它属于反摹仿论传统，然而从叙事渊源和内容上看，威尔斯又属于自狄更斯以来的英国现实主义小说叙事传统，他将小说的创作理解成"理念之载车，自我检查的乐器，道德观念的游行，行为范式的改变，习俗的成因，法律与机构的批评学，社会规范与理念的直觉"（马丁，2006，p.38），其科幻创作也基于同样的理念。

在中国当前的科幻小说创作中，科幻现实主义和科幻未来主义形成双螺旋互动，同样具有复杂性。例如，具有反摹仿性倾向、进行文体实验的作家韩松、陈楸帆等人，却宣称自己的小说是科幻现实主义。这一提法，更多的是受到了中国主流文学以及国家政策的影响，具有明确的目的。如果说陈楸帆的近未来小说确实着重关注未来对现实的入侵，那么韩松作品被称为"现实主义"则并无逻辑可言。把韩松放到国际序列里，可以相比较的作家是卡夫卡（Franz Kafka）、巴拉德（J. G. Ballard）、迪克（Philip K. Dick），他们都具有明显的反摹仿与先锋性特征。认为科幻完全或首要地反照当下，而与未来无甚关涉，这种说法其实削弱了科幻文学非现实主义的传统及其价值。

第二，科幻小说的叙事，体现出主流与通俗文学相互交通的特征。科幻文学的发生发展过程中，严肃文学（英国科幻传统）与通俗文学（美国科幻传统）相互渗透、相互影响。英国科幻新浪潮是一场严肃的文学运动，它直接的革命对象是美国的黄金时代科幻，试图重新恢复威尔斯以来的精英主义传统。这种严肃文学传统也向美国渗透，影响了美国的新浪潮写作。80 年代赛博朋克是对新浪潮的再次反叛，试图恢复大众传统。然而当赛博朋克运动发展到后期，随着滑流科幻的提出、威廉·吉布森（William Gibson）的教父式转型，最初电脑牛仔的边缘定位也迅速主流化、经典化。

第三，科幻小说的叙事，具有种属转移、文化转移、范式转移的特征。所谓种属转移，指不同国家科幻所指并非完全的同一，同一国家不同阶段的科幻所指也并非同一。人们常常忽略，今天科幻小说概念在世界流行，很大程度上得益于美国的崛起和美国流行科幻杂志的普及。美国科幻起源于廉价杂志，在 20 世纪 30 年代至 60 年代高速发展，其间形成的"黄金时代科幻"席卷世界。这容易给人造成错觉，即科幻一直以来属于流行文学。在美国科幻传统之外，英国科幻一直具有文学文化和社会分析的批判传统。英国科幻创作历史包括大量的"科幻圈"外的主流作家，如奥威尔（George Orwell）、吉卜林（Rudyard Kipling）、莱辛（Doris Lessing）、戈尔丁（William Golding）、石黑一雄（Kazuo Ishiguro）等，他们的科幻和奇幻文学创作一直隶属于精英文学。新浪潮运动更是科幻内部写作精英话语的复苏，其影响力已沉淀为科幻的一种写作传统。

所谓文化转移，晚清时代的科幻和新中国成立以来的科幻，以及新生代科幻和更新代科幻之间，由于历史政治原因形成了巨大断裂。中国每一个阶段的科幻范式都呈现出迥异的时代特征、社会成因、文化背景和叙事策略。中国科幻与外国科幻的横向关联尤为紧密，例如晚清科幻与日本科幻的联系，新中国成立后科幻与苏联科幻的联系，新生代和更新代科幻与美国科幻的内在联系。所谓范式转移，则指科幻在不同历史阶段具有不同的范式特征。

第四，科幻小说的叙事具有流动、更迭的特征。批评家罗杰·罗克赫斯特（Roger Luckhurst）指出："一种类型文学能死亡多少次？这种死刑宣判到底能被传递多少代？死亡的执行仪式又将重复多少回？……科幻文学正在死去，但科幻文学一直在死去，科幻文学的死亡从它形成之始就在一直死去。"（Luckhurst，2017，p. 59）。科幻文学在历史中积累的叙事窠臼，使得旧有写作迅速陈腐，新的创造性叙事不断爆发。曾经的"太空歌剧""时间旅行"等题材不断老化，被崭新的"后人类""永生"等题材取代。在认知性上，科幻小说与科学紧密互动，因科学的发展而产生流动。

第五，科幻小说的叙事具有假设性、实验性特征。科幻作家与批评家拉斯（Joanna Russ）指出："科幻文学是关于'假如是'（what if）的文学，所有这一领域提出的科幻小说定义，都暗含着'假如是'和对假定性的严肃解释。科幻小说所展现的事物，并非性格化或日常化，而是'可能性'，这种'可能性'必须具备逻辑的、严肃的、连续的解释。"（Russ，2017，pp. 200－202）在威尔斯以及很多科幻小说中，我们都能看到暗含可能性的思想实验；这种实验性甚至超越了文学，进入了乌托邦问题的政治范畴。

2014年5月11日，批评家吴岩在北京一次会议上发表演讲《科幻未来主义的状态或宣言》，这是科幻界第一次正式提出"科幻未来主义"。不足500字的"科幻未来主义"包括五条纲领：其一，为未来写作；其二，感受大于推理；其三，思想和境界的无边性；其四，没有唤起的作品是可耻的；其五，创造力是最终旨归（吴岩，2014）。科幻未来主义的提出有其必然性：它是一种独特的、恰逢其时的文学主张；体现了一种现代人都具有的心理冲动；它是一种文学叙事的锐意创新意识。

首先，科幻未来主义是独特的、恰逢其时的文学主张。科幻未来主义是对转型期中国科幻所面临的瓶颈和机遇的回应。中国科幻进入良好的快速发展阶段，但创作实践仍停留在科幻现实主义一枝独秀、新古典主义附从的境地，这种局面还将在一定时期存在。大量的中国科幻小说主题陈旧、形式老化。从世界范围看，中国科幻文学也面临严峻挑战：中国科幻在世界科幻格局中的主体性尚未建立，缺乏自有理论基础，既有理论和既成经验缺乏总结，世界发达国家的科幻经验不能简单移植。并且，从文学自觉看，科幻未来主义的提出符合文学的发展规律。文学本身一直在经历着断裂的运动，例如法国的"新小说"运动，当罗伯-格里耶（Alain Robbe-Grillet）发现当时的小说理论无法指导小说创作时，他亲自下场发动了一场"新小说"运动，在理论上改变创作的方向和目标；当约翰·巴斯的创作完全有别于现代主义小说时，他倡导"元小说"，采用新的语境与叙事策略指引新的小说创作。在科幻作家内部，对科幻本质和形式的探讨一直具有未来小说的指向。威尔斯在一篇《关于未来的小说》（"Fiction about the Future"）的演讲中指出："科幻小说必须实现一种针对现实的幻觉，一种历史小说的效果，一种与读者在自欺欺人过程中的合谋。针对作家的假设，作家必须在更高的维度上，摆脱现实

世界的经验，发挥想象力，创造出最高形式的小说。"（Parrinder & Philmus, p. 249）

其次，未来主义是一种现代人都具有的心理冲动。现代人的时空观念打破了古人循环的时间观和静态的空间观，这种时空观的转变带来了经验世界的重新认识。现代的未来意识是一种心理冲动，不但体现为对未至时间的预测、预期和预演，也体现为对空间和环境的改造的愿望。科幻未来主义具有丰富的历史理论资源，意大利的未来主义、非洲未来主义等形形色色以"未来"命名的 20 世纪的断裂运动，都是建立在时空观念改变之上的心理冲动。在某种意义上，整个科幻文学都是未来主义运动的产物。人们对未来的心理冲动，体现为种种形式的先锋运动。这类先锋运动的目标，是革除陈旧的形式、内容、主题，对自我及环境展开崭新的期待。

最后，科幻未来主义是一种锐意创新的文学意识。当前科幻文学创作严重滞后于未来图景，滞后于科技发展，创作题材和体裁老化，面对新的科技、人类社会新的可能形态，应对措施不足。例如当前人工智能发展迅猛，但大量的科幻小说几乎早已写完了人工智能的各种想象和形式。科幻小说必须对人工智能改变后的经验世界做出新维度的回应和描写，对替换世界里的新道德、新伦理做出可能性推演，否则现实世界和科幻小说里的替换世界并没有不同，科幻小说就失去了新奇性，造成审美疲劳。

科幻未来主义适应了科幻诗学锐意创新的审美标准，以未来小说为载体，探索科幻未来主义，能从最广大的面，结合主流文学与科幻文学的叙事传统，开拓新的叙事机制，推动科幻小说的创作，驶出全新轨迹。

三、科幻未来主义的叙事方法

人们在撰写科幻小说时，势必要对科幻文学的审美层次进行回答。正如上文我们所揭示的，科幻文学在不同的文化审美系统里，在不同的时代，具有非同一性。然而，当代读者在读到大多数科幻文本时，都能较为自然地认出它是"科幻"，将之与其他文学类型区分开来。这种显性，正是科幻之所以成为科幻的本质。那么科幻的本质是什么？科幻不同层次的审美等级是否会导致科幻内涵的垮塌？最高等级的科幻又以何种形式存在？低等科幻不是科幻吗？

昂热诺（Marc Angenot）在他的《缺席范式》（"The Absent Paradigm: An Introduction to the Semiotics of Science Fiction"，1979）一文中，用符号学分析了科幻的审美层次，指出了科幻的本质：所有的科幻小说，完全是通

过文本一步步地描绘，暗示出一个既虚妄又不可或缺的"别处"（elsewhere）之存在。这个"别处"从符号学意义上讲是一个缺失的，或者如幽灵般飘忽的范式，它象征着一个迥然不同的世界。科幻小说在不断地"将读者的注意力由文本的语段结构，转移到虚拟错觉这一构成读者愉悦感的重要元素上"（Angenot，1979，p.12）。对昂热诺的审美层次，可以用苏文的科幻小说定义进行完美回应。所谓的"别处"，即苏文的"替换作者经验环境和想象的框架"，昂热诺的"现世范式"即认知性所依附的经验世界的各种关系，而陌生化则是用缺失范式（替换世界）来打断这种经验世界的延续。

在苏文的科幻审美层次等级中，科幻小说被分成：劣质科幻小说、大多数科幻小说、中等层次科幻小说、优秀科幻小说、最佳科幻小说。在最优秀的科幻小说里，大量目的明确、彼此相容的细节，由文本中心的新奇性发出大量合乎逻辑的寓言式隐含含义。例如，他认为最好的科幻小说"喻体（小说虚构世界中的各种关系）与本体（经验世界的各种关系）的相互作用赋予了读者一种寓言性自由：在概念体系形成之前和形成的同时，正是在阅读行为中，这种自由才得到了排演、描绘和刻写"（苏恩文，2011b，pp.187-194）。苏文对中等层次以下的科幻小说持批评态度，并进一步把劣质的科幻小说分成几种：陈腐型科幻、混乱型科幻、教条型科幻、无效型科幻。例如，认为陈腐型科幻淹没在冒险、爱情之类的陈腐世俗的非科幻性细节和情节技巧之中，它们仅包含着局部的科幻元素，而不具备科幻故事的主导性叙事逻辑。遗憾的是，世界科幻作品中，大部分的科幻都是这类仅含科幻元素的陈腐型科幻。

什么是未来小说？有关未来小说的历史与形式的讨论一直在变化中，例如，有学者下定义，未来小说是"从未来倒推叙述成为已然的未来，而不是纯然的预言"的小说（赵毅衡，1999，p.56），这是在时间轴上面向过去的定义。未来小说也特指晚清、民国的社会幻想小说。笔者更倾向于将时间轴聚焦于未来和科幻的可能性，因此在这里下一简单定义：未来小说是科幻小说的分支，它从属于科幻小说，但并非所有的科幻小说都是未来小说。未来小说是以科幻未来主义为明确创作方针，不断追求新的形式与审美的突破，以追求"时空体叙事三元素"（时间、空间、纪）在科幻文学中新的叙事展开为目标的、面向未来的先锋科幻文学。

我们有关未来小说的讨论，需要从科幻小说的审美层次进入未来小说的本体构成，探讨科幻未来主义的叙事策略。未来小说在三个层面支撑科幻未来主义的叙事策略：时间、空间和纪这三个叙事要素共同交织成寓言性的转换世界。

从时间上来说，未来小说突破了时间的同一性、普通式分布。在未来小说的视野里，黑洞时间、多维时间、非线性时间、时间扭曲、虚构时间、幻境时间指向未来小说的叙事本身。时间已不再是传统的叙事参照，时间建立了与此时不同的彼时，化为叙事空间。时间分布于科幻性细节，有别于传统小说的叙事性细节，它不再是奇幻文学不能释明的时间关系，也不再是主流文学的意识流时间、无意识时间和心理时间，更不是叙事时间的历史。时间以历史的反面而存在，预示当下，指向未来。与传统时间观念迥异的时间分布，是未来小说指向科幻未来主义的三要素之一。

从空间上来说，未来小说描述的不再是范式世界，而是范式缺乏（即与真实世界平行的）的可能性世界，即转换世界。这种可能性世界有很多同义的名词：在昂热诺的体系里叫"别处"，在苏文笔下叫"替换作者经验环境和想象的框架"，在斯科尔斯笔下叫"结构性寓幻"，笔者在这里将其统一称为"转换世界"。转换世界在科幻小说中有着广泛的分布，在黄金时代，我们称之为"太空"，事实上这是一种有关"太空的想象"，而非太空本身。在新浪潮科幻小说中，转换世界是内太空。在赛博朋克小说里，则是赛博空间。在中国科幻作家笔下，如韩松，转换世界分化成高铁、地铁、巫山、医院、岛屿、红色海洋，一起构成了更高层次的"鬼魅中国"。在很大的程度上，幻想文学里的"中土世界"，武侠小说里的"江湖世界"，以及政治话语中的乌托邦、反乌托邦、异托邦，都与转换世界具有同类性，它们都与经验化现实世界有区别。当然，它们各自形成的转换世界之间又存在差异，体现为不同的构成元素构成了具体而各异的转换世界。

从"纪"的角度讨论，经验世界经历了深刻而激烈的认知转型，这种各层次的断裂式转型，可称为"纪"（epoch，或译为世）。今天，我们正在从人类纪（anthropocene）走向负人类纪（neganthropocence）（斯蒂格勒，2019，p.25），从人类走向后人类，从人类中心主义走向生态主义。从文艺复兴以来建构的"人"的价值观不断消亡，未来小说最先敏感地捕捉到了"纪"的转变，担负起先锋的唤起作用。例如唐娜·哈拉维（Donna J. Haraway）提出的"克苏鲁纪"（chthulucene），很典型地反映了"纪"的转变所带来的可供推演的叙事前景（Haraway, 2016, pp.58—61）。

我们还要讨论未来小说可整合的其他叙事策略或批评理论，这些叙事策略和批评理论在 21 世纪具有特别的叙事价值，例如，赛博批评（cybercriticism）、鬼怪叙事（spectral narrative）、（反）物叙事（material or amaterial narrative)、元小说（meta-fiction）、滑流小说（slipstream）、非自然叙事（unnatural narrative）、后人类主义（post-modernism）、负人类纪、种植纪（plantationocence）、资本纪（capitalocence）、后殖民叙事、动物转向等（Wolfreys，2016，pp. 3—16）。

这些叙事分为两类。一类是科幻小说已在使用的叙事手段，如女性主义叙事产生了大量的科幻文学作品。再如种植纪叙事中，玛格丽特·阿特伍德（Margaret Atwood）的《洪水之年》（*The Year of the Flood*，2009）是突出的代表。另一类则是 21 世纪，在结构主义、后结构主义之上涌现的在某种程度上未经大量作品应用的新的文化批评和叙事理论。很多文化批评虽非直接的叙事理论，但对创作具有重大的借鉴价值。这些批评理论或叙事策略之间，也是相互渗透的，例如后人类叙事带有鲜明的马克思主义、女性主义、法国解构主义色彩。还要注意的是，并非所有的新批评都能带来叙事的直接变更。事实上，每一种叙事理论与未来小说的关系都值得深入探寻，它们代表着与历史性表述的决裂，由此成为科幻未来主义的潜在资源。我们仅以女性主义叙事为例，说明它与未来小说的关系，或某种广阔的应用前景。

女性主义叙事有明确的反对范式——男性中心主义的叙事，其策略就是把"寓言意义上的转换世界"加以结构化、细节化，建构更具有女性主义色彩的"她托邦"，瓦解男性中心主义的叙事世界。例如科幻作家勒古恩（Ursula K. Le Guin）的小说《黑暗的左手》（*The Left Hand of Darkness*，1969）中，整个冬星就是典型意义上的"转换世界"。另一个例子是，在阿纳森（Eleanor Arnason）的长篇小说《众剑之环》（*Ring of Swords*，1994）中，作家对海因莱因（Robert A. Heinlein）的《星船伞兵》（*Starship Troopers*，1959）进行了女性主义的戏拟和嘲讽。《星船伞兵》中不可避免的人虫大战转变成了人类与霍华兹种族的战前对峙，只不过霍华兹族由男性和女性组成，男性都为战士，好战不已；而女性都是谈判家、活动家，控制着霍华兹人星球的政治与文化。令人啼笑皆非的是：霍华兹族的谈判专家（女性）发现地球上的男性与霍华兹星球上的男性惊人地相似——这种对"好战男性"的嘲讽，揭示出人类社会的男性中心主义是一种或然性的建构，并非必然。

中国科幻中，陈楸帆的《G 代表女神》（2012），韩松的《美女狩猎指南》（2014）、《医院三部曲》（2016，2017，2018）中，都有对女性主义叙事的实验和想象。只不过，男性科幻作家对女性主义叙事的运用，即使站在女性主义视野上，仍疑似有窥视色彩，体现在叙事上是对女性身体的暴力分割。而刘慈欣与王晋康的科幻创作，用女性主义的视野来分析，也许是反面例子。女性以其特有的敏锐和心灵直觉，在处理同一素材时不会如此用力。令人困惑的是，由于对自身价值和社会认同的顾虑，担心女性作家的身份影响对作品的客观评价，中国的女科幻作家反而大多避开了女性主义叙事策略，甚或与其划清界限，相较于欧美科幻成果丰硕的女性主义叙事，实为巨大资源与价值的错失。

在其他叙事手段上，由于古典主义、现实主义的惯性影响，中国当代科幻作家的创作实践也存在同类问题，在很大程度上停留于黄金时代科幻的审美价值与创作方法。除极个别的先锋作家，如陈楸帆、韩松，具有形式与审美自觉外，大多缺乏敏锐的科幻未来主义嗅觉。

结　语

从叙事学历史考察，科幻小说的叙事具有鲜明的反摹仿论特征，当前的中国科幻片面强调"科幻现实主义"，遮蔽了科幻文学叙事传统的非现实主义特点。科幻文学的反摹仿论特征在新的时代背景下，呼唤新的表达方式——科幻未来主义，它力主彰显创造力，摆脱片面强调依附现实的文学观，有望成为中国科幻转型期内科幻创作更新的关键突破点。科幻未来主义体现了当前环境下一种每个人都有的心理冲动，一种独特的恰逢其时的文学主张，一种特有的文学世界建构能力。中国科幻一旦打开未来小说的视界，使科幻未来主义形成实质性的文学运动，就有望迎来创作的进一步繁荣。

引用文献：

马丁，华莱士（2006）. 当代叙事学（英文影印版）. 北京：北京大学出版社.

斯蒂格勒，贝尔纳（2019）. 人类纪与负人类纪（陈淑仪，刘静，译）. 广州大学学报（社会科学版），18（2），25－34.

苏恩文，达科（2011a）. 科幻小说变形记：科幻小说的诗学和文学类型史（丁素萍，李靖民，李静滢，译）. 合肥：安徽文艺出版社.

苏恩文，达科（2011b）. 科幻小说面面观（郝琳，李庆涛，程佳，等译）. 合肥：安徽文艺出版社.

吴岩（2008）. 科幻文学理论和学科体系建设. 重庆：重庆出版社.

吴岩（2014）. 科幻未来主义的状态或宣言. http：//blog. sina. cn/dpool/blog/s/blog＿484a22af0102efnc. html？from＝groupmessage.

赵毅衡（1999）. 二十世纪中国的未来小说. 二十一世纪. 12（56）.

Angenot, M.（1979）. The absent paradigm: an introduction to the semiotics of science *fiction*. *Science Fiction Studies*, 6, 17—26.

Arnason, E. (1994). *Ring of Swords*. New York: Tom Doherty Associates.

Frye, N. (1971). *Anatomy of Criticism: Four Essays*. Princeton, MA: Princeton University Press.

Haraway, D. J. (2016). *Staying with the Trouble: Making Kin in the Chthulucene*. Durham: Duke University Press.

Kelly, J. P., Kessel, J. (2006). *Feeling very Strange: The Slipstream Anthology*. http://www.sfsite.com/10a/fs233htm.

Luckhurst, R. (2017). The many deaths of science fiction. In Latham, R. (Ed.), *Science Fiction Criticism* (pp. 59—61). New York: Bloomsbury Academic.

Parrinder, P. & Philmus, R. M. (Eds.) (1980). *H. G. Wells's Literary Criticism*. Brighton, Sussex: The Harvester Press.

Russ, J. (2017). The image of women in science fiction. In Latham, R. (Ed.), *Science Fiction Criticism* (pp. 200—202). New York: Bloomsbury Academic.

Scholes, R. (1975). *Structural Fabulation: An Essay on the Fiction of the Future*. Notre Dame, IN: University of Notre Dame Press.

Scholes, R., Phelan, J., & Kellogg, R. (2006). *The Nature of Narrative*. New York: Oxford University Press.

Wolfreys, J. (2016). *Introducing Criticism at the 21 st Century*. Edinburgh, UK: Edinburgh University Press.

Zwaan, V. (2009). Slipstream. In Bould., M. et al, (Eds.), *The Routledge Companion to Science Fiction* (pp. 500—504). London: Routledge.

作者简介：

张凡，北京师范大学文学院中国现当代文学专业科幻方向博士生，主要研究方向为科幻文学、中国现当代文学。

Author:

Zhang Fan, Ph. D. candidate of Modern and Contemporary Chinese Literature, School of Chinese Language and Literature, Beijing Normal University. His research fields include Science Fiction Studies and Chinese Modern and Contemporary Literature.

E-mail: 14251171@qq.com

威尔斯早期科幻与进化论的关系研究及其对科幻研究的启示①

黎　婵

摘　要：20世纪60年代国外威尔斯文学研究复兴，奠定了以他早期科幻为焦点的研究基调；20世纪70年代科幻批评先锋苏文将威尔斯的社会生物学叙事视为现代科幻的基本范式，其中科学认知转变为了审美认知。但两者如何转变的问题，在20世纪80年代兴起的"文学与科学研究"相关探讨中才得到深入揭示。对威尔斯科幻与科学关系的追究，既是威尔斯研究中的一个难题，也涉及如何看待威尔斯创作留给科幻文类的历史遗产。并且，威尔斯科幻对进化论的文学生产，揭示了科幻与科学关系研究的恰当定位。众多科幻写作与科学、技术具有或隐或显的联系，这种联系主要是一种文化牵扯与互动，而不止于实证主义的知识对应。

关键词：赫·乔·威尔斯　威尔斯研究　科幻　文学与科学研究

Studies of H. G. Wells's Early SF in Relation to the Evolution Theory and the New Possibility for SF Study

Li Chan

Abstract: The 1960s saw the revival of Wellsian literary criticism which set the study focus upon his early SF works. In the 1970s, the SF pioneer critic Darko Suvin argued that Wells's SF set the paradigm for the structuring

---

①　本研究受四川大学中央高校基本科研业务费项目"科幻小说批评理论的阐释模式变迁"（2019skzx-pt195）资助。

of subsequent SF, and his poetry was a shocking transmutation of scientific into aesthetic cognition. But how does this transmutation take place? The problem has not been expounded in depth until the relevant researches emerge by some scholars of "Literature and Science Studies". Investigations of the relations between Wells's SF and sciences, is a problem in Wellsian study, and it also relates to Wells's heritage in the SF writing. Besides, Wells's literary production of the evolution theory reveals the proper orientation concerning studies of SF and sciences. The overt or covert connection between many-volumed SF and sciences and technologies, which is mainly cultural entanglement and interaction, is far more than positivistic correspondence of knowledge.

Key words：H. G. Wells, Wellsian study, SF, Literature and Science Studies

赫·乔·威尔斯（H. G. Wells，1866—1946）在世时曾是影响巨大的英语作家与知识分子。他在发表了多篇科学论文与文学评论之后，凭借 1894—1895 年间连载的《时间机器》（*The Time Machine: An Invention*，1895）获得文学评论界的关注，从此在文学道路上突飞猛进。威尔斯一生作品多达 140 多部，就其 52 部文学创作而言，其创作生涯可以分为三个阶段。19 世纪最后 10 年，他以科学传奇（scientific romances）创作为主；20 世纪最初 10 年，他继续科幻创作，但主要转向了现实主义小说写作；1910 年之后，其文学创作从"生活小说"（Novels of Life）转向了"思想小说"（Novels of Ideas），风格倾向于讨论而非再现，阐述而非叙述，声明而非说服（Parrinder，1997，pp. 291－294）。

除了同期评论，威尔斯创作的回顾性研究始于 20 世纪早期乔弗里·威尔斯（Geoffrey Wells）编写的著作索引［*The Works of H. G. Wells*（1887－1925）：*A Bibliography Dictionary and Subject Index*，1926］和出版的第一部威尔斯传记（*H. G. Wells: A Sketch for a Portrait*，1930）。20 世纪 50 年代末期伊利诺伊大学香槟分校（University of Illinois at Urbana-Champaign）特殊收藏馆公开了威尔斯档案，威尔斯资料整理工作启动；60 年代威尔斯创作研究重启。整体而言，对威尔斯创作的关注发生了讽刺性反转，他在世时曾产生巨大影响的作品逐渐变得无人问津，而他的同代人甚至他本人易于忽略的科幻创作，却获得越来越多的关注（Huntington，1982，p. 1）。与此相应，科幻于 20 世纪初成为自觉文类，奥尔迪斯（Brian

Aldiss)、苏文（Darko Suvin）、罗伯茨（Adam Roberts）等研究者均将他视为现代科幻发展中的枢纽人物。尤其是西方马克思主义者苏文 1971 年在加拿大麦吉尔大学（McGill University）组织召开"威尔斯与现代科幻"（H. G. Wells and Modern Science Fiction）的世界学术研讨会，主题即为现代科幻是威尔斯最为重要、最为持久的创造（Williamson，p. 11）。

这些研究者们关注的威尔斯科幻，主要是其中早期，尤其是 1900 年之前的早期作品。本文主要勾勒威尔斯科幻研究中的一种问题与动向，它不仅体现了文学研究的局部走向，也揭示了当代科幻研究的一种新视角：文学与科学的关系研究。

一、重新发现威尔斯的文学价值

1915 年威尔斯在论文集《布恩》（*Boon*，*The Mind of the Race*，*The Wild Asses of the Devil*，*and The Last Trump*，1915）中嘲讽詹姆斯（Henry James）的小说艺术，结束了两人将近 20 年的友谊。在写给詹姆斯的道歉信中，威尔斯强调"文学就像建筑，它是手段，有其用处"，（Edel & Ray，p. 264）。他对形式过于轻视，也导致了伍尔夫（Virginia Woolf）于 1918、1919 与 1924 年三次撰文批评他的写作不断以思想表述打断故事，根本就不关心人物（Parrinder，1997，pp. 246－247）。威尔斯晚年干脆倡导"对话小说"讨论思想，认为这是与理查森（Dorothy Richardson）和伍尔芙等人代表的"意识流"技巧完全相反的写作选择（Parrinder & Philmus，1980，pp. 217－220）。

威尔斯成了文学界眼中庸俗市侩的"非利士人"（West，p. 23），一个原因是现代科学文化在 19 世纪得到充分的体制化发展，在"两种文化"——科学文化与人文文化——之间，他逐渐成为前者的坚定支持者。他的《历史纲要》（*The Outline of History: Being a Plain History of Life and Mankind*，1920）创造了现象级的销售奇迹。他在第 23 章总结道，古希腊和罗马之后"人类其余的历史很大部分上是这三种思想的历史：科学、一种普遍的正义，以及一种人类的整体福利"（Wells，1922，p. 341）。1932 年，捍卫阿诺德传统的利维斯（F. R. Leavis）在《详细审查》（*Scrutiny*，1932－1953）创刊号上，批评威尔斯的社会学论著《工作、财富和人类的幸福》（*The Work, Wealth and Happiness of Mankind*，1932）以效率为目的而忽视了丰富的人类生活（Parrinder，1997，p. 317）；同刊，他对美国文化评论家伊斯曼（Max Forrester Eastman）提出最严厉的批评就是"他暗中相信（科学）将会替我们解决所有的问题。简而言之，他还生活在赫·乔·威尔斯的时代"（Collini，p. xxiv）。

因此，在主流文学史的建构之中，威尔斯并不占据显赫地位，这并不令人奇怪，他文学声誉的恢复首先得益于 20 世纪 60 年代重启的威尔斯研究。在此之前，他留给公众的印象主要是一个倡导进步的乐观主义者，而贝贡茨（Bernard Bergonzi）1961 年的论著突出了早期威尔斯的宿命感和悲观主义。他认为，早期的威尔斯尽管不是唯美主义者，却是一名具有世纪末颓废精神的作家，擅长以诗性意象书写反讽神话。稍晚的《当沉睡者醒来》（*When the Sleeper Wakes*，1899）等作品仍洋溢着充沛的想象力，但已失去神话的性质。20 世纪之后的威尔斯的文学态度出现了偏差，转向了直接的知识讨论，背离了文学的特质（Bergonzi，p. 3，p. 140，p. 142，pp. 165−166）。60 年代另一位开创性研究者是希勒加斯（Mark R. Hillegas），他 1967 年的作品论证了 20 世纪初福斯特（E. M. Foster）、阿道司·赫胥黎（Aldous L. Huxley）、奥威尔（George Orwell）等人的反乌托邦写作，在其表面的反威尔斯主题之下，掩藏着对早期威尔斯写作视野与方法的延续：《时间机器》不仅开启了现代反乌托邦传统，而且其强大的想象力和诗性的构思胜过那些后来者；现代反乌托邦写作更像《当沉睡者醒来》这类稍晚一些的、讽刺性较强的作品（Hillegas，p. 5，p. 34，pp. 40−41）。此处所言反威尔斯主题，反对的对象是威尔斯在 20 世纪之后逐步显露的以进步与效率为目标的社会规划思想。这种前后的划分是亨廷顿（John Huntington）1982 年论著的起点，他进一步区别了威尔斯创作中的两种思维方式："非定向思维"和"定向思维"，后者试图为问题提供解决方案，而前者拒绝任何结论，思考的重点在于困难和矛盾本身，是威尔斯科幻的主导特征；他将威尔斯想象力的性质转变定位于短篇故事《陆地装甲舰》（"The Land Ironclad"，1903），此后威尔斯笔下不可解决的对立矛盾蜕变为了单向度的理性乌托邦（Huntington，pp. xii−xiii，pp. 1−3，p. 134）。

重启的威尔斯研究延续了乔弗里·威尔斯的基本做法，对威尔斯的整体创作进行前后分期。这既延续了对他中后期思想阐述式写作持否定态度的批评传统，又通过区别以突出、重估了早期及中期科幻创作的价值。这些研究者几乎都注意到了威尔斯早期科幻与生物学，尤其是进化论的显在关系。贝贡茨认为《时间机器》和《摩罗博士的岛屿》（*The Island of Doctor Moreau*，1896）都是达尔文主义深层含义的变体，《世界大战》（*The War of the Worlds*，1898）也是一种生物学和进化论的寓言（Bergonzi，1961，

p. 54，p. 111，p. 135)。希勒加斯指出它们的思想根源是托马斯·赫胥黎 (Thomas Huxley) 的"宇宙悲观主义"(Hillegas，1967，p. 18，p. 37)。亨廷顿则认为在达尔文模糊甚至取消了人与其他生物的分界之后，托马斯·赫胥黎强调智能使人有别于其他动物，伦理使文明有别于自然，而于威尔斯而言，自然与文明这对矛盾共同界定了人的属性，这种进化论激发的伦理困境是他早期非定向思维的关注中心 (Huntington，1982，p. xi)。苏文曾指出，威尔斯是第一个从科学内部写作科幻的重要作家，他的科幻诗学"基于一种令人震惊的方式将科学认知转化为了审美认知"(Suvin，1979，p. 220)。对此亨廷顿表示认可，但整体上他转而探究这一"审美认知"的性质和结构 (Huntington，1982，p. xi)，焦点不在"如何转化"之上。也就是说，在这些恢复威尔斯文学声誉的研究之中，他的科幻与当时科学的关系还未得到系统、充分的阐述。

二、威尔斯科幻研究中的难题

专门研究威尔斯中后期思想的历史学家和未来学学者瓦格 (W. Warren Wagar) 认为，"在所有对达尔文的阐释中，威尔斯接受的是赫胥黎那一种"(Wager，1961，p. 17)。威尔斯于 1884—1887 年间在南肯辛顿的科学师范学院求学，他在自传中将之称为"我生命中最美好的时光"；1884—1885 年间师从托马斯·赫胥黎学习生物学则是"我一生中最有教育性的一年"，养成了追求学理连贯性的科学思维，而赫胥黎和达尔文一样属于时代的伟人，在历史地位和品格上与柏拉图、亚里士多德和伽利略比肩 (Wells，1934，p. 199，pp. 202—203)。有传记作家认为，无论在情感还是知识上，赫胥黎都对威尔斯产生了持续终生的影响，甚至他们互为彼此的另一个自我 (Mackenzie & Mackenzie，pp. 57—58)。

菲尔姆斯 (Robert M. Philmus) 与修斯 (David Y. Hughes) 合编的著作 (*H. G. Wells: Early Writings in Science and Science Fiction*，1975) 指明了一个事实，以报刊文章起步的威尔斯在准备和写作科幻的同时，进行了大量的科学与准科学写作，涉及生物学、地质学、物理学、化学、天文学、人类学及科学教育，与早期科幻在观念与细节上均有内在联系。帕廷顿 (John S. Partington) 的编著 (*H. G. Wells in* Nature，*1893—1946：A Reception Reader*，2008) 则收集了威尔斯从 1894 年开始在《自然》(*Nature*) 上发表的文章，以及杂志对他的报道和作品评论。20 世纪 70 年代，威廉森 (Jack Williamson) 以科幻与科学的关系为总体论述框架，认为发明未来学是威尔斯职业生涯转折的真相 (Williamson，1973，pp. 4—5)，并以此为基点向前投射，将威尔斯早期写作解读为探索可控未来的准备阶段。威廉森是科幻"黄金时代"（the Golden Age）一名代表性作家，他的批评带有 20 世纪 20 到 50 年代美国科幻"根斯巴克－坎贝尔"传统的影响。罗森堡移民根斯巴克（Hugo Gernsback）原为一名收音机推销员，在第一次世界大战前创办了杂志《现代电子学》（*Modern Electronics*）。由于杂志中的连载故事比电路图更受读者欢迎，他便将之改版为了《惊奇故事》（*Amazing Stories*，1926—   ）（Stockwell，2000，pp. 77—78）。由此，第一份专门的科幻杂志诞生，开启了科幻发展的"廉价杂志时代"（the Pulp Era）。坎贝尔（John W. Campbell Jr.）从 1937 年年底到去世担任《惊险科幻小说》（*Astounding Science-Fiction*，1930—   ）的主编，培养了一批优秀的科幻作家，很大程度上成为科幻黄金时代的缔造者。根斯巴克强调科幻能够"增长知识""传递知识"（Nicholls，1979，p. 159），坎贝尔则直接强调科幻的科学性，曾言科幻"必须要具备对预言性推测的真诚努力"（Campell，1964，p. 91）。

威廉森研究的问题在于，威尔斯 1934 年就否认自己的科幻作品具有任何"真实的可能性"，指出它们不包含凡尔纳笔下的"推测发明"或"卓越的预言"（Wells，2009，p. 154）。将"预言"的未来学功能错置于科幻作品，并不仅仅发生于威尔斯研究，从凡尔纳到 20 世纪 20 至 30 年代的美国，以及斯大林时代的苏联，科幻写作便将自身附属于科学普及甚至技术预言（Suvin，1979，p. 154）。对科幻未来学功能的错误前置，在苏文看来，是一种技术专家治国的意识形态表征，他因此贬低推测（extrapolation），认为类比（analogy）才是科幻的主导叙事模式。威尔斯所代表的社会生物学类比，特征在于以陌生的力量摧毁资产阶级田园，又将社会冲突归结为生物原因（Suvin，1979，pp. 75—76，p. 208）。在詹姆逊（Fredric Jameson）看来，相对于科幻的古典原型以及威尔斯等人代表的欧洲艺术小说先驱，美国科幻具有一种不同类型的开端（Jameson，2005，pp. 90—91）。的确，尽管根斯巴克在《惊奇故事》的创刊号上将威尔斯视为"科幻小说"（Scientifiction）[①] 写作的三个楷模之一（Nicholls，1979，p. 159），杂志科幻在写作风格上类似新闻报刊和科学报道，在语域（register）上呈现为军事动作冒险、科学描写、理性讨论的混合物（Stockwell，2000，p. 83，p. 88），与前述威尔斯早期科幻风格相去甚远。

也有学者指出，威尔斯教会了人们从宇宙的角度感知时空，让进化成为

---

① "Scientifiction"这一术语是根斯巴克于 1915 年新造的术语，但并没有流行开来；1926 年被根斯巴克再次提出，之后约十年时间此词便基本被"科幻小说"（Science Fiction）替代。见 http://sf-encyclopedia. com/entry/scientifiction.

一种知识和情感的现实，寻求一种"形成"（becoming）而非"存在"（being）的进化命运。这是他早期创作赋予20世纪科幻，尤其是美国科幻的一种基本文类视野和精神（Pierce，1989，pp. 7-8）。帕林德在其1995年著作末章中指出，威尔斯前期创作中对未来的想象，与他后期社会思想结合在一起，在20世纪与生物化学家霍尔丹（J. B. S. Haldane）和分子生物学家伯尔纳（J. D. Bernal）的主张一道，促进并代表了工程师和技术专家组成的新阶级意识形态的兴起。后来根斯巴克及其追随者的科幻杂志即这一思潮的具体表现，这一影响一直持续到了20世纪60年代（Parrinder，1995，pp. 128-147）。帕林德对威尔斯后期创作持有中立态度，就苏文对科幻中"技术专家治国"意识的批判提出了商榷，但他没有像威廉森那样错误地攀附"预言""未来学"等社会功能。

　　了解威尔斯科幻与科学的关系，涉及如何看待文类对科学的再现。可以确定的是，是否从实证主义的角度界定和强调"推测"甚至"预言"，形成了威尔斯创作与20世纪早期美国科幻整体的一种意识与风格的区别。苏文仔细分析了《时间机器》对进化之树的倒置、调整和缩减，以及因此形成的故事结构和叙事节奏（Suvin，1979，pp. 222-229），但未能彻底廓清叙事深层的社会文化根源。进化之树的倒置，指向了19世纪末期有关退化的（伪）科学与文化话语的相互生产和交织（黎婵，2016，pp. 118-121）。单独提取进化之树这一结构元素，与文本再现加以静态的比较分析，并没有令人满意地阐明科学"如何"转变为艺术审美。威尔斯科幻与生物学，尤其是达尔文学说的关联，要到20世纪80年代兴起的"文学与科学研究"（Literature and Science Studies）中才能得到有力的阐释。

三、"文学与科学研究"与威尔斯科幻研究

　　海恩斯（Roslynn D. Haynes）在其1980年的论著中，和威廉森一样将威尔斯称为"未来的发现者"，但她论述的"未来"不涉及预测，而是一种未来意识，并且意义在于能阐明现在（Haynes，1980，pp. 2-4，p. 139）。她论证了科学尤其是生物学影响了威尔斯的整体思想，成为他衡量其他科学、神学和艺术的基本尺度，并且正是科学先行的观念让他对艺术抱有唯物主义和实用主义态度。海恩斯的研究对象为威尔斯的整体创作，但她从巨大的牺牲、绝对的偶然性和宗教信仰的动荡等角度剖析了《摩罗博士的岛屿》，体现出对达尔文学说及其文化影响的深刻把握。此外她指出，威尔斯无疑具有科学思维，其对人生的态度是非个人化的，且具有未来的取向，但将科学融入更广阔的社会讨论，才是他对科学与文学两个

领域的交流作出的最重要的贡献（Haynes，1980，p. 65，p. 236）。

海恩斯是"文学与科学研究"领域的一位代表人物。19 世纪，尤其是达尔文之后，以生物学为代表的科学与文学文化之间发生的重大历史关系，日渐引起不同学科众多学者的关注。在 20 世纪 80 年代初维多利亚文学研究领域，美国学者列文（George Levine）和英国学者比尔（Gillian Beer）从进化论与文学文本的关系出发，在共同的社会文化结构下分析文学与科学知识之间的生产与共生关系，极大地推进了"文学与科学研究"的发展。[①] 在这一类研究中，由于达尔文学说的历史地位和文化影响力，以及 19 世纪后期科学逐步体制化、掌握文化话语霸权的历史事实，广义进化论成为一个关注焦点。

比尔在 1983 年著作中曾对进化论作出了经典的文化解读：达尔文进化论本身是多重矛盾与冲突相互依存的复杂系统，但随机与混乱之下潜藏着秩序化的趋向（Beer，2009，p. 6，pp. 12-13）。在此基础上，格勒登林（John Glendening）提取了达尔文论述中"纠缠的堤岸"（entangled bank）这一修辞，以"纠缠"描述达尔文思想从生物学传播到社会领域后激发的不确定与混乱的认知和文化反响。其论著专章分析了《摩罗博士的岛屿》中文化无法整合自然秩序的痛苦，阐明了威尔斯的想象挣扎于拉马克主义与达尔文进化论的文化拉锯之间的状况（Glendening，2007，pp. 39-68）。佩奇（Michael R. Page）2008 年的博士论文提出，伊拉斯姆斯·达尔文（Erasmus Darwin）的诗集《植物园》（*The Botanic Garden*，1791）"将想象纳入科学的旗帜之下"，开启了文学与科学的对话传统，这一传统从浪漫派诗人到威尔斯一直延续到当代科幻叙事之中，而文化与生物的进化推测一直居于科幻写作的中心（Page，2008，p. 8，pp. 12-13）。麦克林（Steven McLean）2009 年的论著对海恩斯 1980 年论著中的相关研究进行了拓展和补充。在涉及科学理论时，论著提出除了达尔文进化论，威尔斯科幻日益体现了斯宾塞（Herbert Spencer）的思想，并追溯了高尔顿（Francis Galton）的优生学与威尔斯的人类智能进化观念之间的联系。

"文学与科学研究"并不专门研究科幻文类，威尔斯科幻创作与科技的关系也不止于进化论，如近期有研究揭示了它们与脑科学及通信技术的历史联系（Stiles，2009）。但在威尔斯科幻与进化论的关系分析中，此类研究抓住了文学与科学之联系的根本特征。一方面，科学活动不止于知识的革新，而

---

① "文学与科学研究"的情况可参见：John Cartwright，"Science and Literature: Towards a Conceptual Framework"，*Science & Education*，16（2），2007，pp. 115-139.

是有着科学之外的社会动因和价值，表达形式也受到了主导文化观念的影响（苏贤贵，p. 34）。另一方面，进化论揭示的自然规律，形成了新的知识和观念，参与了主体的建构。这就在很大程度上解决了科学"如何"转换为审美认知的问题，从内部阐明了苏文提出社会生物学这一威尔斯建立的科幻叙事范式的发生过程。

例如，达尔文多次引用斯宾塞，而斯宾塞在《物种起源》之前已经形成了他拉马克主义式的进化思想，并在《生物学原理》（*Principles of Biology*，1864，1867）中首创了"适者生存"的说法。达尔文在 1869 年《物种起源》第五版中借用了这一术语，用以说明自然选择这一难以理解的概念。赫胥黎在 1890 年给友人的信中指出这一借用产生了理论上的混淆，因为自然选择包含着退化可能，而适者生存却容易被解读为优者生存（Huxley，1908，p. 155）。正如这一术语使用所揭示的，生物理论与社会理论之间的互动关系是 19 世纪后半期一个重要的历史问题，达尔文的著作如他个人倾向一样对"社会达尔文主义"的阐释保持开放状态（Stocking，1987，p. 145）。从知识传播的角度说，这种开放状态源自思想与话语资源的共同性，暗喻、神话和叙事模式在科学家与非科学家之间自由迅速地来回移动，并且常常带有创造性的误读（Beer，2009，pp. 4－5）。这也侧面揭示了所谓"两种文化"的鸿沟乃是 19 世纪后期的一种文化建构。此外，进化论强调生物对变化环境永久的适应，并且这一适应是自发实现的，这与在英国首先发展、繁荣的资本主义市场体系与价值形成了一种意识形态的耦合。只是问题在于，社会进步作为一种人类概念或制度，总是伴随着层出不穷的伦理困境。

四、结语：问题与启发

苏文与詹姆逊代表的西方马克思主义科幻批评以历史化的乌托邦为核心，较少正面关注科幻与科学的关系。苏文仅仅将"认知性"（cognition）界定为科幻与神话、奇幻等文类的区别特征，即物理世界对主人公或故事人物保持中立，而不是以魔法或宗教的形式被伦理决定（Suvin，1979，p. 19）。面对当代幻想的发展，詹姆逊暗示苏文对科学理性的强调失去了有效性，魔法完全可以被处理为对魔法自身的反思，对未曾异化的主体性的形象图绘，而现代科学的日益复杂化、精细化和专业化使得坚持科学性的科幻——主要是"硬科幻"，面临巨大的创作和阅读困境（Jameson，2005，pp. 66－68）。

理论与研究必须保持不断自我反思、调整与拓展的态势。一方面，就历史与目前的状况而言，科幻与幻想的融合是一种极富成效的写作样式，以米耶维（China Miéville）的作品为代表的"新哥谭"（New Weird）小说，跨越了科幻、奇幻与恐怖叙事，这种文类跨越使得虚构世界中可以发生任何事情，其怪诞的融合不止于背景和情节，而是形成了一种替换性理性，一种替换性的存在论。但另一方面，纵观整个科幻写作，应该说很多科幻小说与科学关系都非常松散，但又不能完全将科学排除。近年国内科幻代表作《三体》系列属于硬科幻写作，小说第一部获得 2015 年雨果奖（the Hugo Awards），第三部获得了 2017 年轨迹奖（the Locus Awards）。获奖因素除了作品质量，还涉及学术团体、刊物编辑、出版市场、读者反馈甚至他国认知等诸多机制。但我们仍面临一个问题：硬科幻是否已经过时？或者应该说，科幻文类的写作携带着所有的传统，没有写作模式的更替，而只有写作样式的不断增多（Stockwell，p. 10），这更符合科幻整体的创作情况与前景。诸多理论家曾警示，科技在晚期资本主义时代成为一种隐形的意识形态，或成为目的理性子系统过度膨胀的典型表征；也有学者提出，科幻是一种对"科学意识形态霸权"具有自觉意识的文类，但这种意识可能处于推崇与谴责两端之间连线的任何一处（Ruddick，p. 2）。这是因为，科技在当下成为社会发展的重要驱动力和改造力，有关科技的话语在当代文化中也相应具有了相当的权威性，并且科技已成为日常生活体验，这就更会造成相应叙事的需求与发展。此外，就文类自身而言，20 世纪科幻的发展受益于杂志、图书市场与影视创作等大众文化传播机制，虽然涌现了众多从主流文学标准来看也属于优秀甚至可望跻身经典的作品，但整体呈现良莠不齐的状况。科幻与科技的联系偏松散还是偏紧密，不构成评价的绝对标准，需要警惕的是唯科学主义，而这种倾向也不太可能造就有深度的叙事。

实际上，上述苏文对威尔斯作品的解读存在的问题，还与其科幻理论的核心观念有关。苏文强调被认知逻辑证实的某种虚构新颖（novum，novelty，innovation）成为叙事的主宰因素，是科幻的区别性特征（p. 63）。他的论述明显倡导的是一种单一性的、统治性的新颖，这仅仅符合一些篇幅不长或叙事线条较为简单的作品，并与他自身倡导的文学复杂性产生矛盾（Csicsery-Ronay，p. 62）。因此他解读《时间机器》的主宰新颖是阶级冲突，将该部作品中进化/退化这一同样重要的新颖叙事完全归因于前者，而没有深入文学与科学关系批评的层面。并且，20 世纪 60 年代后很多优秀科幻都属于多重新颖的交织，因此需要拓展新颖的概念，起码区别单一与多重类型。

此外，海恩斯对威尔斯未来意识的分析也可推及整个文类。科幻当然关注当下，整体以类比的结构形成对当下的寓言，并且因为其新颖背离了对现实的认知，常常需要一种现实主义式的具体描绘方式为阅读架设理解的桥梁。但是，科幻文类具有一种内在的未来取向，尽管其故事并不必要发生于未来（Csicsery-Ronay，p. 6），也可以发生于想象性、替换性的过去或现在。这种未来取向，或曰未来意识，以预期、焦虑、希望、承诺和计划等方式体现于现代个体与集体的意识层面。在西方现代社会中，斯宾塞、达尔文、马克思等伟大人物与实证主义哲学思想，都促进了未来感的产生，其中源自基督教人文主义的进步观念与不可想象的物质改善得到了辩证的改造和联合（Csicsery-Ronay，p. 79，p. 81）。这种未来意识，有别于实证主义预言，它既不把未来完全视为一种当下的可控延续，也不将当下处理为一种任由某种科技力量改变的惰性存在。科幻大可以聚焦于对当下与历史的寓言性表达，但它同时几乎也是唯一集中表达人类未来意识的文类，它对尚未到来的未来进行"殖民"的叙事，反过来会影响或组织人们对现在与过去的认识，从而对某种潜在无形的未来形成一定导向作用。

因此，威尔斯科幻作为诸多研究者公认的典范，其研究发展对科幻文学批评具有的一个启发意义在于：历史包含无法穷尽的复杂关系，以科幻与科技之间实际存在的大量文化关系为切入角度，在多种历史话语竞争与协商之中探索文类的形成、变化与性质，由此揭示历史意识的科技文化特征。19 世纪末的威尔斯科幻让人们必须理解和接受，科学与技术两种知识形态不仅会带来外在的物质变化，不仅为新制度的出现提供物质条件，更会影响人的意识，改变人对生命与世界的看法。需要强调的是，文类的出现和发展不仅仅取决于科技或任何一种单一的文化力量，而是内在于包括经济活动在内的整个社会环境的变革，因此处理科技与文学的联系时，不能止步于实际知识的实证联系，更要拓展到文化的内在流动层面。

引用文献：

黎婵（2016）. 进化的阴影：威尔斯科幻小说中的他者形象研究. 外国文学评论，2.

苏贤贵（2000）. 基督教与近代科学的关联——从生态的观点看. 载于罗秉祥，赵敦华（主编）. 基督教与近代中西文化. 北京：北京大学出版社.

Beer, G. (2009). *Darwin's Plots: Evolutionary Narrative in Darwin, George Eliot and Nineteenth-century Fiction*. Cambridge: Cambridge University Press.

Bergonzi, B. (1961). *The Early H. G. Wells: A Study of the Scientific Romances*. Manchester: The Manchester University Press.

Campbell, W. J. Jr. (1964). The science of science fiction. In Eshbach, L. A. (Ed.), *Of Worlds Beyond: The Science of Science Fiction Writing*. Chicago: Advent

Publishers Inc.

Cartwright, J. (2007). Science and literature: Towards a conceptual framework. *Science & Education*, 16(2), 115—139.

Collini, S. (1998). Introduction. In Snow, C. P., *The Two Cultures*. Cambridge: Cambridge University Press.

Csicsery-Ronay, Istvan Jr. (2008). *The Seven Beauties of Science Fiction*. Middletown, Connecticut: Wesleyan University Press.

Edel, L. & N. Ray, G. (Eds.)(1959). *Henry James and H. G. Wells: A Record of Their Friendship, Their Debate on the Art of Fiction, and Their Quarrel*. London: Rupert Hart-Davis.

Glendening, J. (2007). *The Evolutionary Imagination in Late-Victorian Novels: An Entangled Bank*. Aldershot: Ashgate Publishing Limited & Burlington: Ashgate Publishing Company.

Haynes, R. D. (1980). *H. G. Wells: Discoverer of the Future*. New York & London: New York University Press.

Hillegas, M. (1967). *The Future as Nightmare: H. G. Wells and the Anti-utopians*. Carbondale and Edwardsville: Southern Illinois University Press.

Hollinger, V. (1999). Contemporary trends in science fiction criticism, 1980—1999. *Science Fiction Studies*, 26(2):232—262.

Huntington, J. (1982). *The Logic of Fantasy: H. G. Wells and Science Fiction*. New York: Columbia University Press.

Huxley, L. (Ed.)(1908). *Life and Letters of Thomas Henry Huxley, Vol. III*. London: Macmillan and Co., Limited.

Jameson, F. (2005). *Archaeologies of the Future: The Desire Called Utopia and Other Science Fictions*. London & New York: Verso.

Mackenzie, N. & Mackenzie, J. (1973). *The Time Traveller: The Life of H. G. Wells*. London: Weidenfeld & Nicolson.

McLean, S. (2009). *The Early Fiction of H. G. Wells: Fantasies of Science*. Basingstoke & New York: Palgrave Macmillan.

Nicholls P. et al., (Eds.)(1979). *The Encyclopedia of Science Fiction: An Illustrated A to Z*. London, Toronto, Sydney & New York: Granada Publishing Ltd.

Page, R. M. (2008). *"Continual Food for Discovery and Wonder": Science and the Nineteenth-century British Literary Imagination from Erasmus Darwin to H. G. Wells*. Doctoral Dissertation, the University of Nebraska-Lincoln.

Parrinder, P. & Philmus, R. M. (Eds.)(1980). *H. G. Wells's Literary Criticism*. Brighton, Sussex: The Harvester Press.

Parrinder, P. (1995). *Shadows of the Future: H. G. Wells, Science Fiction and Prophesy.* Liverpool: Liverpool University Press.

Parrinder, P. (Ed.) (1997). *H. G. Wells: The Critical Heritage.* London & New York: Routledge.

Pierce, J. J. (1989). *When World Views Collide: A Study in Imagination and Evolution.* Westport: Greenwood Press.

Ruddick, N. (1993). *Ultimate Island: On the Nature of British Science Fiction.* Westport: Greenwood Press.

Smith, C. D. (1986). *H. G. Wells: Desperately Mortal.* New Haven & London: Yale University Press.

Stiles, A. (2009). Literature in "mind": H. G. Wells and the evolution of the mad scientist. *Journal of the History of Ideas*, 70(2), 317−339.

Stocking, G. W. Jr. (1987). *Victorian Anthropology.* New York: The Free Press.

Stockwell, P. (2000). *The Poetics of Science Fiction.* Harlow: Pearson Education Ltd.

Suvin, D. (1979). *Metamorphoses of Science Fiction: On the Poetics and History of a Literary Genre.* New Haven & London: Yale University Press.

Wagar, W. W. (1961). *H. G. Wells and the World State.* New Haven: Yale University Press.

Wells, H. G. (1922). *The Outline of History: Being a Plain History of Life and Mankind.* New York: The Macmillan Company.

Wells, H. G. (1934). *Experiment in Autobiography: Discoveries and Conclusions of a Very Ordinary Brian (Since 1866).* London: Victor Gollancz Ltd. & The Cresset Press Ltd.

Wells, H. G. (2009). From Preface to seven famous novels (1934). In Arara, S. (Ed.) *The Time Machine: A Norton Critical Edition.* New York & London: W. W. Norton & Company.

West, A. (1976). H. G. Wells. In Bergonzi, B. (Ed.) *H. G. Wells: A Collection of Critical Essays.* Englewood Cliffs: Prentice-Hall, Inc.

Williamson, J. (1973). *H. G. Wells: Critic of Progress.* Baltimore: The Mirage Press.

作者简介：

　　黎婵，英语语言文学博士，四川大学外国语学院副教授，主要研究研究方向为文学理论与文类研究。

Author:

　　Li Chan, Doctor of English Literature and Language, associate professor of the College of Foreign Languages and Cultures, Sichuan University. She mainly focuses on literary theories and genre studies.

　　E-mail: salina3000@163.com

批评理论与实践专辑 ● ● ● ● ●

记忆的追思和界限
——伽达默尔对格奥尔格诗歌的诠释

林栋梁

摘　要：在对格奥尔格诗歌诠释的过程中，伽达默尔认为诗人通过他的诗学作品吸引了很多人对他的崇拜和学习，形成了格奥尔格圈。这在于格奥尔格诗歌显示出一股意志强力，即"塑造人的热情强力"；其诗歌的音响与意义的完满融合，使得诗文与他的人格魅力合二为一，最终形成了一种类似说教、训示的风格。在伽达默尔看来，格奥尔格诗歌风格最终形成于"马克西敏崇拜"。正是由于这种崇拜，格奥尔格的诗歌成为一种记忆追思的神话；而在追忆的过程中，诗人也认识到了一个诗人的界限，那就是语言的界限。

关键词：伽达默尔　格奥尔格　诗歌　神话　马克西敏崇拜

The Recalls and Boundaries of Memory: Gadamer's Interpretation of George's Poetry

Lin Dongliang

Abstract: In the process of the interpretation of George's poetry, Gadamer thinks that the poet, through his poetic works, has attracted many people to worship and learn from him, and formed the circle of George. And the reason for this is that Georg's poetry shows a strong will which is the force of "shaping people's enthusiasm and strength"; the perfect fusion of the sound and meaning of the poetry makes his poetry and his personality charm a unified one, thereby eventually forms a style similar to preaching and instruction. In Gadamer's view, George's poetry style eventually got formed in the "Maximin-Cult". It is because of this cult that Georg's poetry became a myth of the recall of memory, during which the poet also recognizes the boundary of a poet, that is the boundary of language.

Key words: Gadamer; George; Poetry; Myth; "Maximin-Cult"

　　施特凡·安东·格奥尔格（Stefan Anton George，1868—1933）是德国 19 世纪末至 20 世纪上半叶的重要诗人，在德国诗歌史上，被认为是唯美主义和象征主义诗歌的代表诗人。不仅如此，格奥尔格的诗歌和诗学观念对 20 世纪的西方哲学，特别是海德格尔哲学思想也产生了巨大的影响，可以说，除了国内诗歌界对格奥尔格诗歌的持续关注，国内学界对格奥尔格的关注和研究，在某种程度上与海德格尔研究的开展和深入有关。在格奥尔格的诗歌《词语》同名文章中，海德格尔认为诗人的诗句"语词破碎处无物存在"反映了"道说与存在，词与物，以一种隐蔽的、几乎未曾被思考的、并且终究不可思议的方式相互归属"（海德格尔，2005，p. 236）。这就是说，正是凭借语词，语言使物成为物，语言也是在使物成为物的过程中成为语言的，二者的关系是相互归属的统一关系。可以看出，格奥尔格的诗歌是海德格尔"转向"后"语言乃存在之家"思想的重要思想资源。

　　作为海德格尔的学生，伽达默尔对格奥尔格在诗歌中所讲的"语词破碎处无物存在"也是深表赞同：在哲学诠释学看来，"能被理解的存在就是语言"（伽达默尔，1999，p. 606）。从哲学诠释学的语言中心论来看，"能被理解的存在就是语言"意味着事物的真理乃是在语言中的自行发生，"传承物的存在方式……是语言，而理解传承物的倾听者则通过对文本的阐释把传承物的真理纳入其自身的语言世界关系之中。……这种在当下与传承物之间的语言交往是在一切理解活动中进行着的事件"。（伽达默尔，2007，p. 624）可见，在哲学诠释学理论的构建当中，"语言"一词直达其理论的核心，联系到与海德格尔思想的承接关系，伽达默尔对于"语言"的思考，在某种程度上与格奥尔格的诗歌有关，从这一来源处去思考哲学诠释学"语言"思想的深层动机，显然有助于我们对哲学诠释学的理解和把握。

一、格奥尔格圈（George-Kreis）与诗的言出（Hersagen）风格

在哲学诠释学看来，由于诠释者身处传统，对事物的理解就不可能是纯粹的主观性活动，而是历史性的有限理解，有着前见和预期。这种前见和预期是由"那种把我们与传承物联系在一起的共同性所规定的"（伽达默尔，2007，p.398）。诠释者与传承物的共同性作为"效果历史"，就是对传承物进行诠释时所处的诠释学处境，所以，在诠释文本之前，我们必须要对构成我们对事物理解的前见和预期之"效果历史"有所发现。效果历史要求我们诠释文本时，必须要把文本流传的历史效果与诠释者自身的历史性、时代性关联起来思考。于是，我们看到，对格奥尔格诗歌进行诠释时，伽达默尔首先就依据格奥尔格本人及诗歌的效果历史，并结合自己所处的时代。或者说，在伽达默尔看来，格奥尔格诗歌的历史和效果呈现出的形态决定着我们对它的诠释内容。

在伽达默尔看来，格奥尔格的效果历史有一个特殊的地方，就是诗人通过他的诗学作品显示出了独特的人格、灵魂强力，将他的友人和仰慕者、崇拜者集合成为一个同盟。这个同盟结合的紧密程度如此之高，以至于诗人去世之后，这些人仍然以他的主张作为圭臬，追随左右。于是，在诠释格奥尔格诗歌时，根据这种效果历史，伽达默尔发现了自己的前见，并由此提出了问题：格奥尔格诗歌的艺术手法是什么？从诗歌中显示出的人格、灵魂强力是什么？二者又是如何统一的？

在分析格奥尔格诗歌之前，伽达默尔首先对格奥尔格的"同盟"活动——格奥尔格圈（George-Kreis）——进行了简要回顾。从诗人的一生来讲，格奥尔格圈随着诗人活动地点变化而变化，主要形成于慕尼黑（约1892年起）、柏林（1896年秋起）、达姆施塔特和海德堡（1911年起）这几个地方。

早期，格奥尔格主要以文学刊物《艺术之页》（*Blätter für die kunst*，1919年停刊）为阵地寻找同盟者。这种寻找有一个基本要求，就是作为同盟者的诗人不能只是在刊物上发表作品，还必须参与刊物的运作。这种方式延续到之后的其他地方及活动中，并且展现出了一种"大师－学生关系的新型风格"（伽达默尔，2013，p.198）。这种新型的师生关系反映在对格奥尔格诗歌的学习和模仿上，格奥尔格试图在自己诗歌的阅读以及诗人们编撰刊物的过程中，把自己的诗歌理念及创作技巧传授给追随者们。伽达默尔提道，在

《艺术之页》系列丛书的任何一册中，我们会发现"收录其中的诗学作品的整齐划一的形式和家庭般的相似性"，而且，"作品都没有署上作者的姓名"（伽达默尔，2013，p.198）。

随着影响力的扩大，围绕《艺术之页》所形成的文学同盟逐渐变成了一个生活圈子，格奥尔格的影响波及了更多领域和阶层的人们。追随者对诗人的模仿和学习这一新型师生关系由此产生了变化，同盟似乎成了"一种政治秩序和构建国家秩序的萌芽"（2013，p.198），形成了一个类似教会的组织。从结果看，格奥尔格圈的许多追随者进入了各地的许多大学，以便实践自己的政治主张和抱负，甚至在政治抱负的驱动下，格奥尔格圈的一些人还进入了政治和社会活动的领域。不过，随着1933年诗人的去世，这种诗学以及政治的公众影响力就逐渐消失了。

不过，从格奥尔格诗歌所具有的公众影响力来看，我们可以发现其诗歌的一个重要特点，就是具有一种对读者独特的唤醒力量的"言出"（Hersagen）风格。在伽达默尔看来，格奥尔格在某种程度上被自己的"艺术意志"控制，以至于他的诗歌始终表现出一种"罗马式意志的坚定"；这种坚定反映在诗歌语言上，就是"命令式的简洁性和确定性"，并有意识地"炫示艺术上的高度艺术性"（2013，p.204）。语言的艺术性表现出格奥尔格与象征主义诗歌之间的紧密关系，马拉美成为诗人效仿的对象，诗歌音乐性的重要性得到了认识。与语言的简洁、确定相一致，诗歌的音乐性意味着"语词音响与意义的完全的内在融合"。格奥尔格将自己所要表达的理念完满地与音乐性结合到了一起。

正因为理念与音乐性的统一，格奥尔格诗歌的语词具有一种"魔力"（Magischen），似乎有一种集中的意志使我们阅读诗歌时首先并不是理解它，而是在"聆听中抓取，有如来自鬼神的召唤"，如同宗教或崇拜中的"咒语"，听咒语的人在聆听中放弃个人意志般地全心接受。这就是诗歌的"言出"，"言出意味着，向其他的人，向听者说出来"（2013，p.205），而且是带着全然意志扑面而来，听者只能听着。当然，由于是言出，目的就在于言出的词语能够为听者所清楚，从而接受，因此，格奥尔格诗歌所采用的语言就具有自己的特点，它更多地是从大众而来，从传统而来，而不是私人的、新奇的、与众不同的语言，伽达默尔把这种语言采用的观念叫作"古朴主义"。

语言的"古朴主义"就在于简单词的运用。在伽达默尔看来，简单词的优点在于语词前后之间关联的消除，能够直接地指称所要指称的东西。但是，由于在诗歌中更多时候出现的不是个别的语词而是句子，于是，简单词与简单词之间的联结手段就显得尤其重要。从象征主义诗歌的角度来讲，这意味着要在没有联系的语词之间建立强制性联系，即"强行联缀"，从而实现诗歌意义的整体性。格奥尔格诗歌简单词的联结手段很多，不过，诗人主要还是通过语言的音乐性来完成这种语词与语词之间的联结，并达到意义的统一的。

音乐性的手法主要表现在不仅仅采用传统诗句尾韵这一通常的做法，相反，有时甚至消除尾韵，而注重诗句中语词的内部元音化和同元音押韵。通过元音的高低变化、诗句与诗句之间对称性的同元音押韵、诗句的内在元音化，格奥尔格的诗歌使诗句的声响始终保持在高处，"整体上加强了诗句之音的一体性"（伽达默尔，2013，p. 207），并且，对称带来重复形式，这种诗句之音又能够通过重复形式所带来的"自我层叠和向上跃腾，直至一个最高的上升"。由于格奥尔格喜欢用简单词，所以其诗句子相对比较简短，于是，诗句之音的重叠和上升就变成了一种类似信仰、说教、训示要求的风格。伽达默尔把带来这种风格的重复的旋律方式叫作"格里高利圣咏"（Gregorianischen Chorals）——一种具有宗教信仰引导性质的复调音乐。

因此，伽达默尔对格奥尔格诗歌提出的问题在此有了一个相对清晰的答案，格奥尔格诗歌的艺术手法就是语词音响与意义的一种融合，诗歌中显示出的人格、灵魂强力就是贯穿于诗歌中的意志强力。这种意志强力从格奥尔格圈来讲，就是"塑造人的热情强力"。这种热情强力由于诗歌的音响与意义的完满融合，使得他的诗文影响与他的人格魅力合二为一。

当然，诗人自身意志强力在诗歌中的有意识表现及作为一种说教、训示要求的风格，并不是在开始的诗歌创作中就表现出来的。在1892年创办《艺术之页》之时，格奥尔格声称杂志的宗旨在于"为艺术而艺术"，"排除与国界和社会有关的一切"，所以，在诗歌史上，学界往往由于这一主张把诗人归于唯美主义流派。从创作来看，格奥尔格早期作品具有唯美主义的鲜明特点，人为的雕琢痕迹比较明显。在伽达默尔看来，从表达看，"有一种在某种程度上的超明晰"，与后期的"深层维度相比"，"含有一些平面的东西"（伽达默尔，2013，p. 207），诗歌的主观意向比较清晰。格奥尔格早期作品包括《灵魂之年》（*Das Jahr der Seele*，亦译作《心灵之年》，1897）之前所创作的诗歌。① 从诗集《灵魂之年》开始，包括《生命之毯》 （*Der Teppich des Lebens*），诗歌的音乐性与诗人的自身意志做到了统一，这从诗集命名的语言手法亦可看出。从艺术上看，这个时期的创作可能更多地与象征主义诗歌有关，形式严谨，感情克制，而从诗人意志的有意表达看，"诗人抛弃唯美主义价值观，转向了伦理学价值观"（格奥尔格，2010，p.13）。

从《第七个环》（*Der Siebente Ring*）开始，诗人步入创作的后期，包括诗集《同盟之星》 （*Der Stern des Bundes*）以及最后一部诗集《新帝国》（*Der Neue Reich*）。1902 年，诗人与 14 岁的中学少年马克西米连（Maximilian）相遇，1904 年马克西米连去世，诗人在纪念中产生了一种马克西敏崇拜（Maximin-Kult），于是，诗歌的风格就产生了一个重大的变化：从中期诗人意志与诗歌文本的完美结合，变为一种类似信仰、说教、训示要求的风格。可见，在伽达默尔看来，格奥尔格诗歌风格最终形成于马克西敏崇拜，正是由于这种崇拜，格奥尔格的诗歌成为一种记忆追思的神话。

二、马克西敏崇拜（Maximin-Kult）与作为记忆追思的神话

马克西敏崇拜的产生显然与诗人和少年马克西米连相遇的经历有着密不可分的联系。对诗人来说，这显然是一次具有重要意义的人生体验，马克西敏由此成为诗人后半生的精神生活的主要内容。从格奥尔格"塑造人的热情强力"来看，格奥尔格圈的数次形成意味着此时的马克西敏崇拜是一种新神话，"它作为一种记忆追思"，意在唤醒这种人生体验，并在体验中生活，从而"团结一群人并用一种新的生命感受充满他们的内心"（伽达默尔，2013，p.237）。于是，诗歌在此就具有了一种重要的功能性作用，它是对神话的传述，是对诗人类似信仰的人生经验的传达。

---

① 一般认为，格奥尔格诗歌创作分为前期（1890—1897）、中期（1998—1913）和后期（1914—1933）三个阶段。前期有 5 部诗集，包括诗集《颂歌》（1890）、《朝圣》（1891）、《阿迦巴尔》（1892）、《牧歌和赞美诗，传说和歌谣，悬挂的花园》（1895）、《心灵之年》（1897 完成，1899 出版）。中期包括诗集《生命之毯和梦与死之歌》（1900）、《第七个环》（1907）。后期主要有《同盟之星》（1914）和最后一部诗集《新帝国》（1928）。见莫光华：《词语破碎之处：格奥尔格诗选》译者序，上海：同济大学出版社，2010 年，第 11~16 页。可以看出，伽达默尔对格奥尔格诗歌创作的分期与国内学术界的一般看法有一定的不同；伯斯坦也持相同意见，认为从《第七个环》开始，"一种新的基调开始主导格奥尔格的作品，这是一种以裁判者自居、进行着严厉宣判的言说方式"，见伯斯坦：《格奥尔格的后期作品：对一个走向没落的世界的回应》，载于《词语破碎之处：格奥尔格诗选》，莫光华译，上海：同济大学出版社，2010 年，第 256~257 页。

与马克西米连的相遇以及分离到底给我们的诗人带来了什么样的人生体验，以至于这种体验被上升到了一种类似信仰的崇拜之中？在伽达默尔看来，这是一种"关于更高东西的经验"，是对"神性"之物存在的确认。我们发现，诗人荷尔德林对格奥尔格的影响似乎越来越大了，作为荷尔德林的倾心者，格奥尔格逐渐认识到了荷尔德林与自己诗歌创作的重要契合性，对格奥尔格而言，荷尔德林的诗歌乃是"一种宣告新神到来的先驱形式"，而自己在"塑造人的热情强力"中，在这一强力达到极致的马克西敏崇拜中，所崇拜的就是这一新神。

新神意指什么？神之新新在何处？在论者看来，这似乎预示着我们如果要清楚地理解格奥尔格诗歌中的新神，必须从荷尔德林的诗歌说起。在荷尔德林看来，"欧洲人远离充满神性的古老世界，生活在没有诸神的世界里"（伽达默尔，2013，p.24），而人类之所以离诸神如此之远，以至于没有神性，在于对神的遗忘，"对诸神的神话反抗一直与永不消逝的诱惑为基础：这就是遗忘，真正的对神的遗忘，诸神与人类之间真正关系的颠倒。这种遗忘在我们针对万物的在（Sein zu den dingen）的颠倒中产生作用"（伽达默尔，2013，p.31）。可以看出，对神的遗忘来自人类与自然万物之间关系的颠倒，颠倒"意指的是在所有在的行为在计算中变易，这种计算展示了近代的命运"（伽达默尔，2013，p.32）。这一颠倒使原本人与自然的和谐共处变成了人类对自然的统治和索取，自然在颠倒中成为满足人类欲望的工具；在计算中，人类与神性的关系变得如此疏远，自然对人类的馈赠变成了服务和消费，人类对自然的赠予一点感激之心都没有，反而是在计算着如何让自然更好地被消费和服务人类，这就是"技术时代"带来的社会症候。

问题在于，在这种遗忘中，"在亟须的时代诗人何为？"我们看到，伴随着遗忘的直接性表达，荷尔德林呼唤神性的回归，荷尔德林的诗歌转向了古希腊神话。在神话世界中，诸神"生活在众人中"，与人一起，那里的每一个人因此"在感性和灵魂上都属于尘世"。不仅如此，希腊人的生活将义务和权利紧密地联结，"于其中他们在共同作用和共同受苦中感受自己，界域如此之宽广，每个人都能从中接纳其生命的增长"（伽达默尔，2013，p.4）。荷尔德林用战士来比喻希腊人"生命的增长"，战士与"部队共同作战时，他感觉到自己更勇敢，更强大"（伽达默尔，2013，p.4）。共同的神性沐浴在希腊人的生活里，希腊人生活在人与人相联结的共同体中。

相反，现代生活人的囿于计算，意识的自我扩张使得人类严重缺乏对共同体的尊重和归属感，现代的人们是自私的，忙于计算，总是寻找自己的利益，因此总是猜疑和顾忌，一切坚固的东西烟消云散，人类陷入了虚无主义的恐慌之中，现代人的生命力是如此脆弱。无疑，希腊人"被置于神性权力在场的并以神权名义得以延展的生活"，与现代"自律过程的强制性结构"生活对比，希腊神话世界中人的生活是对生命活力更为本己的体验。

有必要知道的是"神话"的最初含义，对伽达默尔而言，"'神话'（Mythos）一词是个希腊语。在早期荷马时代的语言用法中，这个词的含义，除了作为'言谈''告知''言知''传达'，并没有其他特殊的含义。我们用'神话'这个词所指的东西，绝不意味着是某种不那么让人相信的甚至是谎言或者幻想出来的东西。同样的，'神话'跟'神'的东西之关联也是非常少的"（1993，p. 171）。因此，神话是诗人对世人的转述，而从神话与神的东西，即神性关联很少来看，可以说，神话转述中的神性，神话中人与神共同的生活以及希腊人生活中随之而来的神性并不是超越人的经验的存在，而是指希腊人在生活中安定和活力、自在和庄重并存的一种生命状态，用荷尔德林的诗句来说，就是"神性般宁静的敬重"。应该说，希腊人生活的神性世界不是一个遥不可及的理想或形而上的存在，相反地，作为一种提示，它是现实出现过的生活世界，是现代人应该致力并且能够达到，作为和谐共同体的生活。

可以看出，神话指的是人与人、人与自然的和谐共处，神性就是人在其中心灵感觉的一种完满状态，在人与人、人与自然共处中作为共同体中一员的归属感。新神的"新"指的就是人类生活中对世界的归属感，是世界经验（Welterfahrung）作为整体的在场，它不是希腊神话中的神性，也不是宗教信仰中的虔诚。

因此，诗人何为？诗人是"神性的中介和使者"，凭借诗歌，诗人对神话进行转述，"诗艺是对神话的传述"（伽达默尔，2013，p. 237）。通过对荷尔德林关于神话的释义，显然可以得知，"马克西敏崇拜"作为对与少年马克西米连相遇和分离这一经历的记忆追思，这一新神话所具有的宗教信仰色彩，显然是对记忆的一种提升，不仅是诗人对自己生活经验的总结，还是对格奥尔格圈的"一种记忆的共同体"（伽达默尔，2013，p. 221）的联合。从诗人"塑造人的热情强力"一贯来说，"马克西敏崇拜"显然是格奥尔格自我塑造的一种结果，目的在于使"自己成为新的诗文自我表述的对象"（伽达默尔，2013，p. 221），使自己的人格、灵魂的强力突出。诗人的诗歌这样说道："我只是神圣之音的隆隆声。"

于是，我们看到，诗人自己的经验与格奥尔格圈的记忆共同体是合一的，与世界整体经验是合一的，诗人的主观融入了共同体和整体之中，显然，诗人通过神话所要传达的乃是这样一个真理："我们不能作为个体，而只能由一个共同的精神所承载，才能够听闻共同精神的回答。"（伽达默尔，2013，p. 246）诗人在神话中听到的"神圣之音的隆隆声"就是人作为此在的局限性，人只是共同体的一部分的这一精神。然而，诗人早在1914年就看到了作为共同体的欧洲之精神的分裂，"你们建造的规模和界限是在犯罪：'能修多高就修多高！'可那基础，支柱和联结却不再有效……建筑摇晃"（伽达默尔，2013，p. 245）。在第一次世界大战爆发之前，诗人就意识到了，战争就是欧洲人自己造出的人与人的界限，它最终的结果必然是共同基础的崩塌。

必须要指出的是，尽管格奥尔格对荷尔德林甚是推崇，但格奥尔格的强力意志之自我展示与荷尔德林的忧郁冥想显然是不一样的风格。不过，诗人的共同命运和对普遍人类命运的关注使得他们的诗歌具有了相同的指向，这种指向就是对人类共有精神的眷顾和现实的更新要求，而对神话的眷顾就是对未来的瞩望。因此，对共同体的信仰以及在此基础上对改变共同基础"不再有效"这一现实的希望，显然是诗人诗歌创作意志的表达。然而，诗人在诗歌的创作中，却时刻体会到了自身意志与创作之间的距离，发现自己无法凭借自身的灵感和创造力而成为诗歌的主人，抒发意志，成为自身意志的主人，相反地，自己却以一种无法摆脱的方式依赖于这意志，依赖于诗歌，并且"无从知晓"。诗人的《倾听大地沉闷的语声》说道："谛听沉闷的土地之言吧：你如同鸟或鱼一样自由——你悬于何处，你也无从知晓。"大地之言在这里就是神性知音，在神性话语的聆听中，似乎是自由的，然而，正如鸟不知自己飞翔凭借的天空，鱼不懂自己遨游依附的大海，诗人发现，自己其实对神性似乎也知道得不多，甚至自己也是不知者。

但是，诗人不是完全的不知者，他至少知道自己不知道。诗人显然知道自己并不是救世主，诗人的角色就是用语词进行诗歌创作，把自己知道的和不知道的传述出来。这种观点，或者说，对诗人局限的认识，在诗人的后期诗歌创作中鲜明地表达了出来，诗人通过诗歌说道："语词破碎处无物存在。"

三、作为记忆的语言与诗歌

对于语言与诗歌之间的关系，要先从诗人的记忆职责说起。在伽达默尔看来，"保存记忆就是诗人的职责"（伽达默尔，2013，p. 15）。而对保存何种记忆这一问题，则需从柏拉图的《会饮篇》说起。在这篇对话中，通过苏格拉底和狄奥蒂玛的讨论，柏拉图表明，人类的本质在于不断地生殖，生殖是不断地重新习得和创造，它意味着人类自身的不断留存和更新，但是，这仅仅是肉体上的留存和更新。在对话中，狄奥蒂玛就指出了"在灵魂中生殖"的人，而且最先指出的就是——诗人，和其他的灵魂生殖的人，诸如人类法则的制定者一起，更新着人类的整体，文化传承的整体。

因此，尽管诗人格奥尔格发现了自己的不知，但这只是因为人类对神话遗忘已久。伽达默尔指出，在神话之后，伟大的诗人还通过史诗、戏剧的创作让神话的声响继续传唱下去，但很不幸的是，这种传唱只能是对神话的一种暗示，"传到我们耳中的是遭受各种破损的余音"（伽达默尔，2013，p.240）。难怪我们诗人在这种余音的聆听和记忆中，觉得自己知道得并不多。

所以，在神话的余音中，诗歌作为诗人对记忆的追思，意味着诗人的职责就在于必须把活在人类记忆中的经验提升为留存的普遍性认识，诗人的追思同时也是"真理"的"发现"，"诗人们所讲述的，或者虚构的东西，是某种整体性的真理。……神话是被'发现'的（gefunden）——或者更确切地说，在流传久远、大家都熟知的东西中，诗人发现了某种新的东西，发现了某种为很久以前的东西给予新鲜意义的东西"（Gadamer，1993，p.172）。可以说，对诗人和诗歌的肯定，其实就是"真理"在诗歌中的表现。

同时，在伽达默尔看来，语言就是"记忆"，世界经验就在语言中，"能被理解的存在就是语言"（伽达默尔，2007，p.639），诗人就是凭借语言在"记忆"和"转述"，因此，诗歌就是"世界经验"的显现。伽达默尔说："如果某个诗人被人尊为先知，那么并不是说人们在他的诗中真的发现了一种预言，例如在荷尔德林关于诸神回乡的诗歌中。恰好相反，诗人之所以是先知，乃是因为他表达了曾经存在、正在存在和将要存在的事物。"（伽达默尔，2007，p.657）曾经、正在和将要存在的事物就是诗人的"记忆"，关于世界经验的记忆，在诗人的诗歌中，"世界作为整体世界，我们的世界经验的整体都已成为在场"（伽达默尔，2013，p.241）。

诗人凭借语言追思，意味着语言就是追思的界限。诗人格奥尔格在《词语》（"Wort"）这一首诗中这样说道："语词破碎处无物存在。"我们的诗人作为记忆的保存者，发现了自己的界限和非独立性，对神话的转述和世界整体经验的传达似乎都在语言的统治之下，没有人可以声称自己是语言的主人；语言是诗人的奴仆，更是诗人的主人，它是诗人行使自己转述神话特权的界限。在这里，诗人只能听从语言的召唤，委身于它，才能进行诗意的言说。

因此，"语词破碎处无物存在"还有另一层意味，作为人的塑造者的格奥尔格清楚地知道这一点：语言，或者说，"只有用语词记录下来的东西，只有看见的和所有人都能看见的东西，才是真实的存在，仅仅意指的东西是不算的"。语言也并不是统治一切的主人，它也有自己的界限，只有在使用中语言才具有自己的现实性。在分析诗人这一著名诗句的时候，伽达默尔再次提到了自己的语言观——哲学诠释学中的对话辩证法。在哲学诠释学看来，对话乃是语言最本源的性质。"语言按其本质乃是谈话的语言。它只有通过互相理解的过程才能构成自己的现实性。"（伽达默尔，2007，p. 602）对话才是语言的第一要义，文字则是第二性的现象。伽达默尔认为一切文字总是要归结到现实的说话，因此，需要把文字改造成话语和意义，转换到具体的交谈对话情景中，才能完成对文字的理解诠释。在对话中，语言中的词语和概念不再局限于自身所意指的事物；随着对话双方话题和观点的展开，双方的思想和认识得到了促动和增进，语言与事物的真实关系才真正地体现出来，语言是在对话中获得其现实性的。伽达默尔据此说道，对话的优势在于，它能够"把对话中所运用的概念性陈述丝丝入扣地与这些陈述由之产生的对话现实相关联"（伽达默尔，2007，p. 612）。

显然，诗人格奥尔格还有一个让伽达默尔大为赞赏的地方，就是诗人作为老师对待其学生的新型教育方法——诗文的"阅读"和说话。对诗歌的阅读或者朗诵就是与诗歌的对话，伽达默尔说道："自然而然的整体节奏化要求和传授如何阅读诗文作品，它不仅是发出声音，……是一种对整体的经验，也是经验处于整体中的我们自身。"（伽达默尔，2007，p. 242）因此，对诗文的阅读，就是对整体的经验，同时，由于经验到我们自己，我们不仅认识到了包容我们的整体，也认识到了自身为整体所包容，它是一种人类记忆的保留，作为人类文化的保存和更新，也是人存在的本质。人类总是处于由传承物所构成的传统之中，我们归属于它，它也归属于我们，语言作为传统的贮存所，作为记忆的所在，就存在于与人类的这样一种相互归属的关系之中。

在《真理与方法》中，伽达默尔说："我们其实是经常处于传统之中，而且这种处于决不是什么对象化的行为，以致传统所告诉的东西被认为是某种另外的异己的东西——它一直是我们自己的东西，一种范例和借鉴，一种对自身的重新认识。"（伽达默尔，2013，p. 383）显然，在对格奥尔格诗歌的诠释中，我们再次听到了哲学诠释学思想的回音，当然，这也应该说是伽达默尔从格奥尔格诗歌处经验到的自身，所有的诠释对哲学诠释学而言都是一种自我理解。

四、格奥尔格诗歌与诠释学的真理

可以看出，对格奥尔格诗歌的诠释，处处体现了哲学诠释学关于理解的基本原则，可以说，对格奥尔格诗歌的诠释，就是哲学诠释学理解理论的实施。格奥尔格诗歌效果历史的分析，一方面反映哲学诠释学对理解历史性的认识，另一方面，根据这种效果历史，伽达默尔发现了自己的前见，并由此提出了问题。在伽达默尔看来，我们诠释某一文本，同时意味着文本对诠释者提出了自己的问题。所以，对文本的解释首先就是理解这个问题。"对我们讲述什么的流传物——本文、作品、形迹——本身提出了一个问题，并因而使我们的意见处于开放状态。为了回答这个向我们提出的问题，我们这些被问的人就必须着手去提出问题。"（伽达默尔，1999，p. 480）由于文本不能自行说话和提问，诠释者就需要替文本把问题重构出来。在重构的过程中，诠释者不仅要依据自己的前见，而且要依据文本去寻找答案。而诠释者的前见是由"那种把我们与传承物联系在一起的共同性所规定的"（伽达默尔，2007，p. 398）。共同性作为效果历史本身，与我们所要理解的传承物处于相关联的诠释学处境，所以，在重构文本问题的时候，我们首先发现的就是构成我们对事物理解的前见和预期之"效果历史"。效果历史要求我们在对问题重构的时候，必须要把文本的历史效果与诠释者的历史性、时代性关联起来思考。

于是，我们看到，对格奥尔格进行诠释时，伽达默尔首先就依据格奥尔格诗歌的效果历史，并结合自己所处的时代进行提问。这种效果历史从伽达默尔的诠释来看，就是格奥尔格是如何把诗歌和个人的人格魅力进行统一的。而从诠释者的历史性、时代性来看，我们发现，伽达默尔时时刻刻把现代科学主义的批判置于这种效果历史的关联之中；从哲学诠释学理论的初衷看，哲学诠释学所批判的目标就是将科学理性视为"理性"的唯一形态，并且将科学的客观真理当作"真理"唯一形态的科学主义。哲学诠释学的目标或主题就是通过对"先于现代科学并使之得以可能的东西"的揭示，说明科学理性在人类生活中适用范围的界限，从而让我们知道，科学理性并不是通达真理的唯一途径。

伽达默尔数次提到诗人对大众社会的挑战，诗人对当时占据社会主流的自然主义文学的批判，和"为艺术而艺术"文艺观念的主张。在诗人里尔克看来，格奥尔格诗歌为当时德国诗歌"找回了失落的尊严"，"无异于一种拯救，因为当时的诗歌艺术趣味正处在普遍的堕落之中"（格奥尔格，2010，p. 239）。为了与德国诗歌普遍的低级趣味相脱离，甚至为了避免自己本人和作品被时代政治及人们误解，格奥尔格的很多作品都只在格奥尔格圈内部传阅，并没有公开出版，因此，他的全集在很长一段时间都处于缺失状态。显然，在格奥尔格看来，艺术有自己的真理所在，为此，他刻意尽量远离社会，"避免置入这种指派给每个人的社会结构中去"（伽达默尔，2013，p. 241）。

格奥尔格圈有着不同行业和领域的人，格奥尔格对当时的精神科学研究，乃至自然科学研究的思维产生了很大的影响，产生了一种"格式塔"（Gestalt）的研究方法。这种研究方法在对作家作品研究中，有一个共同的指向，认为"诸作家的作品和作用不应被解释为一个由各种体验造成的结果，也不能将其归源于各种历史影响的总和"，也就是说，作品的意义不能被解释为作者或者读者主观体验的结果，也不能把作品的意义归结为作品创作的时代背景和精神，相反地，作品应该被看作"一个基于其内在的、连接到恒常一体的格式塔"（伽达默尔，2013，p. 249），作品应该是由文本部分与整体不可分割所决定的一个意义统一体。格式塔意味着整体不等于部分与部分相加之和，而是一种"结构关联和作用关联"的辩证关系。

与格式塔的观点相似，哲学诠释学也反对以自然科学的归纳方法去衡量精神科学，即把精神生活的具体现象看作某个普遍规则的实例，这是不可能正确认识精神科学的本质的。而艺术则是抵抗这种客观主义追求的最好途径。因此，伽达默尔认为，"对艺术作品的经验从根本上说总是超越了任何主观的解释视域的，不管是艺术家的视域，还是接受者的视域。作者的思想决不是衡量一部艺术作品的意义的可能尺度"（伽达默尔，1999，p. 8）。从诠释者的理解来看，由于人类的历史有限性，诠释者对作品的理解都是带有前见的理解，所以要根据效果历史对文本提出问题，从而形成自己的"完全性的前把握"，即对作品有一个整体意义的预期，之后，要依照解释文本的循环原则，从整体到部分再到整体，达到融合，"使所有的细节和整体和谐起来，这在每一阶段都是正确了解的标准。缺乏和谐就意味着理解的失败"（伽达默尔，1997，p. 40）。诠释学的循环与格式塔的观点有相似之处，如对作品本体地位的坚持，对作品形式与内容乃是一个不可分割的整体的认识。显然，在伽达默尔看来，格奥尔格也是一个知音，同是精神科学真理守护者的知音。

可见，对格奥尔格的诠释，始终是与哲学诠释学的真理观紧密相连的。以格奥尔格的"马克西敏崇拜"作为出发点，伽达默尔认为格奥尔格的诗歌是一种新神话，诗人作为神话的转述者成为神话记忆的保存者，而诗歌是神话的传述。之所以把格奥尔格的"马克西敏崇拜"称为神话，乃是因为这不仅仅是诗人的个人记忆，也是人类世界经验整体的记忆，是一种对类似"神性"之物存在的确认。于是，我们看到哲学诠释学的"真理"其实就是格奥尔格圈的记忆共同体，是人类共同体关于世界整体经验的记忆。在伽达默尔看来，诗人通过神话所要传达的乃是这样一个真理：人作为此在的局限性，只是共同体的一部分，从哲学诠释学的角度而言，人就是"在－传统－存在"的此在，因此，也必然是共同体的一部分。应该看到，对诗人来讲，"人类能在共同体中更新"就是他的信仰，他意志的指向，由此，诗人的信仰"受到不折不挠的意志支撑，这意志朝向共同体，朝向他人。诗人的信仰成为他的生活支柱。这支柱支撑的乃是爱与统治、警告与命令，繁育与接纳这样的一座座桥梁"（格奥尔格，2010，pp. 227－228）。

于是，在诗人的"语词破碎处无物存在"诗句中，伽达默尔不仅看到人作为此在的局限性，同时也看到语言对人类文化传承的重要性，甚至认为，人之所以为人，就在于这种文化传承的保存和更新中。从这一角度，伽达默尔提出理解诗歌的重要性：诗文的阅读就是与人类文化传承的对话，是对传承的保留和更新，语言也只有在这种传承的对话中才有自己的现实性和意义。

可见，伽达默尔对格奥尔格的诗歌的诠释，处处与哲学诠释学的思想息息有关，这无疑能让我们更好地反观并且把握哲学诠释学理论建构的深层机制，从而更好地了解诗歌以至语言在哲学诠释学理论中的地位和作用。

引用文献：

格奥尔格（2010）. 词语破碎之处：格奥尔格诗选（莫光华，译）. 上海：同济大学出版社.

海德格尔（2005）. 在通向语言的途中（孙周兴，译）. 北京：商务印书馆.

伽达默尔（1997）. 伽达默尔集. 严平编选. 上海：上海远东出版社.

伽达默尔（1999）. 真理与方法（洪汉鼎，译）. 上海：上海译文出版社.

伽达默尔（2007）. 真理与方法（洪汉鼎，译）. 北京：商务印书馆.

伽达默尔（2013）. 美学与诗学：诠释学的实施（吴建广，译）. 北京：北京大学出版社.

Gadamer, H. G. (1993), *Gesammelte Werk*, Band 8. Tübingen: Mohr.

作者简介：

林栋梁，华侨大学文学院，研究方向为西方文学理论、西方哲学。

Author:

Lin Dongliang, from the College of Chinese Language and Literature, Huaqiao University, specializing in Western literature theory and Western philosophy.

E-mail: 13599981133@163.com

堕落女性形象的双重书写：从《亚当·比德》对《荆棘》的逆写说开去

姚晴晴

摘　要：乔治·爱略特深受威廉·华兹华斯的影响。吉尔伯特和苏珊·古芭认为爱略特的小说《亚当·比德》中堕落女性角色赫蒂·索蕾尔是对华兹华斯《荆棘》中玛莎·蕾形象的重写。事实上，赫蒂·索蕾尔不仅是对玛莎·蕾的重写，更是逆写。这一重写和逆写构成对堕落女性形象的双重书写，不仅体现在文本之内，也延伸到文本之外；既构成文本之间的互文，又建立起文本与社会现实的交织。堕落女性形象在这交织书写之中展示了性别政治的复杂性和多维性。

关键词：堕落女性　性别政治　权力　威廉·华兹华斯　乔治·爱略特

Dual Writing of the Fallen Woman: On the Reverse Writing of *The Thorn* by *Adam Bede*

Yao Qingqing

Abstract：George Eliot is greatly influenced by William Wordsworth. S. M. Gilbert and Susan Gubar think that George Eliot rewrites Wordsworth's fallen woman character—Martha Ray in her novel *Adam Bede*. As a matter of fact, Eliot not only rewrites Martha Ray but also reverses Wordsworth's construction of Martha Ray as a fallen woman. Eliot's reverse of Wordsworth's construction of Martha Ray sets up a double writing of the fallen woman character, which extends beyond the texts and enables an interaction between fiction and reality, texts and history. In the process, the complexity of the sexual politics of the fallen women is revealed and explored.

Key Words: fallen women; sexual politics; William Wordsworth; George Eliot

　　《荆棘》是威廉·华兹华斯备受关注的作品，关注点有三：叙述者、植物和女人。① 本文以诗与小说的双重书写为切入点，关注"女人"——《荆棘》中的堕落女性形象玛莎·蕾。

　　S. M. 吉尔伯特和苏珊·古芭在《阁楼上的疯女人》中指出，乔治·爱略特的小说《亚当·比德》"可以看作是对《荆棘》的重写"（Gilbert & Gubar，1984，p. 496），小说中堕落女性形象赫蒂·索蕾尔与《荆棘》中玛莎·蕾的形象重合，二者构成互文。从显性情节上看，《亚当·比德》确实可以看作对《荆棘》的重写，但是当我们将外部因素即作者的个人经历、作品的影响等纳入文本，作品的隐含情节就会显现，与作品的显性情节构成语境上的反讽。如此，《亚当·比德》和《荆棘》的关系就会溢出"重写"，呈现出三个层面的双重书写：首先，《荆棘》的显性情节和隐含情节展现出对堕落女性形象的双重书写；其次，《亚当·比德》的显性情节和隐含情节展现出对堕落女性形象的双重书写；再次，《荆棘》与《亚当·比德》的显性情节相成，隐含情节相反，构成对比明显的双重书写。华兹华斯和爱略特在各自作品的显性情节中表现出的对堕落女性的态度是表面的，其隐含情节展示出不同甚至截然相反的态度，显性情节与隐含情节不但互相补充，而且互相颠覆，二者构成复杂的张力，使堕落女性形象充满矛盾和冲突。

　　《荆棘》与《亚当·比德》这两部作品的显性情节和隐含情节所构成的复杂张力不仅为我们解读这两个文本提供了新的视角，也重构了两部作品之间的关系，由此得出的结论是：《亚当·比德》既是对《荆棘》的重写，也是对它的逆写。

　　这一双重书写延伸到文本之外，波及作者们的个人经历，引发我们对"堕落女性"新的思考。

---

　　① 阿尔伯特（Albert）在其文章《树与人：华兹华斯〈荆棘〉的统一性》（"Of Trees and Men：The Unity of Wordsworth's *The Thorn*"）中提道：批评家们无法确定《荆棘》到底是关于一个男人，一个女人，还是一株植物（whether it is about a man, a woman, or a tree）。

一、《荆棘》堕落女性形象的双重书写

《荆棘》是华兹华斯最受关注的作品之一①，华兹华斯对《荆棘》中堕落女性形象玛莎·蕾的描述貌似平淡，实则展现出充满矛盾的复杂态度。

玛莎·蕾在《荆棘》的第六节第八行出现。

> 一个穿猩红色斗篷的女子，
>
> 独自哀怨哭泣
>
> "凄惨，凄惨
>
> 像我这样悲哀，真是凄惨"② （Wordsworth，2013，p. 54，line 63）

诗中玛莎·蕾披着猩红色斗篷，意象鲜明。猩红色有多重寓意，它是圣洁与堕落两极的结合，文艺复兴时期的圣母画像有时会使用这种颜色，但是"猩红色"更常见的寓意源自《圣经》。《圣经·启示录》第十七章中③，被称为娼妓之母的巴比伦娼妓着此种颜色的衣服，它代表堕落、罪恶与毁灭。在《荆棘》的荒凉山景中，猩红色异常夺目，不仅产生强烈的视觉冲击，更引发心理上的震颤：诗中叙述者注意到这一抹猩红色时，天青欲雨，玛莎·蕾独自一人身处旷野，这不仅是空间上的越界，也是行为上的越界。玛莎·蕾的行为不合适，昭示背后不同寻常的故事——一个被抛弃的堕落女子的故事。

此类故事的起始总是相似的：

> 二十年已经过去
>
> 那时她不过少女
>
> 温柔体贴　无忧无虑
>
> 深爱叫斯特芬·希尔的男子
>
> 少女的爱情真诚甜蜜 （p. 55，line 115－121）

故事的开局是良好的，"少女""温柔""真诚"等词带有明显的感情倾向，表现出玛莎·蕾少女时代的单纯与快乐，那时她还不是社会的放逐者，

---

① 华兹华斯曾对《抒情歌谣集》中代表自己和柯勒律治才能的诗歌进行挑选，所挑选的诗歌中包括《荆棘》。另外《荆棘》的相关评论也多达几十篇。详情见阿尔伯特（Gerard Albert）和阿什顿（Thomas Ashton）的论文。

② 诗文皆为笔者自译，详情请参见原文，见参考文献。

③ 参见圣经《启示录》的英文描述：我看到一个女人骑着猩红色的怪兽（I saw a woman sit upon a scarlet coloured beast，17：3）。那女人的衣服紫红（猩红色）相间（And the woman was arrayed in purple and scarlet colour，17：4）。

人们也不会一看到她的脸就转身跑开。此段语涉过去，虽然叙述者在时间与空间上与玛莎·蕾拉开了距离——时间上相隔 20 年，空间上是通过"望远镜"的透视，试图展现一种客观甚至冷漠的态度，但是词汇的选择上依然有明确的情感倾向，即认为玛莎·蕾是纯真的乡村少女，当时她并没有犯错，她和斯蒂芬·希尔的关系是被大家祝福的。①

　　在纯真少女变成堕落女人的形象建构中，叙述者并没有指责玛莎·蕾，与对玛莎·蕾非议颇多的村中人形成对比。村中人认为玛莎·蕾不仅行为有失，还杀死了无辜的婴孩，应接受审判。他们拿着铁铲去挖孩子的尸骨，然而当他们开始挖的时候，长满苔藓的山头开始摇晃：

> 有人信誓旦旦说她应被带到公众面前
> 进行审判
> 他们拿着铁铲
> 去找寻作为证据的婴儿的遗骸
> 突然在他们眼前
> 小山似的苔藓开始震颤（p. 59，line 232—236）

　　仿佛大自然也对玛莎·蕾心有不忍，向玛莎·蕾施以援手，以神启的方式表达对村中人行为的不满，暗示玛莎·蕾不应受审判。诗中多次提到"凄惨"，此处又借天意为玛莎·蕾提供庇护，表达了作者对玛莎·蕾的怜悯与同情。

　　然而对玛莎·蕾的怜悯同情只是诗中态度的一个方面，如果我们结合华兹华斯自身的经历，进一步探究《荆棘》对堕落女子玛莎·蕾和负心汉斯蒂芬·希尔的描述，会发现原本的同情逐渐变了颜色，变为对堕落女性的漠然与伤害，构成对堕落女性形象的另一重书写。

　　在描述斯蒂芬·希尔抛弃玛莎·蕾而与他人结婚时，诗中用了"欠考虑"（unthinking）这个词：

> 但是斯蒂芬与另一个女孩
> 发了另一个誓言
> 欠考虑的斯蒂芬

---

　　①　此处其他版本（https：//www. poetryfoundation. org/poems/52996/the-thorn/）有"亲朋好友也都同意"（While friends and kindred all approved）这句话，表明玛莎·蕾的恋情最初是得到大家的祝福的，并非丑闻，而是喜事。但是本文所引用的牛津版《荆棘》中并没有这句话，可见不同版本表述有所不同，体现出华兹华斯对玛莎·蕾这一人物形象的矛盾态度。

与另一女孩进入教堂里面（p. 55，line 124—127）

"欠考虑"表明叙述者（隐含作者）的态度，即认为抛弃玛莎·蕾不过是欠考虑之举。诗中对斯蒂芬·希尔的谴责之意不明显，或者甚至如托马斯·阿什顿（Thomas Ashton）所说，诗中"对斯蒂芬行为的评论并无谴责之意"（1964，p. 178）。但是提到婴儿之死，作者态度陡转，词风峻厉[①]：

> 残忍的父亲
>
> 千次万次
>
> 我宁愿死的是他（p. 56，line 142—143）

此时斯蒂芬·希尔抛弃玛莎的所作所为由"欠考虑"上升到"残忍"，诗中也首次点明他的背信弃义，表明作者对婴儿之事更为看重。玛莎·蕾的被抛弃淹没在斯蒂芬作为"父亲"对婴儿所犯的罪行里，死去的婴儿因诗人这样的处理而占据斯蒂芬负罪感的中心，玛莎·蕾的被抛弃反而无关紧要。如此一来，玛莎·蕾在以她为主角的故事里被边缘化，叙述者若隐若现的同情也因这一关注重心的转移而踪迹难寻。这与华兹华斯的个人经历不无关系。威廉·华兹华斯曾与法国女子安娜特·瓦隆有过一段情事，此后华兹华斯回国，安娜特未婚先孕，产下一女。八年后，华兹华斯欲他娶，到法国处理过此事。[②] 坎贝尔认为《荆棘》是华兹华斯自我经历的重新叙述，诗人"试图将自传材料转化为客观艺术"（qtd. In Gérard，1964，p. 238）。若我们赞同此说法，那么就要追问，华兹华斯是如何在他的重新叙述中改写他的经历的呢？首先，《荆棘》中被遗弃的玛莎·蕾的孩子死掉了，安娜特·瓦隆的孩子并未死去，她安全出生，并在九岁那年第一次见到自己的父亲——威廉·华兹华斯，所以华兹华斯的行为停留在斯蒂芬·希尔的"无罪"行为层面，即"欠考虑"（unthinking）的层面。华兹华斯不是"有罪的父亲"，因为他的孩子并未死去，还得到了补偿。华兹华斯对斯蒂芬的评判，也是潜意识的自我评判，他认为自己的行为并非"有罪"或者"残忍"，只是考虑不够周全。也有学者[③]指出，此诗与安娜特·瓦隆毫无干系。桃乐茜·华兹华斯在日记中

---

① 此处引用的是 2013 牛津出版社的版本。网站（https：//www. poetryfoundation. org/poems/52996/the—thorn）上《荆棘》一诗与牛津版稍有不同，后者如此描述："有罪的父亲，那死亡是否本可以挽救他的背信弃义！"（O guilty father—would that death had saved him from that breach of faith!）。可以看出前者谴责意味更浓，这也传达出作者写作修改本诗过程中的感情变化。

② 参见格伦·埃弗雷特所作《华兹华斯传记》（Glenn Everett，"William Wordsworth：Biography" at The Victorian Web，accessed 12 July 2019）。

③ 帕里什（Stephen Maxfield Parrish）持这种观点，详情见参考文献。

提到《荆棘》的写作缘由，"天气阴冷，我们回来时碰上了雹暴"，"华兹华斯写了几行关于一个矮小荆棘的诗"（Qtd. Parrish，1957，p. 158），他为了突出荆棘带来的震撼，突出荆棘的鲜明形象，联想了一个堕落女子的故事，这个女子的存在只是为了渲染荆棘带给人的印象。然而若我们同意此种说法，我们更可以推断出华兹华斯对于曾经的年少轻狂是不以为意的，因为他笔下的情节竟丝毫不能触动他联想到相似过往，一个被抛弃的女子的故事也未曾在他心中和笔下泛起任何的涟漪，可见那段过往是多么的无足轻重！所以无论华兹华斯创作时主观上是否联想到自己的陈年旧事，他的态度指向都是一致的：对被抛弃女子的漠然，连同情都让位于"诗意"。

同时，文本内部对纯洁的乡村少女玛莎·蕾的同情和关于使玛莎·蕾免于审判的自然神启的描写，在文本所处的时代语境中也变成了一种反讽。克里斯汀·克鲁格在《文学辩护与医学迫害：19 世纪英国杀婴描绘》中提到华兹华斯与《荆棘》时指出，杀婴当事人免于审判，会让少女产生"她们可以做任何她们想做的事情"（Krueger，1997）的错觉，可是这不过是一种假象，现实残酷冰冷，堕落女子不仅命途多舛，在现实中也不会获得诗中建构的同情。所以《荆棘》显性情节中的同情与客观现实交织后，二者构成语境上的反讽，华兹华斯的关怀变成一种隐含的讽刺和现实中的诗意陷阱。

当然，本文并不是说华兹华斯主观上对堕落女性冷漠无情或者试图伤害女性，鼓动她们走上浪漫的堕落之路。《荆棘》显性情节中的同情同样是不可忽略的，我们无理由怀疑这同情的真诚，但是其可能产生的消极的客观效果同样不可忽略。因而《荆棘》的显性情节和隐含情节构成相悖的两条线，表达出华兹华斯对堕落女性的复杂态度，展现出对堕落女性形象的双重书写。当我们将这种双重书写与乔治·爱略特的《亚当·比德》对堕落女性的双重书写对照时，会发现这种双重书写的另一个侧面。

二、《亚当·比德》堕落女性形象的双重书写

华兹华斯对乔治·爱略特的影响有迹可循。里维斯在 1961 年出版的《亚当·比德》的前言中写道："华兹华斯的影响是深刻的，无论是对此书，还是对乔治·爱略特的其他方面。"（Leavis，1961，p. 12）斯提芬·希尔在企鹅图书 1980 版的前言中也提到华兹华斯对乔治·爱略特影响至深，并指出，在写作《亚当·比德》期间，乔治·爱略特和亨利·刘易斯就在读华兹华斯的作品。S. M. 吉尔伯特和苏珊·古芭在《阁楼上的疯女人》里指出，《亚当·比德》可以看作对《荆棘》的重写，小说中的堕落女性形象赫蒂·索蕾

尔与《荆棘》中玛莎·蕾的形象重合,二者构成互文。

从显性情节上来看,《荆棘》与《亚当·比德》的重合点有三:乡村女孩的设定、杀婴和水潭意象。这三个重合点架构起《荆棘》和《亚当·比德》情节框架中的相似点。这并不奇怪,此类始乱终弃的故事大多类似,威廉·华兹华斯与乔治·爱略特都有相关经历。虽然将华兹华斯与安娜特的故事强行植入小说和诗歌有其不当之处,但不得不承认华兹华斯对安娜特始乱终弃,并最终与玛丽·哈琴结婚的事实与《亚当·比德》和《荆棘》所述有相似之处。① 至于乔治·爱略特,她听婶婶讲述过这样的故事:"我的婶婶(我叔叔的妻子)是卫理公会教徒,1839 年或者是 1840 年的一个下午,她到格里菲来看我,提到一则逸事,她突然想到她拜访过的那个被定罪的无知女子。那女子谋杀了自己的孩子。这是我写《亚当·比德》的缘起。"(Eliot, 1980, p. 585)此外,写《亚当·比德》时,乔治·爱略特已与乔治·刘易斯私奔,被亲朋好友排斥,对堕落女子的心态与处境颇为熟悉,甚至可以说是感同身受。② 然而感同身受并不能够确保宽容,乔治·爱略特对"堕落女子"的态度是复杂而矛盾的。

细读《亚当·比德》我们会发现,乔治·爱略特对赫蒂·索蕾尔态度苛刻,这种苛刻背后是否另有深意?当我们将小说的社会背景纳入文本,文本内隐含作者的态度是否会以不同的面目呈现?这是本节关注的问题。首先,我们先来梳理一下《亚当·比德》的显性情节,看乔治·爱略特对赫蒂·索蕾尔的苛刻如何在文本内体现,然后探讨其双重解读。

《亚当·比德》中的赫蒂·索蕾尔居住在淳朴的乡间,她美丽迷人,俘获了木工亚当· 比德的心,然而她爱慕虚荣,羡慕夫人、小姐的生活,与乡绅的儿子亚瑟亲近,发生关系,后被亚当·比德撞破。亚瑟为避此丑闻,离家参军〔亚瑟此前就在军队待过,是上尉(Captain)〕。赫蒂豪门梦碎,同意嫁给亚当,却发现自己有孕,无奈出走,寻找亚瑟,途中产子,遗弃之;婴儿死亡,赫蒂被审判,终流放。

小说开篇点明赫蒂的虚荣。她不愿干农活,一心接近富家。小说第十五章"两间闺房"描述赫蒂可能走向的道德堕落:"她(小说另一女主角迪娜)看到可怜的赫蒂苦苦挣扎,伤痕累累,痛哭寻求救赎,终无法解脱。"

---

① 参见格伦·埃弗雷特所作《华兹华斯传记》(Glenn Everett, "William Wordsworth: Biography" at The Victorian Web, accessed 12 July 2019)。

② 参见南希所写的乔治·爱略特生平(Nancy Henry. *The Cambridge Introduction to George Eliot*. Cambridge: Cambridge, 2008)。

（Eliot，1980，p. 135）第二十三章"午餐时刻"对赫蒂的所作所为甚至美貌进行讽刺："如果赫蒂相貌平平，她此刻一定是冷漠而丑陋的，没有人再会被她的外貌欺骗。"（pp. 222－223）因为美貌，她对孩童的冷漠和对自己外貌的虚荣在书中都显得楚楚动人。爱略特如此写道："没有人的眼睫毛比赫蒂的更美丽了"（p. 132），"面对如此深的灰眼睛，如此长如此黑的眼睫毛，即使背后可能是欺骗、堕落和愚蠢，人们也总是倾向于相信这美貌背后是有深度的灵魂"（p. 131）。赫蒂从来不是单纯的，"她比一只孔雀还不如，即使全教区的人都奄奄一息，当太阳升起的时候，她也要开屏炫耀自己的尾巴"（p. 133）。赫蒂冷漠、自私、虚荣，与华兹华斯笔下单纯的玛莎·蕾完全不同。二者的命运轨迹相似，沿途的风景也迥异，因此《荆棘》中华兹华斯对堕落女性的同情在爱略特的笔下蜕变为挖苦与指责，玛莎·蕾的无辜更彰显赫蒂·索蕾尔的罪有应得，两个故事互承同时也互逆。

　　乔治·爱略特对自己作品中道德有瑕疵的美貌女子态度苛刻，所言所写与其所行所为形成反差，这是道德虚伪、首鼠两端呢[①]，还是此矛盾态度背后另有深意？总体来说，男性作家对堕落女子同情者居多，如华兹华斯、哈代、狄更斯，而女性作家对堕落女子批评、警告、讽刺者居多，不仅乔治·爱略特，玛丽·布兰登、艾伦·伍德等维多利亚时代畅销女作家也是如此。[②]这不仅是个人感情的问题，也是性的政治。

　　乔治·爱略特1854年与有妇之夫乔治·刘易斯同居，深受舆论抨击和亲朋好友的排挤，连感情深厚的哥哥也对她大加斥责，与她断绝关系。不仅如此，当她拜访文友布拉班特和约翰·查普曼时，二人的妻子们也对爱略特下逐客令。后者的妻子和情人对爱略特尤为不满，以致爱略特在被任命为《西敏寺评论》杂志副主编之初，都小心翼翼，隐姓埋名，以免她的声誉影响了杂志的发展。作为一名堕落的女人，爱略特行走在社会的边缘，备尝艰辛。[③]所以爱略特小说中对堕落女性赫蒂·索蕾尔冷漠嘲讽，以及对海蒂无法逃避公众审判这一结局的处理可以解读为一种警告，也是对华兹华斯式的将杀婴

---

①　乔治·爱略特对貌美无德的女子总是更为苛刻，比如对《米德尔马契》中罗莎蒙德的挖苦，对《亚当·比德》中赫蒂的嘲讽等。

②　参见相关作品，《米德尔马契》（*Middlemarch*）、《奥德利夫人的秘密》（*Lady Audley's Secret*）、《东林怨》（*East Lynne*）等。

③　参见关于乔治·爱略特丑闻的相关文章与视频：Shmoop Editorial Team. （2008，November 11）. *George Eliot: Scandal & Romance*. Retrieved July 25，2019，from https://www. shmoop. com/george-eliot/scandal-romance. html，http：//www. bbc. co. uk/coventry/features/george-eliot/eliot-scandals-and-rumours 等。

"自然化"（naturalize）倾向的反拨。《亚当·比德》打破所谓女性能够越矩，能够"自由"并会得到同情的幻想，警示涉世未深的女性。越矩尤其是性越矩并不是反叛，而是牺牲。所谓自由只会把自己变成被拒斥的他者。高墙之外的放逐之地不是女性的乌有乡，而是无人涉足的荒漠。这一警告在小说中表现为对堕落女性的谴责与嘲讽，而其警示效果却隐藏着对女性的现世关怀。

《亚当·比德》显性情节中对堕落女性的谴责在隐含情节中成为一种警告和提醒。二者的交织显示出乔治·爱略特对堕落女性形象的复杂态度，厌恶有之，同情有之，只是立场和华兹华斯并不相同。一方面，《荆棘》和《亚当·比德》在显性情节上有重叠之处；另一方面，二者的现实影响背道而驰，华兹华斯的同情自然化了堕落女性形象，爱略特的严厉却成为一种矫正。在《荆棘》中，显性的同情变成隐性的冷漠甚至恶意，可能煽动现实读者走上这"浪漫"而孤独的堕落女性之路。[①] 在《亚当·比德》中显性的讽刺变成隐性的关怀与思考，通过展现堕落女性的悲惨命运和终将面临的残酷现实，警告读者，尤其是女性读者，不要再心怀美梦。

同情与讽刺，纵容与警告，双重态度的交织形成复杂的张力，丰富了两部作品的内涵。所以《亚当·比德》不仅是对《荆棘》的重写，也是逆写。性别在这一过程中是不可忽视的因素。

三、性别政治：《亚当·比德》与《荆棘》的双重书写

安·科托维克在《混合的感情》（*Mixed Feelings*）中说，男性对女性的同情"并未改变制约她的社会结构本身；反而进一步加强和复制了这种结构"（Cvetkovich，1992，p.9）。虽然此言不尽准确，我们需要对具体状况进行具体分析，但科托维克的说法在此处却是适用的。比如华兹华斯的同情，《荆棘》虽然表达了对玛莎·蕾的同情，但同时玛莎·蕾也被异化为令人害怕的他者，玛莎·蕾作为堕落女性不仅被边缘化，同时也被物化，与荆棘合为一体，女子与山、植物、滴着血的小池塘一样，失却生命力，成为山景的一部分，成为乡村传言的一部分。这传言是猎奇的、冰冷的，带着死亡和恶意的，玛莎·蕾也终于成为植物，成为玩物，成为斯蒂芬的无心之失。[②] 同时，诗中表达玛莎·蕾作为受害者不应受公众审判的形象（挖掘尸体时的地动山摇）

---

① 克里斯汀·克鲁格在他的文章《文学辩护与医学迫害：19世纪英国杀婴描绘》中对此有较细致的描述，笔者赞同克鲁格的观点。

② 这里指玛莎·蕾成为荆棘，化为物，与山崖融为一体。诗中第195行提到叙述者把玛莎·蕾看成峭壁（crag）。

造成女性自由的错觉，这种错觉构成堕落女性的感伤叙事，掩盖了背后的不堪、痛苦和苦难。

与此相反，乔治·爱略特对女性的严厉批评的表层下掩盖了一种对女性近乎严厉的关切，这种关切也许并非乔治·爱略特的本意，但是《亚当·比德》的现实效果却促就了这一点。乔治·爱略特在《亚当·比德》中对赫蒂进行了严厉的指责，认为赫蒂应该对自己的堕落负责，她的不幸源于自身的虚荣和自私。乔治·爱略特对待堕落女性的不同态度（文本之外的堕落女性指的是乔治·爱略特本人），呈现出一种道德上的虚伪，这种双重标准却是乔治·爱略特作为女性作家在其所处的社会体系和权力之网中成功的关键。

乔治·爱略特对赫蒂的处理方式充满了道德劝谕，为维多利亚时期的读者所普遍接受。《亚当·比德》甫一出版，就大受欢迎，不断再版①，乔治·爱略特也因此名利双收。乔治·爱略特作为一名堕落女性，通过宣扬主流思想，不仅获得经济上的独立，也摇身一变，从一名被排斥的不道德的女子变为文坛的执牛耳者。且不论乔治·爱略特作品中的堕落女子形象如何，她却借此突出重围，从边缘回到主流，完成了小说中堕落女子形象的逆写和现实生活中的逆袭。

乔治·爱略特的小说所产生的现实效果是警告，也是自身的突围，与华兹华斯诗中所传递的同情和自由的错觉是对立的。但是这并不是说乔治·爱略特比华兹华斯更真诚地为堕落女性张本，毕竟显性情节与作品的隐含情节一样重要，也同等地表达了叙述者和作者的态度，显性情节和隐含情节的结合构成复杂的张力。华兹华斯在无意识地为男性张本的同时表达出对女性的漠然，乔治·爱略特在服从社会主流意识形态，谴责堕落女性的同时，也表达了对堕落女性的隐性关怀。后者（乔治·爱略特）通过在小说中对主流道德形态的服从来完成现实中的反抗与突围。通过服从来反抗，这似乎是更有效的策略，但是，这种策略在很多情况下可能是被动的，甚至是无效的，乔治·爱略特以其深刻的洞察力和卓越的才能成功越界，成为颠覆与妥协互换倒置的一个例证：以文本内的教谕，以对主流意识形态的迎合来跨越当时社会对女性的限制，从一个名声不佳、私德有亏的女子变成经济独立、声名鹊起的维多利亚女性作家。

文本内的人物形象相似与否，都只是故事，文本外的现实往往更令人唏

---

① 《亚当·比德》出版于 1859 年 2 月，截至 1861 年已重印 9 次，印刷 14750 册，可见其受欢迎程度。详情可参见牛津版《亚当·比德》文前注释（Eliot Gorge, *Adam Bede*. Oxford：Oxford University Press, 2008, p. xxxi）。

嘘。就性别造成的困境而言，女性无疑面临更大的挑战。华兹华斯曾与安娜特未婚生子，却能够全身而退，他后来的妻子玛丽·哈琴对此事也展现了"屋中天使"的美德，担心华兹华斯处理得不够好，钱给得不够多。玛丽对华兹华斯的所作所为是同情、包容、谅解和抚慰的。① 乔治·爱略特的烙印却是终身的，虽然她的作品为她赢得声誉，时人对她与刘易斯的非法同居却批评不断。她的家人终其一生不能原谅她的所作所为。乔治·爱略特总是在其书信中强调她的幸福，似乎想以文字提醒自己的幸福和满足，但是过分地强调总是令人怀疑，以至于被解读为一种惶恐的掩饰，言语的苍白无力变成权力话语关系中的一种点缀。

1878年11月，刘易斯去世；1880年5月，61岁的乔治·爱略特嫁与比自己小20岁的约翰·克罗斯（John Cross）②。无论人们如何解读这一事件，其中一点是毋庸置疑的，那就是乔治·爱略特对婚姻合法化的渴望。同年，乔治·爱略特去世，享年61岁。她临死前的婚姻的合法化未尝不是对因为与刘易斯的非法结合而被拒斥的耿耿于怀，和对获得主流社会认可的渴望与悲鸣。讽刺的是，无论放在哪个年代，花甲老妇与刚过不惑之年的青年的结合都不是可以隐匿于世俗合法性当中的普通事件。乔治·爱略特不同于华兹华斯，也终究不能成为华兹华斯，但是其小说和人生的书写却同样发人深省。

乔治·爱略特小说《亚当·比德》与华兹华斯的诗歌《荆棘》在显性情节上相似，在隐性情节上对立。两位作者的生平事迹与作品中堕落女性的书写相结合，展现出作者对堕落女性同情又拒斥、蔑视又关注的矛盾态度。

文本与作者所处社会现实的交织不但为我们的解读提供了新的视角，也挖掘出作品背后的隐含意义，重构了两部作品之间的关系，展现出《亚当·比德》和《荆棘》对堕落女性相反相成的双重书写，揭示了性别政治的复杂性。

引用文献：

Ashton, T. L. (1972). "The Thorn": Wordsworth's insensitive plant. *Huntington Library Quarterly*, 35(2), 171–187.

Bible. (1976). Trans. United Bible Society. New York: United Bible Societies.

Cvetkovich, A. (1992). *Mixed Feelings*. New Jersey: Rutgers University Press.

---

① 格伦·埃弗雷特所作华兹华斯传记（Glenn Everett, "William Wordsworth: Biography" at The Victorian Web, accessed 12 July 2019）中提到玛丽·哈琴的态度。

② "George Eliot", BBC History, 15 October 2009, auessed 30 December 2009.

Eliot, G. (1980). *Adam Bede*. New York: Penguin Books Ltd.

Gilbert, S. M., and Gubar, S. (1984). *The Madwoman in the Attic*. London: New Haven and London Yale University Press.

Gérard, A. S. (1964). Of trees and men: the unity of wordsworth's *The Thorn*. *Essays in Criticism*, (3), 237−255.

Krueger, C. L. (1997). Literary defenses and medical prosecutions: Representing infanticide in nineteenth-century Britain. *Victorian Studies*, 40(2), 271−294.

Leavis, F. R. (1961). "Introduction". In George Eliat, *Adam Bede*. New York: The New American Library of World Literature, Inc.

Parrish, S. M. (1957). "'The Thorn': Wordsworth's Dramatic Monologue". *ELH*, 24(2), 153−163.

Wordsworth, W. (2013). *Lyrical Ballads*. 7th ed. Oxford: Oxford University Press.

作者简介：

姚晴晴，北京外国语大学英语学院博士，研究方向为英美文学与性别研究。

Author:

Yao Qingqing, Ph. D candidate in Beijing Foreign Studies University; Her research fields are English literature and gender studies.

E-mail: yaoqingqing@126.com

Perceiving the World: A Phenomenological Reading of *To the Lighthouse*

Cheng Sijia

Abstract: This paper considers Virginia Woolf's *To the Lighthouse*, a novel filled with senses and perceptions, in relation to the French philosopher Maurice Merleau-Ponty's philosophy on perception and embodiment. Central to both Merleau-Ponty's phenomenology and Woolf's *To the Lighthouse* is the question of consciousness, bodily experience, and meaning of life. In *To the Lighthouse*, Virginia Woolf fuses art and life together to produce a sense of wholeness in search of the meaning of life. Her approaches to consciousness and the meaning of life and world responds to Maurice Merleau-Ponty's preoccupation with perception. This paper examines Woolf's characters, namely Mr. and Mrs. Ramsay and Lily Briscoe, who are on their lifelong search for the meaning of life via their own means of perceiving the world, and argues that through the rhythmic rendering of their experience, Woolf moves beyond the Cartesian separation of subject and object, stresses the body as the locus of embodied perception, and presents artistic creation as the artist's means for comprehension and expression.

Keywords: *To the Lighthouse*; Virginia Woolf; Merleau-Ponty; phenomenology; perception

感知世界：对《到灯塔去》的现象学解读

程思佳

摘　要：弗吉尼亚·伍尔夫的《到灯塔去》中充满了对感觉与知觉的描写，与法国哲学家梅洛－庞蒂关于知觉与"肉体化"的哲学探讨有着深刻的联系。梅洛—庞蒂的现象学和伍尔夫的《到灯塔去》都集中探寻了意识，身体经验和人生的意义等问题。在《到灯塔去》中，伍尔夫将艺术与生活相结合，两者相辅相成构成整体以探索人生的意义。伍尔夫对意识、人生的意义及世界的意义的认识与梅洛—庞蒂对知觉的思考相互呼应。通过小说中对主人公拉姆齐夫妇与莉丽·布里斯科对人生意义的追寻以及对世界的认知与感受的描述，伍尔夫超越了传统笛卡尔主义主体与客体相分离的思想，强调了身体为"肉体化知觉"的核心，最终揭示出艺术家如何通过艺术创作理解世界，表达人生意义。

关键词：《到灯塔去》 弗吉尼亚·伍尔夫 梅洛—庞蒂 现象学 知觉

Virginia Woolf's *To the Lighthouse* is a novel about painting, philosophy, artistic creation and life. In Woolf's literary pursuit, she remarks on 19th century realism, describing the "appalling narrative business of the realist" as "getting on from lunch to dinner" (1953, p. 139) in her diary famously. As she breaks away from realist literary forms, in her novels she develops her own approach to render life and the world. As the novel unfolds and Lily Briscoe attempts to reflect what she sees on her canvas, Woolf explores what art aims for, what art can achieve, and how art can depict life. What's more, centering on Ramsay family's journey to the lighthouse which spans ten years, Woolf fuses art and life together to produce a sense of wholeness in search of the fundamental question, a question that Mrs. Ramsay and Lily constantly ask—what is the meaning of life.

To the Lighthouse is a novel filled with senses and perceptions—sonorous, visual, and spatiotemporal. Woolf's approaches to consciousness and the meaning of life and world could respond to the French philosopher Maurice Merleau-Ponty's preoccupation with perception. Merleau-Ponty's phenomenological thinking on perception and embodiment derives from his attempt to elucidate body's meaning and relations between mind and body, the objective world and the experienced world, the perceiver and the perceived. For Merleau-Ponty, the body functions as the ground of experience. He goes beyond the Cartesian ontological separation of subject and object, argues that subject is an incarnate subject, and body is always characterized by intelligence and meaning, and suggests "if one understands by perception the act which makes us know existence, all the problems which we have just touched on are reducible to the problem of perception" (2006, p. 224).

Central to both Merleau-Ponty's phenomenology and Woolf's *To the Lighthouse* is the question of consciousness, bodily experience, and meaning of life, and in their works both of them stress the intersection between literature and philosophy. Mark Hussey (1986) suggests that behind Woolf's literary works there lies an "implicit philosophical" (xi) concern in *The Singing of the Real World*. Analogously, Merleau-Ponty (1964) claims that the tasks of literature and philosophy cannot be separated in *Sense and Non-Sense*. His engagement with various forms of arts such as painting, literature and cinema and human experience of understanding these forms is vital to his phenomenological philosophy. Considering Virginia Woolf's *To the Lighthouse* in relation to Maurice Merleau-Ponty's philosophy on perception and embodiment, this paper examines Woolf's characters, namely Mr. and Mrs. Ramsay and Lily Briscoe, who are on their lifelong search for the meaning of life via their own means of perceiving the world, and argues that through the rhythmic rendering of their experience, Woolf moves beyond the Cartesian separation of subject and object, stresses the body as the locus of embodied perception, and presents artistic creation as the artist's means for comprehension and expression.

I. "The Window"

From the very beginning of the novel, the unresolved discord is introduced directly by a predominant Victorian gender binary in figures of Mr. and Mrs. Ramsay, representing two different ways to perceive the world around them. Mr. Ramsay, the "great metaphysician of all the time" (Woolf, 2008, p. 33), is the Victorian rationalist seeking to perceive reality in a purely intellectual way that Woolf critiques throughout the novel. As a man who is "incapable of untruth" (ibid., p. 8), he pares away all subjectivity to seek an unemotional objectivity and never notices sunsets or flowers or beauty of his daughters. Marked by a radical subject-object duality, he works on "subject and object and nature of reality" (ibid. , p. 22). When Lily Briscoe, the painter and artist, strives to understand the definition of Mr. Ramsay's approach to his philosophy and life, Andrew suggests that it is like imagining the nature of a kitchen table "when you're not there" (ibid. , p. 22). Louise Westling (1999) points out that the kitchen table here alludes to Plato's Republic X, in which Socrates talks about ideas or forms of a table or a bed, and Plato (1901) manifests his view that art is the imitation of truth, and the painter is neither a creator nor maker but merely an imitator. The Platonic tradition is based on the fundamental distinction between a body and its form, and the human effort to gain wisdom through philosophy. For Lily, this ridiculous yet concrete vision of a scrubbed kitchen table "lodged in the fork of a pear tree" (Woolf, 2008, p. 22) is a symbol of her respect for Mr. Ramsay's mind. Through this scene, Woolf mocks the transcendental Western philosophy that conceives subject as distinct from physical experience.

As a man who spends his whole life in the unsuccessful quest from "Q" to "R", Mr. Ramsay often has the image of himself as

> a desolate seabird, alone. It was his power, his gift, suddenly to shed all superfluities, to shrink and diminish so that he looked barer and felt sparer, even physically, yet lost none of his intensity of mind, and so to stand on his little ledge facing the dark of human ignorance, how we know nothing and the sea eats away the ground we stand on—that was his fate, his gift. (2008)

Like a desolate seabird, Mr. Ramsay is trapped in that as a traditional Cartesian rationalist marked by the opposition of pure thought to sensation, he fails to experience his body as a sensible perceiving one. The ability to perceive the world is beyond him. As the distinction between the "real" and the phenomenal blocks modern thoughts as Merleau-Ponty (1981) suggests, Husserl's famous "back to the things themselves" marks the irreducibility of the perceptual world by pure thought in the phenomenological movement. To understand the perceptual experience, according to Merleau-Ponty (ibid.), people must overcome their "prejudice in favor of an objective world" (p. 6). He further suggests that the first philosophical act should always "return to the world of actual experience which is prior to the objective" (p. 57), because it is in the actual experience in the world, rather than abstraction, that people get to know how to with the world. Therefore, "it is no more natural, and no less conventional, to shout in anger or to kiss in love than to call a table a table"(ibid., p. 189).

Meanwhile, the female experience of Mrs. Ramsay's relationship with the physical world is presented as the antithesis of her husband's, or, in a musical term, as the counterpoint, as they are "two notes sounding together"(Woolf, 2008, p. 35). Contrary to her husband, who seems to her "sometimes made differently from other people, born blind, deaf, and dumb, to the ordinary things"(ibid., p. 59), Mrs. Ramsay perceives the world around her through her senses. Indeed, what must be underlined, as a theme consistent throughout Woolf's description of Mrs. Ramsay as well as the whole text, is sounds and sonic experience. The following passage is structured almost entirely through Mrs. Ramsay's perception of the world through sounds:

> The gruff murmur, irregularly broken by the taking out of pipes and the putting in of pipes which had kept on assuring her, though she could not hear what was said(as she sat in the window), that the men were happily talking; this sound, which had now lasted half an hour and had taken its place soothingly in the scale of sounds pressing on top of her. (ibid., p. 16)

She engages herself with sonorous experience rather than words or dialogues. She listens out for Mr. Ramsay, for some habitual "mechanical sound"(ibid., p. 16), and Lily remembers her as "the sound of murmuring" (ibid., p. 43). She knows the poetry at the dinner party from sounds instead of their meanings, from "the rhythm and the ring of exaltation and melancholy in his voice" (ibid., p. 89). As she feels that words are "spoken by her own voice, outside herself, saying quite easily and naturally what had been in her mind the whole evening while she said different things"(ibid., p. 90), and as words enter her mind rhythmically "like little shaded lights, one red, one blue, one yellow" (p. 96) without their signification, she identifies herself with rhythm and sounds, and her experience becomes sonorous.

As Mrs. Ramsay listens, all sounds she senses lead to the sound of the sea, which "for the most part beat a measured and soothing tattoo to her thoughts", and at other times "remorselessly beat the measure of life[...]and warned her [...] that it was all ephemeral as a rainbow" (Woolf, 2008, pp. 16−17). In "Reality and its Shadow", Levinas suggests that "rhythm represents a unique situation where we cannot speak of consent, assumption, initiative or freedom, because the subject is caught up and carried away by it" (1987, p. 4). Moreover, with the fact that both sound and the sea function via waves, sonic experience is central for Mrs. Ramsay to understand the world. With the "monotonous fall of the waves on the beach" (Woolf, 2008, p. 16) as background music, waves of sounds enter into Mrs. Ramsay's body, translate into neural signals, stimulate mind, and carry away Mrs. Ramsay. Monaco (2008) further suggests that since sound is the result of "a perceptive body sensing variations in pressure and contracting them into an 'air wave'", and sound results from "the world reverberating on itself" (p. 29), then sound is not separable from either the world or the body. As sound and rhythm seep in the body and transform thought, in a phenomenological sense the body becomes the locus where distinctions between the experienced world and the objective world cannot be drawn.

The rhythmical nature of Mrs. Ramsay can be further traced through her consciousness. When the lighthouse is lit, Mrs. Ramsay sees the light coming with "first two quick strokes and then one long steady stroke" (Woolf, 2008, p. 52). Beatrice Monaco(2008), in her study on rhythm and body, notices that there is also a "three-stroke principle" that dictates Woolf's textual rhythm is, which is made most manifested through Mrs. Ramsay, with that dense imbrication of "three-stroke" rhythms populates the flow of her consciousness. The "three-stroke" rhythm also speaks to the back-and-forth sound of waves in the background. She is so carried away by rhythm and sound that sometimes when she sits by the window and knits:

> Pausing there she looked out to meet that stroke of the Lighthouse, the long steady stroke, the last of the three, which was her stroke, for watching them in this mood always at this hour one could not help attaching oneself to one thing especially of the things one saw; and this thing, the long steady stroke, was her stroke. (Woolf, 2008, p. 53)

Often, she feels as if she becomes the thing she looks at— "that light" (ibid., p. 53) from the lighthouse. It is the moment when the distinction between the perceiver and the perceived dissolves. Nevertheless, before Mrs. Ramsay figures out the meaning of her experience, before the Ramsay family embarks on their journey, before Lily can finish her painting, the dinner party is over; the world changes; people pass away; the old Victorian order gives way to the new modern one, offering survivors potentials to reconstruct.

II. "Time Passes"

The sonic dimension can be further sensed through the rhythmic nature of the novel; for Woolf(2008)herself reminds readers that "I am making up *To the Lighthouse*—the sea is to be heard all through it"(xi). Jane Marcus (1977)points out that the musicality of Woolf's novels should not be ignored: "the critics' failure to 'hear' Woolf's novels, although they 'see' them so well that they have concentrated on her ability to render words as painting, comes in part from ignoring the fact that her college was Covent Garden Opera House. Her Bayreuth essay expresses a longing to imitate music with words"(p.293). The musicality of this novel is perhaps developed most fully through Woolf's unique textual style, with her second section presented in a rhythmically and metaphorically complex way. Woolf(2008)herself describes the textual arrangement of three sections as "two blocks joined by a corridor" (xliii). As all lamps are put out when the second section begins, and night succeeds to night in "Time Passes", the whole section can be understood as a night that links a September evening and a September morning, and such arrangement resembles the alternating rhythm of light and darkness of the lighthouse. While darkness envelopes the whole section, sometimes "the Lighthouse beam entered the rooms for a moment, sent its sudden stare over bed and wall in the darkness of winter"(ibid., p. 113), as if the lighthouse, with its rhythm, is always there. Lisa Ruddick(1977)suggests that even in this section predominantly about darkness and silence, Woolf also strives to establish "smaller rhythms" as she continually brings the narrative "back to a few physical details—the house, the lighthouse, the hedge, the window, the red hot pokers on the lawn"(p. 20). Moreover, this imagery of the lighthouse beam brings readers back to the first section, where Mrs. Ramsay becomes the Lighthouse itself, and her presence further deepens the novel's rhythmic nature.

The spatiotemporal experience offered in "Time Passes" is also unique. As Woolf lavishes pages on nanoseconds in "The Window" few is given about the characters during the passing of ten years. Tragic deaths of Mrs. Ramsay, Prue, and Andrew are presented parenthetically in brackets in a disinterested tone; it presents a world without human beings and human time. In his later work *The Visible and Invisible*, Merleau-Ponty (1968) turns to a passage by Paul Claudel twice:

> From time to time, a man lifts his head, sniffs, listens, considers, recognized his position: he thinks, he sighs, and, drawing his watch from the pocket lodged against his chest, looks at the time. Where am I? And What time is it? —such is the inexhaustible question turning from us to the world. (p. 103, p. 121)

As to questions of spatiotemporal experience, Merleau-Ponty asks for "a secret knowledge of space and time as beings to be questioned, a secret knowledge of interrogation as the ultimate relation to Bing" (ibid. , p. 121). Muldoon, in his study on temporality and Merleau-Ponty's phenomenology, argues that the whole problem regarding this interrogation is to understand "the relation between what is imminent and what is transcendent" without seeing them as "mutually exclusive terms" (ibid. , p. 176). If the first section, with its explicitly demarcated binaries, marks the tension between immanence and transcendence, then in the second section, the human meditations of transcendence and immanence are replaced by the proliferation of the nonhuman world. As the nonhuman, or maybe more-than-human world dissolves traces of human civilization and forces of nature flow over and erase all the intricate arrangements of human beings, the energy of earthly beings gradually takes over the house as well as the narrative.

"Time Passes" establishes its unique spatiotemporal pattern in its poetic and rhythmic form, celebrates the triumph of the world of matters and the thing itself over abstract civilization, and further nuances the relation between human body and the world. Woolf's objects in this section, according to Westling(1999), dismantle "the transcendental abstractions which lead to such separation", and signifies Woolf's celebration of "human community and its continuity with all the world which sustains it"(p.862). However, unlike human beings who can communicate, nonhumans and things are restricted in articulation. People have to struggle to make sense of what has changed. Therefore, this novel is more of a philosophical quest. The juxtaposition of the factual world in parentheses and the sensual world in detail forces readers to realize that the binary opposition between "consciousness" and "world" should be refused because the human body is framed within the world of matter as they experience with it. For human beings, to be is to be in the world; they are already "in-the-world, in a preobjective manner where the distinction between the subjective perceiver and the objects perceived is completely ambiguous" (Muldoon, 2006, p. 121). Mr. Ramsay cannot understand this ambiguity, yet the female characters have their own positive forces, "a thread of something"(Woolf, 2008, p. 85) that Mrs. Ramsay likes very much about Lily but no man would comprehend. It is their inclination to enter scenes and objects they perceive. This potential can be realized through two stages: the first instance being Mrs. Ramsay's "becoming-the-lighthouse", and the second will be Lily's completion of her artistic creation in the last section.

III. "The Lighthouse"

For Lily, painting is her way to look at the world. The evolution of Lily as an artist, Ruddick suggests, comes not in the form of a discovery "made on canvas"(Woolf, 2008, p. 47), but rather in her meditation on Mrs. Ramsay and the world, through which she transforms sensory contacts with the world into artistic images and seizes the meaning of experience. In portraying Lily as a painter, the influence of Cezanne on Woolf is not unclear. Indeed, McLaurin states that Woolf makes use of Post-Impressionist techniques made famous by Cezanne, Gauguin, and van Gogh in many of her works. Roger Fry(1937), one of the most influential art critics in Woolf's day and an important part in Woolf's life, praises Cezanne for his "new world of significant and expressive form[...]that has recovered for modern art a whole lost language of form and colour"(pp.109—110). He further suggests that post-impressionists seek not to "imitate form" but to "create form"; they do not imitate life, but "find an equivalent for life"(ibid., p.239). Nor does Lily aim to imitate the truth. She feels her struggle against the world to "maintain her courage; to say: 'But this is what I see'"(ibid., p.32), while most men, just like Mr. Ramsay, see the world with their screen-making habit and believe that women cannot paint for they cannot understand the truth. Indeed, as "she had made no attempt at likeness" and her questions of art being "one of the relations of masses, of lights and shadows"(ibid., p.45), her concept of art and reality and life moves away from art as imitation of truth first announced by Plato. Whereas in "The Window", she desperately wants to find the equivalent of reality in her painting, in "The Lighthouse" she gradually develops and feels comfortable with her unique relationship with reality.

Similarly, Merleau-Ponty's engagement with paintings spans the whole of his career, and Cezanne remains as a key figure in his work. Indeed, Lily's struggle to express what she sees is akin to what Merleau-Ponty(1964) calls "Cezanne's doubts" in *Sense and Non-Sense*. Divorced from Impressionist painters who aim to capture the way in which objects strike people's eyes and pursue nature as a technical reinterpretation of nature, Cezanne is not preoccupied in making a painting, but in capturing a new way of perceiving. He wants "an impression of solidity and material substance"(ibid., p.11); he wants to strip of the human organization imposed upon the natural perception and to paint the world as it is experienced primordially. Merleau-Ponty(ibid.) further suggests that Cezanne wants to express the "lived perspective", which is different from the geometrical or photographical perspective because human eyes are not camera lens and they can never see nature as the pure imitation of reality. "When our eye runs over a large surface, the images it successively receives are taken from different points of view, and the whole surface is warped"(ibid., p.14). The distortions of colors and lines in Cezanne's paintings stem from his attempt to capture the moment with different perspectives in one living vision. He freezes successive distortions and perspectives by painting them, and sees distortions as an impression of emerging order, "an object in the act of appearing, organizing itself before our eyes" (ibid., p. 14). Therefore, in Cezanne's paintings, shapes or fixed outlines and boundaries are no longer the focus, and depth and color seem more suitable for the expression of the apperception of body.

Like Cezanne, Lily struggles to understand how painters understand the world and how artistic works express meaning. In the novel, to withdraw from the male gaze and from her surface identity, so that she does not have to subdue "all her impressions as a woman" (Woolf, 2008, p. 46) to the traditional male perspective, is crucial to her capacity as an artist to sense her body and to gain some depth. This depth helps her understand relations between subject and object, between the world and herself. In Merleau-Ponty's (1981) term, this is the "primordial depth" that

> announces a certain indissoluble link between things and myself by which I am placed in front of them[...] By rediscovering the vision of depth, that is to say, of a depth which is not yet objectified and made up of mutually external points, we shall once more outrun the traditional alternatives and elucidate the relation between subject and object. (p. 298)

J. Hillis Miller (1991) notices that Woolf presents Lily's painting as "rhythmical movement", yet for him this movement is "sustained by an impersonal transcendent rhythm which is beyond her and in which she nevertheless participates" (p. 153). I would suggest that this rhythm, rather than an "impersonal transcendent" one beyond her, is the rhythm of the primordial world within which she is also a part. When she starts to make her stroke,

> with a curious physical sensation, as if she were urged forward and at the same time must hold herself back, she made her first quick decisive stroke[...] And so pausing and so flickering, she attained a dancing rhythmical movement, as if the pauses were one part of the rhythm and the strokes another, and all were related; and so, lightly and swiftly pausing, striking, she scored her canvas with brown running nervous lines[...] (Woolf, 2008, pp. 130—131)

Just as Merleau-Ponty (1968) in his *The Visible and Indivisible* suggests, perception "is not born just anywhere" but "emerges in the recesses of a body"(p. 25). Indeed, "quality, light, color, depth, are there only because they awaken an echo in our bodies and because the body welcomes them" (ibid., p. 125), and "the thickness of the body, far from rivaling that of the world, is on the contrary the sole means I have to go unto the heart of the things"(p. 135). As Lily paints, she interacts with the world through her body, senses the rhythm of the surrounding nature upon her body, translates the rhythm of her bodily movement to canvas as artistic creation, and in turn, when she feels the canvas "looming out at her"(Woolf, 2008, p. 131), she senses her painting through her body—a process during which, as Merleau-Ponty(1968) suggests, "the things pass into us as well as we into the things" (p. 123).

The essence of Lily's primordial perception lies predominantly in her identification of the perceived world. Things start to lose their socially functional identity, and the perceiver and the perceived are in a permeable relationship, for they are all "flesh" in the world in Merleau-Ponty's(1968) term:

> The visible can thus fill me and occupy me not only because I who see it do not see it from the depths of nothingness[...]I the seer am also visible. What makes the weight, the thickness, the flesh of each color, of each sound, of each tactile texture, or the present, and of the world is the fact that he who grasps them feels himself emerge from them by a sort of coiling up or redoubling, fundamentally homogeneous with them; he feels that he is the sensible itself coming to itself and that in return the sensible is in his eyes as it were his double or an extension of his ownflesh. (p. 113)

While she may not be painting the "actual" Mrs. Ramsay as she no longer "sees" her, she is offering the "real" as she develops her kinship with Mrs. Ramsay and feels that she is always there. In her way, she sinks from the present moment into a non-temporal realm where she "went on tunneling her way into her picture"(Woolf, 2008, p. 142). The recurrent images of the boat or the hedge in her vision is her reflection upon herself in the very experience of seeing them, the "trick of the painter's eye"(ibid., pp. 148−149). In the end, as she paints, she finally realizes that what one wants is "to be on a level with ordinary experience, to feel simply that's a chair, that's a table, and yet at the same time, it's a miracle, it's an ecstasy" (ibid., p. 164), which speaks to Merleau-Ponty's (1964) observation that "space is no longer what it was in the Dioptric, a network of relations between objects such as would be seen by a witness to my vision or by a geometer looking over it and reconstructing it from outside" (p. 178). The ecstasy comes from her emerging with the world as she sees it.

When Lily finally has her "vision", she creates not only a work of art but also her new relation with the world. As Lily brings embodied perception to artistic expression, her body becomes the new locus where distinctions between natural and human cannot be drawn; she realizes the oneness with the world, and transposes this relationship, her "vision", onto her canvas. Talking about vision, Merleau-Ponty (1968) suggests that the painter's vision is not merely a "physical-optical" relation with the world, because "the world no longer stands before him through representation; rather, it is the painter to whom the things of the world give birth by a sort of concentration of coming-to-itself of the visible" (p. 42). As the significance of the vision is communicated by Lily through her art, Lily realizes her embeddedness with the world and transposes this relationship onto the canvas, creating a brand-new world without human gazes as she herself is "being-with" and "being-of" that world.

In *To the Lighthouse*, Virginia Woolf explores the human perception of the world and reembodies human consciousness to challenge the Platonic intellectual history, which speaks to Merleau-Ponty's phenomenology of perception and embodiment that transforms the traditional Western philosophical thought. In the first section, through the portrait of Mr. Ramsay, who fails to penetrate to the wholeness of life, Woolf rejects the humanist tradition of transcendence that seeks only pure thought and dismisses the living world, and asks for an alternative through the female characters who are able to go beyond the Platonic or Cartesian separation. Both Mrs. Ramsay and Lily merge with the world around them. Mrs. Ramsay transcends the subject-object duality and encounters the phenomenal world through her bodily sense of the sound and rhythm. When she identifies herself with the lighthouse, Mrs. Ramsay achieves the closest in her seeking to identify with the world through her body, yet as a Victorian woman, her attempt to express the meaning behind the embodied perception fails anyway. As the Victorian order fades away, the second chapter displays the force of nature and calls for a reflection upon the phenomenal world and the thing itself. It is the artist and creator Lily, through her struggle to paint the world as she sees, through her interaction with the primordial world and her identification with her artistic creation, creates a new space that manifests her embodied perception.

Artistic creation lies central to both Lily's and Woolf's understanding of their identity and their relation with the world. In her study on the intercorporeal narrative in Woolf's fictions, Laura Doyle(1994) suggests that through work of art, artists may be able to open up a new space, and from within the space "the artist can carve a thing that exerts its own pressure in the hierarchy—inward world of intercorporeal objects" (pp. 57−58). This is true to Lily as she uses her painting for expression and creation. What's more, this is true to Virginia Woolf, for through her artistic work, she exerts pressure within the male-dominated society and responds to the traditional rationalism that values only pure thought and believes women cannot write.

References:

Doyle, L. (1994). "These emotions of the body": intercorporeal narrative in *To the Lighthouse*. *Twentieth Century Literature*, 40(1), 42−71.

Evans, A. (2002). Sound ideas. In B. Massumi (Ed.), *A Shock to Thought: Expression after Deleuze and Guattari*. London, UK: Routledge.

Fry, R. (1937). *Vision and Design*. London, UK: Penguin.

Hussey, M. (1986). *The Singing of the Real World: The Philosophy of Virginia Woolf's Fiction*. Columbus: Ohio State University Press.

Levinas, E. (1987). Reality and its shadow. In E. Levinas (Ed.), *Collected philosophical papers*, 1−13. Dordrecht, NL: Springer Netherlands.

Marcus, J. (1977). *The Years* as Greek drama, domestic novel, and Gotterdammerung. *Bulletin of the New York Public Library*, vol. 80, no. 2.

McLaurin, A. (1973). *Virginia Woolf: The Echoes Enslaved*. Cambridge, UK: Cambridge University Press.

Merleau-Ponty, M. & Edie, J. (Eds.) (1964). *The Primacy of Perception*. Evanston, Ill: Northwestern University Press.

Merleau-Ponty, M. (1964). *Sense and Non-sense* (P. A. Dreyfus, Trans.). Evanston, Ill: Northwestern University Press.

Merleau-Ponty, M. (1968). *The Visible and the Invisible* (A. Lingis, Trans.). Evanston, Ill: Northwestern University Press.

Merleau-Ponty, M. (1981). *Phenomenology of Perception* (C. Smith, Trans.). London, UK: Routledge.

Merleau-Ponty, M. (2006). *The Structure of Behavior* (A. L. Fischer, Trans.). Pittsburgh, PA: Duquesne University Press.

Miller, J. H. (1991). *Tropes, Parables, and Performatives*. Durham, NC: Duke University Press.

Moise, G. (2011). "Heaven be praised for it, the problem of space remained": The phenomenology of pictorial space in Virginia Woolf's *To the Lighthouse*. *Anachronist*, 16, 34—56.

Monaco, B. (2008). *Machinic Modernism: The Deleuzian Literary Machines of Woolf, Lawrence and Joyce*. Basingstoke, UK: Palgrave Macmillan.

Muldoon, M. S. (2006). *Tricks of Time: Bergson, Merleau-Ponty and Ricoeur in Search of Time, Self and Meaning*. Pittsburgh, PA: Duquesne University Press.

Plato, J. B., & Lawton, W. C. (1901). *The Republic of Plato: An Ideal Commonwealth* (Rev. ed.). New York: The Colonial Press.

Ruddick, L. (1977). *The Seen and the Unseen: Virginia Woolf's To the Lighthouse*. Cambridge, MA: Harvard University Press.

Westling, L. H. (1999). Virginia Woolf and the flesh of the world. *New Literary History* 30 (4), 855—875. Baltimore, MD: Johns Hopkins University Press.

Woolf, V. (2008). *To the Lighthouse*. Oxford, UK: Oxford University Press.

Woolf, V., & Woolf, L. (Eds.) (1953). *A Writer's Diary: Being Extracts From the Diary of Virginia Woolf*. London, UK: Hogarth Press.

Author:

Cheng Sijia, MA student in English at The University of British Columbia, Canada. Her research interests include modernism and Asian-North American literature.

作者简介：

程思佳，加拿大英属哥伦比亚大学研究生，研究兴趣包括现代主义与北美亚裔文学。

E-mail: sijia. cheng@alumni. ubc. ca

文学跨学科研究专辑 ● ● ● ● ●

Bengali Literature and Comparative Literature: An Interview with Professor Kazal Krishna Banerjee[①]

Zhang Cha，Kazal Krishna Banerjee

Abstract: This is an interview on Bengali literature and comparative literature with Professor Kazal Krishna Banerjee from University of Dhaka, conducted by Professor Zhang Cha from Sichuan Normal University. Firstly, it outlines the cultivation of talents at the Department of English in Dhaka University, and expounds the contribution of the English Department of Dhaka University to the development of Bengal national literature. Secondly, it reviews the efforts of Bangladesh writers for the development of national literature, and enumerates the outstanding representative writers of Bengali national literature. Lastly, it analyses the threat Bangladeshi literature faces and looks forward to the prospect of Sino-Bangladeshi co-operation in comparative literature studies.

Key Words: Bengali literature; "Pragotisahitya"; Theory-Discourse; nationality; comparative literature

---

① 本研究为 2016 年四川省社科规划基地四川省比较文学研究基地项目"比较文学中外名人访谈录"（项目编号：SC16E036）阶段性成果。

孟加拉文学与比较文学——卡扎尔·克里希纳·班纳吉教授访谈录

摘　要：本文是四川师范大学教授张叉对孟加拉国达卡大学教授卡扎尔·克里希纳·班纳吉就孟加拉文学与比较文学专题所作的访谈录。首先，访谈介绍了达卡大学英语系的人才培养情况，阐述了达卡大学英语系为孟加拉民族文学发展作出的贡献。其次，访谈回顾了孟加拉国作家为民族文学发展付出的诸多努力，列举了孟加拉民族文学的杰出代表人物。最后，访谈分析了孟加拉文学面临的危机，展望了中孟比较文学合作的前景。

关键词：孟加拉文学　"进步文学"　理论—话语　民族性　比较文学

I. The Cultivation of Talents at the Department of English in Dhaka University and the Development of Bengal National Literature

Zhang Cha: You're the 20th chairperson of the Department of English at University of Dhaka, a higher institution enjoying a long history of nearly 100 years. Thus, to begin with, I would like to ask you a few questions related to the department. Buddhadeva Bose is a graduate from the department, a famous literary genius and a major Bengali writer of the 20th century, and the most multi-talented amongst those belonging to the "post-Tagore" period. What's the most important contribution Buddhadeva Bose made to Bangladeshi literature?

Kazal Krishna Banerjee: Thank you for this particular question. I find you to have correctly judged and appreciated Buddhadeb Bose. No other graduate of our Department is as laudable as he is. But, for certain reasons, he remains unappreciated or underappreciated. This is the situation in spite of how he took warm care of the writers of former East Pakistan and present Bangladesh through publishing them on the pages of the *Kabita* (*Poetry*), the literary magazine he edited in Kolkata. Many are the reasons or excuses we place for being cold towards him. But, those are not tenable. Buddhadeb and similarly placed writers contributed to Bangladeshi literature through their literary works which were not only quality in language and form but modernist also in content. Abul Hossain, Shamsur Rahaman, Ahsan Habib and other writers or poets found models in Buddahdeb and others of his group, and found it wise to keep away from the path of literary culture marked by Pakistani nationalism.

Zhang Cha: Buddhadeva Bose translated Kālidāsa, Charles Pierre Baudelaire, Friedrich Hölderlin, and Rainer Maria Rilke. What do you make of Buddhadeva Bose's translation work?

Kazal Krishna Banerjee: I don't want to enter into the intricate task of judging or appreciating these works of translation. But, the very big range of works translated by Buddhadeb can not but impress one. This was anti-colonial and rather revolutionary in that sense. This is looking at India's own treasure and treasure at places beyond the British empire. Translating Baudelaire, Hölderlin and Rilke was introducing readers to the modern European greats—maybe modernist greats. And, this was globalization beyond colonial connections and boundaries. This had other impacts of course, even if all of them were not positive.

Zhang Cha: Before the foundation of the *Pragoti* ("Progress"), Buddhadeva Bose launched a hand-written version in 1925. What's the significance of Buddhadeva Bose's hand-written version of the *Pragoti*?

Kazal Krishna Banerjee: The hand-written version had brought some potential and young writers of Dhaka together. They were mostly college-goers. And they matured and trained up themselves for the latter phase of printed *Pragoti*.

Zhang Cha: The *Pragoti* was founded in Dhaka in about 1926. In what way did the printed *Pragoti* make a remarkable contribution to the emerging modernist movement?

Kazal Krishna Banerjee: The hand-written version of the *Pragoti* came out in Dhaka around 1926 when Buddhadeb Bose and his young cohorts were intermediate-level students at colleges of Dhaka. They were literary enthusiasts, and brought out similar other magazines like *Kshanika* (A transitory being) and *Bhagnorath* (A dismantled chariot). These ventures created the ground for printed *Pragoti* when Buddhadeb had got himself admitted into the University of Dhaka and a number of budding litterateurs could agree about collecting one hundred rupees per month for printing the monthly *Pragoti*. The writers who printed *Pragoti* majorly featured— Jeebananda Das, Bishnu Dey, Achintya Kumar Sengupta, Ajit Kumar Dutta, Premendra Mitra—representing a bunch of forward—looking writers. *Pragoti*, as a periodical journal also—faced the tradition-bound tirades from the *Shanibarer Chithi* (*Letter / Mail of Saturday*). It came to a stop after publishing for some three years, but by that time, it had been able to cut substantial marks as sort of a precursor of the *Kallol* (*A Tumult*) which broadly represents the period of modernism in Bangla poetry. *Kallol*, as Buddhadeb himself went to point out, was less polemical than the *Pragoti*. Subhash Mukhopadhyay also claimed the position of leadership for *Pragoti*, for its being the target of the traditionalist opponents. *Pragoti* took upon itself the role of negotiating with Rabindranath Tagore. It was the crucial medium of expression for both Jeebananda Das and Bishnu Dey.

Zhang Cha: Munier Chowdhury is the other renowned graduate from the Department of English at University of Dhaka, who received the Bengla Academy Prize in 1962, Daud Prize (David Prize) in 1965, and Sitara-e-Imtiaz Award (Star of Excellence Award) in 1966. What's the main achievement of Munier Chowdhury in Bangladeshi literature?

Kazal Krishna Banerjee: You are correct. Munier Chowdhury is perhaps the third-most renowned graduate of our Department of English, coming after Buddhadeva Bose and Shamsur Rahaman. He got all those prizes you have mentioned; but, he is far greater than those prizes suggest. Quite early in life, he got oriented towards Maxism, and turned into a literary activist of immense influence. Pakistan Government put him behind the bars, and, while in prison, he wrote a very significant play titled *Kabar* (*Graveyard*) that highlighted the martyrs of the famous Language Movement of East Pakistan. He grew further in scholarship and wrote and translated in very meaningful ways. His lectures in classrooms of Dhaka University also were very impressive and popular. He is one of the legendary intellectuals who fell martyrs on 14th December, 1971.

II. The Efforts of Bangladesh Writers for the Development of Bengal National Literature and the Representative Outstanding Writers

Zhang Cha: Your areas of interest are African literature in English, English romantic poetry, Victorian poetry, and Henrik Johan Ibsen's plays. Why does African literature attract you much more than Eurocentric literatures?

Kazal Krishna Banerjee: I went by some ideological senses in fixing up and developing my interests. History of colonial exploitation and struggle against injustice took me closer to the African, Latin American and Asian literatures. Phases of European history have connection with all these. That's why and how my interests are widely distributed among geographical and temporal areas. I wrote my doctorate on plays by Wole Soyinka, the first Black writer to get the Nobel. I continue in my interest in African literature, and have put up in Dhaka one small centre for studies in African cultures and literatures. I need and collect assistance for running this centre.

Zhang Cha: "Pragotisahitya" ("Progressive Literature") is a very important term in your book *Pragatisahitya: Katipoy Tattwobichar* (*Progressive Literature: Evaluation of Some Theories*). What's "Pragatisahitya"("Progressive Literature")?

Kazal Krishna Banerjee: Pragotisahitya is literature that serves the causes of social transformation or progress. I have, for our part of the world, national liberation movement and socialism in my mind as causes to be promoted through literary works. Forces of nationalism and socialism were in a joint expedition on the world-scale, and successes came in rows until the late 1970s. Other important causes I want art and culture to serve are secularism and democracy. Theocracy, orthodoxy and fundamentalism are big blocks on the path of progress. These need to be exposed and resisted. Writers and intellectuals should write and speak to oppose all these regressive forces of history.

Zhang Cha: Why do you question the restrictive sides of Theory-Discourse?

Kazal Krishna Banerjee: In continuation of my opinions about progressive literature, I would like you to mark that "Theory" and "Discourse" appeared on the world-scene towards the late 1970s. High Capitalism and imperialism had by that time succeeded in defeating forces of national liberation and socialism. Some military coups and assassinations also had taken place by that time causing further deterioration of the situation. President Sheikh Mujibur Rahman of Bangladesh and almost all members of his family had been butchered. World socialism had started facing sorts of inherent troubles. It was at that crucial point of time that Theory-Discourse appeared to compliment and strengthen world capitalism, to help it ideologically in getting back a fresh lease of life. Inside Bangladesh, we should mark this very joining of hands between assassination and army-rule in the late 1970s on the one hand and appearance of Theory-Discourse, on the other. Theory-Discourse created confusion, obfuscation and directionlessness among students and academics. It drove away secularist and socialistic understanding of life and reality. The very language of Theory-Discourse was symptomatically very restrictive.

Zhang Cha: What're the problems of intellectual practices in Bangladesh?

Kazal Krishna Banerjee: Intellectual practices in Bangladesh face restrictions typical of a backward and restrictive ambience. Senses of block and impediments originate here primarily in the vehemently-growing capitalism that is right now here. Political democracy is under pressure, and that pressure spreads to other areas of life—areas of cultural and intellectual practice. Restrictions come equally or more from the forces of theocratic extremism, fanaticism and terror also. Bloggers in Bangladesh have been assaulted and killed, and compelled to leave Bangladesh. Writers and intellectuals themselves, again, are not sufficiently liberal or emancipated. *"State-religion Islam" Amendment of the Constitution* also is there to embolden the fanatics and extremists. Socialism and secularism have lost in importance and image. Certain clauses of the ICT Act[①] have been put in place to curb the freedom of the journalists and writers. Neo-liberal forces have not lagged behind in imposing restrictions.

---

① the ICT Act: short for "the Information and Communication Technology Act".

141

Zhang Cha: Why do you think that as an intellectual, thinker, and activist, Antonio Gramsci's name can undoubtedly be placed just after Karl Marx, Friedrich Engels, and Vladimir Ilyich Lenin?

Kazal Krishna Banerjee: I do not do that from any strict sense of order in importance. As I wrote one particular essay about Gramsci, I highlighted him But, Antonio Gramsci has always impressed me for his very strong commitment to his causes, his blending of theory and praxis, and his creative contribution to Marxism. Gramsci suffered and sacrificed like the other three you have mentioned.

Zhang Cha: Why do you think highly of Wole Soyinka, the Nigerian playwright, poet, novelist and critic?

Kazal Krishna Banerjee: "Tension and Synthesis in Wole Soyinka's Plays" is the title of my doctoral thesis on Wole Soyinka. I would mention this very finding to be my sense of greatness about Soyinka. Among modern African writers, Soyinka impresses me more than others for his holding together conflicting threads of themes and his efforts at striking a synthesis-balance among the interactive issues.

Zhang Cha: What efforts did the Bangladeshi writers make to mine their own traditions and hone their own Bengali styles in the context of globalization?

Kazal Krishna Banerjee: Bangladeshi writers, to prepare for and justify their claims to independence from Pakistan, tried to discover proofs of their cultural and linguistic traditions and distinctions. They glorified Charyapada poetry, for example, as one very old specimen of Bengali poetry, traces of which were found in Nepal. They researched folk lore also, and could come up with folk ballads like Mymensing Geetika, Poorbabangla Geetika, etc. They upheld the meeting points among the literary and folk lore items created by the Bengalis belonging to different religious creeds or faiths. All these served the cause of forging a cultural nationalism and unity against the Pakistani rulers who discriminated and exploited the people of East Pakistan. Developing and sharpening edges of cultural distinctions by our writers helped develop resistance against the encroaching grips of globalization also.

Zhang Cha: On March 26, 1971 East Pakistan declared independence from

Pakistan. On April 17, 1971, the Interim Government of the People's Republic of Bangladesh was established with Sheikh Mujibur Rahman as President. The independence of Bangladesh marks a great event in Bangladeshi history. What's the significance of the Bangladeshi independence for Bangladeshi literature?

Kazal Krishna Banerjee: Bangladesh's independence unleashed a host of forces of progress and emancipation. That war of independence was almost a people's war unlocking many age-old bonds and shackles, including many in the areas of art and literature. The years of the Bengali nationalist movement saw growth in genres of art, culture and literature—both in form, technique and content. The Pakistani or Islamic trends and streams faced strong resistance from the part of the secular and Marxist intellectuals of East Pakistan. And, this formed a complimentary parallel to the nationalist politics of the 1950s and the 1960s, and created a congenial ground for the war of independance of 1971. There were prospects of these transitions growing much further. But, the reactionary backlash that unfolded majorly through the assassination and army coup of August, 1975 resulted in a jolting loss of these prospects. But, the great impacts of the great war of 1971 are never to be finally lost or spoilt. People's dreams and strivings evolving and revolving round the Liberation War of 1971 will continue to guide and shape our art and literature.

Zhang Cha: Bangladesh is an agricultural country and thus most of its writers are from rural areas, and the subject matters of their writings are usually countryside. To my knowledge, Syed Waliullah is thus a novelist. Would you please outline the main features of Syed Waliullah's literary works?

Kazal Krishna Banerjee: Syed Waliullah had mostly one urban upbringing. He was widely read also. All these freed him from limitations and inhibitions typical of a feudal Islamic culture that was here then. He grew up as an intellectual of very fine sensibility and keen sensitivity. His contacts and connections also helped him in this. He was influenced by Karl Marx and other Western philosophers, like Jean Paul Sartre. His Marxist and rationalist friends also influenced him. In fact, rarely is there anyone like him among our

143

great writers. Scathing criticism of orthodox Islamic ways of living and senses of values is one hallmark in his case. Some Marxist-claimers are here among our writers, but they are not totally free from senses of support for theocratic rule or fundamentalist ways. Waliullah is not like them. Waliullah is exceptionally enlightened and liberal among Bangladesh's writers. He is highly ideological in the content portion of his works. He has exposed fundamentalist and fanatic ways prevalent among the rural population of Bangladesh.

Zhang Cha: At the beginning of the 20th century, a group of poets with a sense of mission to the nation stood out of the Bangladeshi Muslims, and among them the most famous is Kazi Nazrul Islam. For what did Kazi Nazrul Islam win the title of "Rebel Poet"?

Kazal Krishna Banerjee: Kazi Nazrul Islam and the strivings for securing a religious nationhood like what Pakistan represented later on do not go together. Nazrul by himself contitutes a unique stream of cultural consciousnes and creativity. Though he gave voice to certain aspirations of the Bengali Muslims, his works contain many more ideas, elements and components than that indicates, and later, he grew into a thriving confluence of the apparently contradictory tributaries—secular, Marxist, humanistic, and liberally Islamic. He added Arabic and Persian words to Bengali language—a new dimension to the language that was in use then there, and it created a new and important balance. And, the ideas and ideologies of both individual emancipation, political independence of India and economic emancipation of the have-nots—all conbine to create a "rebel" identity for him. Nazrul was a category by himself, a unique emanation from his time.

Zhang Cha: Some critics hold that Kazi Nazrul Islam is the second most important after Rabindranath Tagore in Bengali poetry. Do you agree with the critics on this?

Kazal Krishna Banerjee: Yes, I agree. For, with and in spite of his Muslim identity, Nazrul is very liberal, secular and progressive. His representing his community in all these has brought about a new and valuable balance between the Muslims and Hindus. Because of his personal connections with the Marxists, Nazrul could bring forward not only Muslims; he could thus link all the modernists even with the Marxists like Sukanta, Subhash and Bishnu Dey.

Nazrul's use of Arabic and Persian words used by the Muslims in their daily lives also brought about an important balance in Bengali language and literature.

Zhang Cha: Shamsur Rahman is the most brilliant star in the world of poetry in Bangladesh, and his poems are of great artistic value. What are his main contributions to Bangladeshi literature?

Kazal Krishna Banerjee: Along with some other poets like Abul Hossain, Ahsan Habib, Syed Ali Ahsan and Hasan Hafizur Rahaman, Shamsur Rahaman worked as a sort of bullwark against the conservatism of Pakistani nationalism that was launched in years around the partition of 1947. Sustained and intensive efforts were made by the cultural ministry and departments of newly-established Pakistan to introduce sort of an Islamic Bangla literature— poettry, novel, drama, etc, and poets like Farruk Ahmed, Talim Hossain, Banazir Ahmad tried to create a volume of Pakistani Bengali poetry. The poets including Shamsur Rahaman I have mentioned earlier found it unacceptable, and wrote in continuity of what has for a long time been the tradition of Bengali literature or poetry. They did not give up the folk, modernist or Marxist heritage of one older and undivided Bengali poetry. Poets like Buddhadev Bose in Kolkata and the band of poets connected with Shamsur Rahaman in Dhaka kept in touch with one another and interinfluenced. No severance of connection took place. Apart from his own and original brand of poetic creativity, Shamsur Rahaman's conscious commitment to modernity and all political movements and street-resistances in East Pakistan enabled him to emerge as the leading poet of post-partition Bangla poetry of East Pakistan and Bangladesh. His exposure to world literature also was wide and highly commendable.

Zhang Cha: The Nazrul Institute, Bangladesh's national institute, was established in February 1985 with its headquarters located in Kabi Bhaban in Dhanmondi, Dhaka, Bangladesh. What roles does the Nazrul Institute fulfill?

Kazal Krishna Banerjee: With the splits and indecisions in our senses of national identity, we have so far failed in owning and presenting Kazi Nazrul Islam. And that is why also the Nazrul Institute in Dhaka is not becoming duly active and vibrant. This is very lamentable. The Nazrul Institute should have played a much more central role in our education and culture.

III. The Threat of Bangladeshi Literature and the Prospect of Sino-Bangladeshi Co-operation in Comparative Literature Studies

Zhang Cha: Koyamparambath Sachidanandan holds that the theory of globalization is based on a single country and a single culture and attempts to monopolize the right of culture, that the greatest threat India faces in the process of globalization is the death of the national language, and that as the English language is prevalent on the Internet, English is replacing the languages of India, While Indian literature is gradually losing its nationality.[①] Does Bangladeshi literature face the similar threat?

Kazal Krishna Banerjee: India faces a bigger threat than we face in Bangladesh, perhaps because the Indians use a number of state and regional languages, none of which is equal to English in prevalence and use. In Bangladesh, Bangla is the single most important language and English is the single second language. English is gaining in importance in Bangladesh as the official or commercial language, but its literary use is still much more limited or smaller than in India. Use of English on the internet is, however, increasing its pressure on Bangla in Bangladesh. In Bangladesh also, we cannot ignore the issue of linguistic imperialism.

Zhang Cha: Contrary to such scholars as Johann Wolfgang von Goethe and Hutcheson Macaulay Posnett, the scholars like Rabindranath Tagore and Zheng Zhenduo held that world literature study should be conducted from the perspective of the East. What's your understanding of this?

Kazal Krishna Banerjee: Some such changes should be brought about, at least on a trial basis. Like how Ngũgĩ wa Thiong'o as I hinted earlier, proposed in the early 1960s that they in Kenya should no longer read English Literature at the Department of English Literature, Nairobi University, we should go for recasting our literary and language studies. Ngugi further proposed that the Kenyans should study world literature, African literature

---

① Koyamparambath Sachidanandan, "Globalization and Culture", 见曹顺庆等著，《比较文学学科理论研究》，成都：巴蜀书社，2001，第 229 页。

being the starting or centre piece.

Zhang Cha： Buddhadeva Bose set up the Department of Comparative Literature at Jadavpur University, Calcutta. What part did Buddhadeva Bose play in the Bangladeshi Comparative Literature?

Kazal Krishna Banerjee: To my understanding, comparative literature does a very big good by dismantling the stronghold of a few elite languages or literatures. Buddhadeb played a progressive role by setting up the first department of comparative literature in our subcontinent at Jadavpur University, Kolkata. This has impacted on us as well. In Bangladesh, we are now more open to ideas of big importance of other languages and literatures of the Indian subcontinent and beyond. Of course, there is the famously complimentary impact of what Ngũgĩ wa Thiong'o and others also did in case of the English Department of Nairobi University. Issues of Anglicisation and related imbalance should have been addressed long back in all possible ways, and Buddhadeb's venture helped this cause of due resistance and moderation.

Zhang Cha： What's the prospect of Sino-Bangladesh co-operation in academic especially comparative literature studies?

Kazal Krishna Banerjee: I was about to touch upon this prospect while answering the question about Buddhadeva Bose's launching of the department of comparative literature at Jadavpur University, Kolkata. That was a turning point, of liberating ourselves from certain Eurocentric senses of boundary. Along with some other Asian greats, Lu Xun, Lao She, Zhou Zuoren and some other greats of Chinese literature should be placed on the syllabus of comparative literature in Bangladesh. There is the Bangabandhu Institute of Comparative Literature at Jahangirnagar University, Savar, Dhaka. We can think of launching one such Institute at Dhaka University also. And, in framing syllabus or recasting it, we can always go for striking a balance among major literatures of the whole world including Asia.

Authors:

Zhang Cha, professor of English language and literature at School of Foreign Languages, Sichuan Normal University; at Sichuan Provincial Key Research Base of Comparative Literature, and Ph. D. candidate in Comparative Literature and World Literature, College of

Literature and Journalism, Sichuan University. He is Peer-reviewer of both *US-China Foreign Language* and *Sino-US English Teaching*, and Editor-in-Chief of *Collected Essays of Foreign Languages and Literatures*. His main fields of scholarship include Anglo-American literature, comparative literature and world literature.

Kazal Krishna Banerjee, pen-named Kajal Bandyopadhyay, obtained his Ph. D on African Literature in English from Jadavpur University, India. He is Professor and Chairman at the Department of English, University of Dhaka, the People's Republic of Bangladesh. He worked on the editorial Board of the reputed literary journal in Bangladesh, *Ganosahitya*, during 1985 −1988. His main fields of scholarship include African literature in English, English Romantic poetry, Victorian poetry and Henrik Johan Ibsen's plays.

作者简介：

张叉，四川师范大学外国语学院教授，四川省比较文学研究基地兼职研究员，四川大学文学与新闻学院比较文学与世界文学博士研究生，《美中外语》（*US-China Foreign Language*）与《中美英语教学》（*Sino-US English Teaching*）审稿专家，《外国语文论丛》主编，主要从事英美文学、比较文学与比较文化研究。

卡扎尔·克里希纳·班纳吉，笔名卡贾尔·班迪奥帕迪亚，男，印度贾达夫普尔大学非洲英语文学博士，孟加拉国达卡大学英语系教授、主任，孟加拉国著名文学期刊《人民文学》（*Ganosahitya*）编辑（1985—1988），主要从事英语非洲文学、英国浪漫主义诗歌、维多利亚诗歌和易卜生戏剧研究。

克莱尔·德尼电影的身体美学研究

胡沥丹

摘　要：克莱尔·德尼（Claire Denis）是当今法国电影界独树一帜的导演，也是世界影坛最杰出的电影作者之一。她的电影在题材选择和美学品位上都自成一格，尤其体现在对"身体"的表征上。目前国内学界鲜有针对其作品进行的系统研究。本文将首先聚焦电影与身体的关系，然后从以下三个方面来探讨其身体美学的建构：身体与后殖民；身体与哲学；女性身体与主体性。本文通过梳理西方学者对德尼电影的主要研究著述，期望为拓展国内学界对法国电影的研究提供新的视野。

关键词：克莱尔·德尼　身体　身份　后殖民　女性主体

Aesthetics of Body in Western Scholarship on Claire Denis' Cinema

Hu Lidan

Abstract: Claire Denis is one of the most distinguished film auteurs not only within French cinema but also in world cinema. With her focus on the representation of the body in cinema, she has developed an identifiable set of thematic concerns and a unique style. Despite Denis's importance, no systematic discussion of her films is yet available in Chinese academic publications. A review of Western scholarship on Denis indicates three major concerns: the body and post-colonialism, the body and philosophy, and the female body and subjectivity. This essay will make the perspectives of Western scholars' research on Denis's films available to scholars in China.

Keywords: Claire Denis; body; identity; post-colonialism; female subjectivity

作为一位极为风格化的导演，克莱尔·德尼的电影在形式上弱化叙事和对话的功能，突出视听手段所营造的感性氛围，人物间的张力往往通过暧昧的镜头语言来传达。正如道格拉斯·莫雷（Douglas Morrey）所说，德尼的电影拒绝给予明确的能指，而重在提供一种感知（2008，p. 10）。其电影的构建以"身体"为核心，通过镜头对身体的捕捉引至对人性的探幽。德尼在电影手法上的节制和对人性的敏锐洞见相得益彰，创造出了独特的电影美学。然而相比其他法国导演，国内学界对德尼的研究非常稀缺。本文梳理西方学者对其电影创作的主要研究著述，旨在增进国内学界对这位重要导演的了解，并拓展对法国电影的研究视角。

德尼出生于 1946 年的巴黎，她的父亲是法国驻西非殖民地的高级官员。由于父亲的工作关系，她出生之后便随父母生活在西非，并在当地学校接受教育。这段童年经历直接影响了德尼日后对后殖民主题的关注。德尼对电影的迷恋源自母亲的影响。14 岁时她随母亲回到了法国并选择了从事与电影相关的工作。从法国电影高等学院毕业之后，她曾给一些非常知名的导演——法国"新浪潮"导演代表人物之一雅克·里维特（Jacques Rivette）、德国导演维姆·文德斯（Wim Wenders）、南斯拉夫导演杜尚·马卡维耶夫（Dusan Makavejev）、美国导演吉姆·贾木许（Jim Jarmusch）担任过助手。这些经历对德尼电影观念的形成起了不可忽视的作用。直到 1988 年她才创作了自己的第一部故事片《巧克力》（*Chocolat*），该片以法属殖民地喀麦隆为背景，具有很强的自传色彩。时至今日，这位 73 岁的"非多产导演"完成了 13 部故事片、3 部纪录片以及一些短片创作。

目前有两部德尼电影的英文研究专著出版：《克莱尔·德尼》（*Claire Denis*），马蒂娜·伯涅著（Martine Beugnet，2004）和《克莱尔·德尼》（*Claire Denis*），朱迪斯·梅恩著（Judith Mayne，2005）。伯涅把德尼的电影置于吉尔·德勒兹（Gilles Deleuze）的电影哲学框架下，讨论了电影中涉及的法国民族身份和文化，后殖民认同、异化和越界的问题，并探讨了性、欲望和感官体验之间的连接。梅恩主要从电影作者论和女权主义的角度来解读德尼的电影创作。另外，在 2008 年出版的一本法语电影著作《克莱尔·德尼的电影或感官之谜》（*Le cinéma de Claire Denis ou l'énigme des sens*，by Sébastien David et al）收录了对她的生平介绍以及对电影中音乐与身体的讨论。2014 年马乔里·韦奇奥（Marjorie Vecchio）选编的《克莱尔·德尼的电影：边境的亲密关系》（*The Films of Claire Denis: Intimacy on the Border*）出版，此书收录了对德尼职业生涯中亲密合作者的采访，以及一些知名学者对其电影主题、风格、技巧的研究。

德尼曾言："通过电影捕捉人物的身体是我唯一感兴趣的事。"（Mayne，2005，p.25）可以说，对身体的独特呈现是德尼电影的风格标记。有关德尼电影中"身体"的探讨，西方学者主要从"触感视觉论"（haptic visuality）、"情感论"（affective theory）等与感官研究相关的理论视角来阐释。比如马蒂娜·伯涅把德尼的电影定位为"感觉的电影"（a cinema of sensation）（Beugnet，2007，p.3），这一提法已广为接受。本文将聚焦德尼的电影代表作，梳理学者们围绕"身体"而展开的言说。首先本文将阐述西方学者对其电影与身体之关系的分析，然后从以下三个方面来探讨身体美学的建构：身体与后殖民，身体与哲学，女性身体与主体性。

一、关于身体的电影与关于电影的身体

以"身体"为中心的研究主要以现象学为哲学基础，关注德尼电影带给观者的触感特质（tactile quality）。马蒂娜·伯涅在其 2007 年出版的法国电影研究专著《电影与感觉》（*Cinema and Sensation*）中，把德尼与其他当代法国导演相比较，借用德勒兹的电影哲学理论论述了"感觉的电影"所具有的特点。伊莲娜·德尔·里欧（Elena del Río）同伯涅一样也借助了德勒兹的哲学理论，强调电影带给观者的感官体验。艾德里安·马丁（Adrain Martin）强调"肉身"（flesh）在德尼电影中的重要性，并把身体置于四个不同的层面讨论。劳拉·麦克马洪（Laura McMahon）则以另一位法国哲学家让－吕克·南希（Jean-Luc Nancy）的触觉哲学理论（philosophy of touch）对德尼的电影进行解读。

伯涅提出，德尼电影的主要特点是对感觉的强调，而这种电影并不从属于通常意义上的电影二元分类：叙事电影或者实验性电影。前者主要对应好莱坞叙事电影，而后者主要指第二次世界大战之后出现的意大利新现实主义和法国新浪潮电影等（关于这两类电影的细致区分可参见德勒兹《电影Ⅰ：动作－影像》《电影Ⅱ：时间－影像》）。在伯涅看来，德尼的电影属于这二元对立之外的"第三条路径"（a third path）（Beugnet，2007，p.3）。这种"感觉的电影"既不反叙事，也不限于实验电影范畴，而是介于两者之间。结合德勒兹在《感觉的逻辑》（*Logique de la sensation*）中对现代艺术如何超越具象（figuration）又不落入抽象（abstraction）的阐述，她认为以德尼的电

影为代表的部分当代法国电影召唤"触觉性的凝视"（haptic gaze）（其含义借自德勒兹对弗拉西斯·培根作品的解读），呈现出如劳拉·马克斯（Laura Marks）所定义的"触感影像"（haptic images）（p. 66）。触感影像要求观者将图像视为物质存在而非电影叙事的成分。这种影像刺激观者打开自己的感官，在生理层面上被影像感染，由此打破观影过程中对影像的"理性疏离"（p. 3）。伯涅认为这类电影不仅通过对身体的呈现反映现代人身份的不确定性，电影本身也如同人体一样是由感觉实体（sensory entities）而构成（p. 150）。

里欧的《克莱尔·德尼电影中的身体变换：从仪式到游戏》（"Body Transformations in the Films of Claire Denis：from Ritual to Play"，2003）同样在德勒兹的哲学框架下阐释德尼的电影。里欧认为德尼的电影以其感觉性和超现实的特点区别于经典电影的叙事规则和认知框架。电影对自身和世界的理解更多的是通过多层次的"感官棱镜"（multi-sensual prism）来实现的，强调电影带给观者的感官体验（Rio，2003，p. 185）。此文主要通过对两部电影——《不知不觉爱上你》（*Nénette and Boni*，1997）和《军中禁恋》（*Beau travail*，1999）的分析，来展示它们的转化性或表演性过程，并借助德勒兹有关"电影作为感觉制造机器"的理论，指出这类过程消解了观影机制对身体的规训，而把其转变为无法预知的具有游戏性质和感官刺激的事件（p. 185）。里欧也同伯涅一样，把德尼的电影比喻为人体，观者获得直接的感官刺激，从而区别于观看叙事电影或者实验电影的体验。

马丁在其《乘车票：克莱尔·德尼和身体的电影》（"Ticket to Ride：Claire Denis and the Cinema of the Body"，2005）当中指出德尼电影的基石是"肉身"（flesh）。德尼的电影常聚焦于人的皮肤——这些皮肤以特写的形式裸露在镜头前，直接召唤观者的反应。用马丁的话来讲，"人的肉身成为电影中的风景（landscape）"（Martin，2005）。马丁认为德尼的"身体的电影"（the cinema of the body）指向四个层面，每个层面不是按时序来排列的，而是相互交叠，特定的电影可能会由某一层面做主导。以《巧克力》为例，第一个层面涉及殖民和后殖民背景之下的种族问题；第二个层面关注身体作为一种具有社会属性的存在；第三个层面聚焦于原始的、具有动物性的欲望；第四个层面则指向有关社群的哲学，亦即电影中的家庭关系。

麦克马洪的《撤回触摸：德尼、南希及〈入侵者〉》（"The Withdrawal of Touch：Denis，Nancy and *L'Intrusl*"，2008）也聚焦触感问题。她对德尼的电影《入侵者》（*L'Intrus*，2004）的讨论从劳拉·马克斯的触感视觉论入手。马克斯在《电影之肤》（*The Skin of the Film*，1999）一书中定义了触感视觉论的一些形式和特征：颗粒状，不清晰的图像；唤起感官记忆的感性图像（比如水）；对人物的嗅闻、品尝等行为的描绘；对身体进行特写的镜头和对物体表面进行的水平摇摄；焦点的变化，曝光不足和过度曝光；密集纹理的图像等。但与别的学者不同，麦克马洪认为《入侵者》并没有遵循马克斯对触感的现象学分析（强调观者与电影图像之间亲密的直接的互动关系），相反，在这部电影中触感变成了"一种空间化的修辞，呈现出琐碎和退缩的特点"（McMahon，2008，p. 29）。通过对法国哲学家南希的两部著作《不要触摸我》（*Noli Me Tangere*，2003）和《入侵者》（*L'Intrus*，2000，德尼的同名电影据此改编）的引入，麦克马洪指出南希对触感的认识不同于马克斯——南希更强调的是缩回，也就是一种疏离的状态，而这种状态正是与德尼的电影相符的。由此麦克马洪提供了另一个解读"感觉的电影"的视角。

从以上具有代表性的研究成果可以看出，对身体和感觉的强调是德尼电影创作的基石。学者们多以由现象学生发出的电影哲学理论来阐发其超越视听范畴的触感电影特征。

二、身体与后殖民

对德尼的第一部故事片《巧克力》的评析主要以后殖民主义阐释为主。这部被认为具有自传色彩的电影以闪回的叙述方式，从一个白人小女孩的视角讲述了一个法国军官家庭在法属非洲殖民地喀麦隆的生活。片中小女孩有一个极具象征含义的名字：法兰西（France）。在成长过程中她与家中的黑人男仆菩提（Protée）结下了深厚的友谊。电影在叙事上非常有趣的部分在于，小女孩的白人母亲艾米（Aimée）与这位黑人男仆之间微妙的情欲张力其实已经超出了小女孩的感知能力。法兰西既是一个纯真的小女孩，而其作为殖民（者）的隐喻又是这片非洲大地的掠夺者和迫害者。肤色（白色和巧克力色）标记着永远无法消弭的种族隔阂和对立。

凯瑟琳·阿塞尔斯（Katherine Asals）在其题为《克莱尔·德尼早期故事片中的沉默的黑色中心》（"The Silent，Black Centre in the Early Features of Claire Denis，"2007）的文章里讨论了德尼简明、低调的美学趣味，指出她早期的三部故事片［《巧克力》；《不怕死》（*S'en fout la mort*，1990）；《我不困》（*J'ai pas sommeil*，1994）］都反映了对身体进行的"沉默的，若有所思的观察"，以及对情欲张力的突显（Asals，2007，pp. 2—8）。阿塞尔斯认为三部影片对男性身体（都以黑人男性为主角）的关注是德尼叙事策略的关键——通过镜头建构起来的身体已经成为把角色置放于观者认同过程的重要一环（p.2）。菩提作为黑人男性的存在直接指向的是白人和黑人之间的种族关系问题，而非仅仅提供电影的叙事背景。阿塞尔斯敏锐地注意到，虽然本片是从小女孩法兰西的视角出发，但是在影片中的许多地方，叙述的视角已经超越法兰西作为一个孩子的有限视角，跟随的是菩提的视角。但实际上，从电影叙述学的角度来讲，菩提提供的并不是视角，因为他大多数时候是处于被观看的位置。然而阿塞尔斯似乎在暗示电影的运镜方式表达了菩提的主体性。她提出菩提的内心情感是通过"身体的存在、镜头对他的关注以及有力的低调的表演"来传达的，对其身体的许多近镜头拍摄和仰拍使他在片里的分量变得非常厚重（p.5）。阿塞尔斯认为这种对身体的强调虽然有恋物的因素，但是影片更侧重于把这位黑人男性塑造为影片的中心，使他变成一个对观者来讲可被理解的人物。同时，阿塞尔斯还提出了一个很有趣的观点。她认为镜头强调菩提的身体之美与片中两位白人女性（法兰西和艾米）的凝视（gaze）非常相关，而观众是通过这两位女性的视角来观看菩提的。在艾米的眼光中，菩提是一个欲望的对象，同时也对她的欲望有所响应，所以菩提并非处于绝对被观看的/物化的位置，而是具有一定的能动性。他们之间的情欲张力主要是通过两人的目光、神情的微妙变化和身体姿态来传达的。然而这两人的禁忌之欲望最终不可能完满。这部电影也引起了一些争议，有学者认为其遮蔽了殖民史的真相并有强化殖民主义视角的嫌疑（Hole，2013）。

德尼的另外一部非常重要的影片是《军中禁恋》（Beau travail，1999）。这部电影仍然以法属非洲殖民地为背景，讲述的是同性之间的情欲故事。这部电影取材于美国作家赫尔曼·梅尔维尔（Herman Melville）的小说《比利·巴德》（Billy Budd，1924），但与原作的历史背景和故事内容相去甚远。电影发生在东非吉布提，一位英俊而健美的新兵桑泰恩（Sentain）加入了法国驻东非殖民地志愿兵团，兵团的中尉格罗普（Galoup）对他既嫉妒又爱慕。而桑泰恩与司令官布鲁诺（Bruno）之间逐渐表现出了暧昧的情愫，这更加引起了格罗普的嫉恨。

苏珊·海沃德（Susan Hayward）在其文章《克莱尔·德尼的电影和后殖民身体：特别提及〈军中禁恋〉》（"Claire Denis' Films and the Post-Colonial Body: With Special Reference to Beau travail"，1999）中指出《军中禁恋》反映了殖民主义同时施加于殖民者与被殖民者的心理影响。文章借用了斯图亚特·霍尔（Stuart Hall）的后殖民理论来界定"后殖民身体"（the postcolonial body）——其既关乎被殖民者，也指向前殖民者。海沃德认为这部电影展现了对于"后殖民身体"而言不可追回的逝去的记忆和一种逃避与制造神话的态度（Hayward，1999，p. 159）。德尼在其电影中通过"后殖民身体"来展现殖民主义影响下个体的挣扎。而"欲望"和"危险"是理解德尼"后殖民身体"的关键词（p. 162）。德尼通过特写镜头和穿插在片中的舞蹈场景使得观众触摸和感觉男性士兵的身体。片中那段著名的士兵操演的场景在摄影师的镜头下更像是仪式性的舞蹈表演——男性身体刚柔相济的美通过镜头充分展现。然而海沃德也指出，电影中的个体并非自我（self），"个体拥有的仅仅是一个没有指涉的象征性的名字，没有自身的分量、历史和记忆，从而无法拥有身份和欲望"（p. 165）。

后殖民是德尼故事片创作的起点，也是她一生都在挖掘的题材。尽管不是每一部作品都直接与后殖民相关，但在对种族、身份和人性问题的持续探索中，总可以捕捉到她对后殖民问题的思考。

三、身体与生存

围绕德尼与哲学家让-吕克·南希的研究也比较丰富。德尼与南希的跨界互动始于 2000 年初期。2001 年南希发表了一篇关于《军中禁恋》的短文，纳入的是他有关基督教解构的哲学论述。南希随后写了另外一篇有关德尼的惊悚电影《日烦夜烦》（*Trouble Every Day*，2001）的文章，讨论身体与触摸的关系。而德尼于 2002 年拍了一部关于南希的短片《面对南希》（*Vers Nancy*），收于《十分钟，年华老去》（2002）中"大提琴"的部分（*Ten Minutes Older: The Cello*）。2004 年德尼根据南希自传性作品《入侵者》拍了同名电影。作为回应，南希写了一篇关于此片的文章。两位作者的作品虽然体裁不同，但是都关注了一些共同话题，诸如：身体与身份、外来性与社群关系等。

道格拉斯·莫雷的文章《开放性创伤：让-吕克·南希和克莱尔·德尼作品中的身体和影像》（"Open Wounds: Body and Image in Jean-Luc Nancy and Claire Denis"，2008）指出"身体"和"影像"是南希的哲学与德尼的电影的共同关键词。莫雷引用雅克·德里达（Jacques Derrida），认为南希对身体的关注点主要以"触摸"（touch）为中心，而南希对艺术意义的探讨主要围绕影像（包括图画和电影）展开（Morrey，2008，p. 10）。德尼的电影创作也具有同样的关注点。莫雷在文中以德尼的电影《军中禁恋》《入侵者》和《日烦夜烦》为文本，讨论"不可触摸的伤口"（untouchable figure of the wound）。文章先对南希的身体哲学进行了诠释：身体是存在的形式，并不依赖物质或者话语而存在；"身体存在于界限（limits）之间，在物质连续体的裂隙之间，就如同其存在于感觉连续体的裂隙之间"（p. 11）。而身体之间的接触或者触碰才能构成人的存在，或者按照南希的说法，就是区隔出存在的空间。这种看法强调了个体之间的依存关系。莫雷认为德尼的《军中禁恋》对景物和人体的呈现方式恰好展示了南希关于空间区隔的概念：通过身体的行为来区隔出物理空间。莫雷还探讨了身体代表的另一面：他者与异化。南希根据自己心脏移植手术的经历写出了《入侵者》。这是一个有关自我与身体分裂过程的骇人讲述：在心脏移植过程中他失去的不仅是自己衰竭的心脏，而且逐渐丧失了对自己身体、身份和完整性的信心，最终成为自己的陌生人。这个故事传达了这样一种观念：身体对于人来讲具有外来性。德尼的同名电影讲述了患有心脏病的独居老水手路易（Louis）的故事：他离开了自己坐落于法国和瑞士边境上的森林木屋，从黑市器官贩子手中买到了新的心脏植入自己体内，并决定去寻找多年前遗弃在南太平洋的儿子。在塑造这个感觉到自己在逐渐疏离自身身体和周遭环境的男人形象时，德尼的电影呼应了南希对自身异化感的描述。人成为自己的陌生人，而"陌生人就是入侵者"（Streiter，2008，p. 59）。

　　在《日烦夜烦》这部有关食人的惊悚片里，对身体的表征迫使观者直面欲望和死亡的紧密关联性。莫雷指出南希在他对这部电影的论述中提供了一种独特的视角，那就是对一个微小细节的关注：女人肩膀上的一块咬痕。这个影像实际构成了一个隐喻：从吻到咬的跨界已经暗示了性与死亡的直接联系。同样，触摸也可能发展为"撕裂"（Morrey，2008，p. 17）。如南希所讲，《日烦夜烦》就是一部与身体直接相关的电影——有关皮肤的电影。在这部充满血色和暴力的电影中，南希认为德尼那充分展现皮肤质感的特写镜头几乎制造了皮肤即银幕的效果。南希的论述展示了其身体影像的哲学意味："当血液从皮肤上迸发出来时，身体的真相就出现在它的肢解和撕裂中；皮肤不再起包裹的作用，而变成了一个被冲破的表面。残缺的身体揭示了它的内在性，它的深度以及它生命的秘密"（Nancy，2008，p. 8）。

三、女性身体与主体性

　　另外一派比较占主导的解读来自女性主义电影批评。从德尼的第一部故事片《巧克力》开始，她的许多影片都对女性欲望有所关注。目前对于这个话题的讨论多集中于德尼 2002 年的电影《荒唐周五夜》（*Vendredi soir*）。这部电影改编自法国女作家艾玛纽埃尔·贝尔内（Emmanuèle Bernhei）的同名小说。在巴黎一个周五的晚上，女主人公劳拉（Laure）收拾好行李（她将在第二天搬到男友家去住）准备前去和朋友共进晚餐。但是由于巴黎公交工人罢工，她开的车在路上陷入了拥堵。而就在这漫长的塞车途中她邂逅了一位男子让（Jean）并发生了一夜情。电影的结尾没有再交代两人的关系是否会有后续。

乔·哈德威克（Joe Hardwick）的《私人交通工具：克莱尔·德尼的〈荒唐周五夜〉和法国电影中移动的都市女性》（"Transports privés：Claire Denis's *Vendredi Soir* and the Mobile Urban Woman in French Cinema"，2010）讨论了在城市空间中的女性"漫游者"（flâneuse）的形象（2010，p. 193）。哈德威克认为近年来法国电影中对于游荡者（the wanderer）的塑造因性别差异而存在明显的对比。以男性为主角的漫游者电影常会把颠沛流离的男主人公设置为经历不同旅程的英雄，而在塑造"流动中的女性"（mobile woman）时她们的身份往往是妓女、疯癫者或者有暴力倾向者（p. 193）。德尼的《荒唐周五夜》却提供了另外的视角来看待女性。哈德威克首先把《荒唐周五夜》的女主角置于"漫游者"的文学及电影谱系中来解读女性行动的意义。其次，对于男女主人公的邂逅，她主要从三方面来考察女性自我（female self）与男性他者（male other）之间的关系："性暴力的威胁""罗曼史"以及"存在主义层面上对意义的追寻"（p. 194）。此外，哈德威克将这部电影与其他塑造"在移动中"的城市女性的文本（包括电影）联系在一起，例如阿涅斯·瓦尔达《五至七时的奇奥》（*Cléo de 5 à 7*，1962）、"漫游诗歌"（flâneur poetry）以及《小红帽》故事的各种变体，并指出这些文本都涉及本片所涵盖的一些主题："有男性他者的参与""女性作为凝视的客体或者主体""自我转变的可能性"（ibid）。

尼尔·阿切尔（Neil Archer）在《性、城市和电影：克莱尔·德尼〈荒唐周五夜〉中女性观影的可能性》（"Sex，the City and the Cinematic：The Possibilities of Female Spectatorship in Claire Denis's *Vendredi soir*"，2008）中提出德尼的电影"唤起"（evoke）一种女性电影空间（2008，p. 245）。《荒唐周五夜》在女性主义框架下的解读意义在于提供一种重新定义女性欲望、女性快感和女性主体性的可能。在城市空间这个问题上，阿切尔指出塞车这个事件在此片中"不再自动地与个人主义和消费社会带来的灾难联系在一起，而是与一种产生主体间性的新经验的可能性连接"（p. 246）。女主角劳拉不是作为观者经验的隐喻，而是其化身（embodiment）。文章也提到本片女性摄影师阿涅斯·戈达尔（Agnès Godard，德尼的长期合作伙伴）对创造女性电影空间的重要作用，认为她的摄影摆脱了惯例性的固定镜头对人物的客观化凝视，强调一种更游移和微观的、陌生化的（defamiliarizing）视觉呈现（p. 252）。同时文章还指出男女主角的相遇体现的是一种梦的逻辑（dream-logic）：男主角以一种出其不意的、在霓虹闪烁的夜景中幻觉似的方式出现在女性面前（影片中比较明显的一点是女性作为凝视者、男性作为"景观"）。同时，这种出其不意的出场也打乱了所谓男性出于绝对被看的形式，并未使得观看的权利绝对落在任何一方手里。有关道德的讨论，阿切尔认为应该在电影本体的范畴考量：女主角并非是一个真正的存在，而是一个可认同的（identificatory）电影形象，通过这个形象，女性电影的快感"作为社会现实的插曲性的体验而发生"（p. 256）。也就是说，电影带给观众一种可供幻想的空间，使观众获得另类的体验甚至"另外一种意识所制造的记忆"（ibid）。

德尼新近的两部作品展现了与其以往不同的创作路径，《心灵暖阳》（*Un beau soleil intérieur*，2017）和《太空生活》（*High Life*，2018），同时又延续了对身体的关注。法国著名女演员朱丽叶·比诺什（Juliette Binoche）在这两部电影中都塑造了散发着强烈情欲色彩的中年女性形象。《心灵暖阳》是德尼职业生涯中又一部具有创意的改编作品（罗兰·巴尔特的《恋人絮语：片段》）。在这部浪漫悲喜剧中，她改变了以往以"感觉"为中心的影像风格，转而以对话来推进叙事。比诺什扮演的伊莎贝尔（Isabelle）是一位五十多岁、生活在巴黎的艺术家和母亲，离异的她穿梭于不同的男人之中，却始终难以找到真爱。影片有多处对身体的呈现，并通过衣着来展示伊莎贝尔的性感魅力和热烈的情欲。正如艾丽卡·巴尔索姆（Erika Balsom）所指出的，很难找到像《心灵暖阳》这样将中年女性的性以一种具有共情力、复杂性和快感的方式表现出来的电影（2017）。

与伊莎贝拉这个人物相呼应的是《太空生活》中的迪布斯医生（Dibs）。《太空生活》是德尼首部科幻题材的英文对白电影，在风格营造上比较贴近之前对影像、感觉和情绪渲染的侧重。故事背景设立在未来，罪犯们以被放逐至外太空献身科学事业的形式服刑。男主角由英国演员罗伯特·帕丁森（Robert Pattinson）饰演。他是迪布斯医生在太空舱进行人类繁殖实验的工具之一——他的精子被植入另一位女性囚犯体内，最终孕育了一个女婴。太空舱里的人逐一死去，他与女儿成为最后活下来的人。艾玛·威尔逊（Emma Wilson）认为迪布斯医生是一个女魔头（Female Monster）的形象。这位以"造物主"身份凌驾于囚犯们之上的医生总是身着白色紧身大褂，一头浓密的长发就像水流一样随着身体的扭动而散发性感魅力。威尔逊认为德尼对这两部电影中的女性角色塑造有非常类似之处：中年（同一演员扮演）、性感外表以及女性性欲和肉体感觉（corporeal feeling）的突显。她还指出，这种诸如关注"女性衰老和生命阶段转变的女性主义相关问题被德尼放入了更广泛的有关驱逐和死亡的议题之中"，体现了德尼新的情感关注面向（2019，p. 21）。

德尼电影的主角并非总是由女性担当，而"诗意""浪漫"这样的词也并非女性导演的必然标签。在她的电影中女性可以非常强悍、热烈，并对自己的身体拥有自主权。

本文梳理并总结了西方学界对德尼电影的主要研究成果，这些研究主要围绕"身体"展开。而作为女性电影作者，她的影片也时常表现出对女性欲望和主体性的探索。除了上文所谈及的研究视角和观点，也有学者考察了电影中的音乐、镜头的运用特点以及剪辑的节奏等。目前对于德尼其他作品的研究还相对较少，如《35 杯朗姆酒》（35 rhums，2008）、《白色物质》（White Material，2009）、《混蛋》（Les salauds，2013）以及新片《心灵暖阳》和《太空生活》。

引用文献：

Asals, K. (2007). The silent, black centre in the early features of Claire Denis. *Cineaction*, 71 2—8.

Balsom, E. (2017). Bad Boyfriends. *Art Forum*. Retrieved from http://www. artforum.com/ film/erika-balsom-on-claire-denis-s-let-the-sunshine-in-2017—75001.

Beugnet, M. (2004). *Claire Denis*. Manchester: Manchester University Press.

Beugnet, M. (2007). *Cinema and Sensation: French film and the art of transgression*. Carbondale: Southern Illinois University Press.

Hardwick, J. (2010). Transports privés: Claire Denis's *Vendredi soir* and the mobile urban woman in French cinema. *French Cultural Studies*, 21(3), 192—201.

Hayward, S. (2001). Claire Denis' films and the post-colonial body: with special reference to *Beau Travail* (1999). *Studies in French Cinema*, 1(3), 159—165.

Hole, K. (2013). Claire Denis. *Oxford Bibliographies*. Retrieved from http://www. oxfordbibliographies. com. ezproxy. is. ed. ac. uk/view/document/obo-9780199791286/obo- 9780199791286-0225. xml.

Martin, A. (2006). Ticket to Ride: Claire Denis and the Cinema of the Body. *Screening the Past, 20*. Retrieved from http://tlweb. latrobe. edu. au/humanities/screeningthepast/20/ claire-denis. html.

Mayne, J. (2005). *Claire Denis*. Chicago: University of Illinois Press.

McMahon, L. (2008). The withdrawal of touch: Denis, Nancy and *L'Intrus*. *Studies in French Cinema*, 8(1), 29—39.

Morrey, D. (2008). Open wounds: body and image in Jean-Luc Nancy and Claire Denis. *Film-Philosophy*, 12 (1), 10—31.

Nancy, J. (2008). Icon fury: Claire Denis's *Trouble Every Day*. *Film-Philosophy*, 12 (1), 1—9.

Neil, A. (2008). Sex, the city and the cinematic: the possibilities of female spectatorship in Claire Denis's *Vendredi soir*. *French Forum*, 33 (1—2), 245—260.

RiO, D E. (2003). Body transformations in the films of Claire Denis: from ritual to play. *Studies in French Cinema*, 3(3), 185—197.

Streiter, A. (2008). The community according to Jean-Luc Nancy and Claire Denis. *Film-Philosophy*, 12(1), 49—62.

Wilson, E. (2019). Love me tender: new films from Claire Denis. *Film Quarterly*, 72(4), 18—28.

作者简介：

胡沥丹，四川大学外国语学院教师，英国爱丁堡大学博士，四川大学中国语言文学博士后流动站在站博士后，主要研究方向为电影与性别。

Author:

Hu Lidan, lecturer of the College of Foreign Languages and Cultures, Sichuan University. She is also doing a post-doctorial study in the Chinese Department of Sichuan University. Her current research interests include film and gender.

E-mail: lidanhu2015@163.com

Rewriting, Reality, and Aesthetics: Cinematic Narrative of *One Flew over the Cuckoo's Nest*

Liu Shimeng

Abstract: American fiction *One Flew over the Cuckoo's Nest* was adapted to a feature film by American director-auteur Milos Forman in 1975. As one of the most accomplished literary adaptations in film history, Forman's *Cuckoo's Nest*, through its employment of dialogical interaction between the objective observation of camera and characters' points of view, seeks the cinematic narrative of creating a shared reality about the division between social institution and individual freedom with his contemporary spectators. The aesthetic politics of *Cuckoo's Nest* lies in the exposure of human incompetence in their farcical moments and grotesque greatness in an integration of tragedy and comedy. It offers the spectator a chance to negotiate with the filmic reality, thereby establishing a shared understanding about what might be authentic or false.

Keywords: cinema; narrative; rewriting; reality; aesthetics

改写、现实与美学——《飞越疯人院》的电影叙事

刘识萌

摘　要：美国作者型导演米洛斯·福尔曼在 1975 年将《飞越疯人院》这部小说搬上了大荧幕。作为电影史上最负盛名的文学改编作品之一，福尔曼的《飞越疯人院》结合了客观与主观世界，并用摄影机镜头和人物视角的对话式互动对原故事的单一视角进行改写。通过在不同的电影层次上对多组对立概念做辩证性结合，

该电影创造了一个共享的现实。它的美学政治在于，以悲喜剧为基调，在电影的荒谬时刻对人性的弱点进行揭示。在电影对共识性现实的建构中，《飞越疯人院》为观众提供了一次与现实进行协商的机会，由此使观众参与，并分享对现实中真实和虚假进行定义的感性经验。

关键词：电影　叙事　改写　现实　美学

American novelist Ken Kesey's novel *One Flew over the Cuckoo's Nest* (1962) has been enormously popular among college students and sold millions of copies. When it emerged in the early 1960s, its messages extended to every segment of American society. Director-auteur Milos Forman adapted this fiction to the screen in 1975, as his second feature film in Hollywood. The cinematic narrative transposed this story to a historical context more than a decade after its first publication, starring Jack Nicholson as the hero, and Louis Fletcher as the Big Nurse. In 1976, it garnered five major Academy Awards, achieving to be one of the most accomplished literary adaptations in American film history. Most critics recognize the film's success, but also discern Forman's deviation from the adapted text. The wide acceptance of Forman's *Cuckoo's Nest* builds on its rewriting of the novel by replacing the surrealism with realism, integrating the comedy into tragedy, and refraining from an easy attack on the social system (Canby, 1975; Cowie, 1975; Walker, 1975).

Forman's rewriting is achieved by cinema aesthetics. Stylistically, this film is quintessential of the aesthetic transformation to create a filmic reality inclusive of shared social concerns. Through its employment of dialogical interaction between the first and the third person perspectives, the film self-reflexively explores a modest ideological position in extremes of fanatic dogmatism and utopian individualism, embodied by Nurse Ratched and McMurphy respectively. By this effort, Forman seeks a cinematic narrative to create a possible world with shared social understanding toward the tension between social institution and personal freedom among his contemporaries.

I. Milos Forman and His Poetics of Cinema

Milos Forman (1932 − 2018), before his immigration to the United

States, is one of the founders of Czech New Wave and its new cinematic style in the 1960s. Historically and politically, his vision of cinema styles grows as the opposition to the stony academicism of the Stalinist aesthetics. The film of Stalinist aesthetics requires "an absolutely homogeneous image of itself" (Liehm, 1983, p. 211), representing the ideal world with stereotypes and scripts approved beforehand, and without flaws and ambiguities. Forman recognized that his world was dominated by theatrical performances and void gestures without real meaning when he went to the movie theatre at the age of five (Liehm, 1975, p. 3). His early experience of film told him that images in his surroundings were fabricated and fake, and actors were only "hollow loudspeakers for hollow ideas" (Liehm, 1983, p. 212). Cinema was not made to reveal, but to gloss over the world of hatred and distress.

All of his experiments of film making in Czechoslovakia aimed at defying the Stalinist aesthetics, and his artistic freedom was thanks to the de-Stalinization politics of government in the early 1960s (Bates, 1979, p. 494). In 1968, Forman left his country and immigrated to the United States. In order to establish himself in the States, he spent many years on waiting for the script of authentic American tale. He had never heard of *Cuckoo's Nest* or even Kesey, but when he read it he knew immediately that this would be his first truly American film (Hames, 2005, p. 127), because it is about a group of people, living in the margin, and a hero, who is and also is not what he intends to be, presents among them and leads a revolt against the well-ordered but cold mental hospital (Sturhahn, 1975, p. 26). When the ambiguous human nature confronts the unambiguous bureaucratic machine, cracks of the institution that are hidden under the surface will be exposed in those characters' ironic behaviors and farcical moments with a tragic undertone. Although Forman worked with glamorous professional actors for the first time, he kept his style and poetics of cinema. His ironic undertone resulting from the mixture of comedy and tragedy set a compromise with American optimism for the story's conclusion. His European films needed to conclude with an emphasis on the melancholy vagueness, but his American works demanded a sense of hope in spite of the ugly reality. Forman remained faithful to the novel at the final moment of assurance, but his "realist and humanist" (Hames, 2005, p. 127) reading bore more relation to his understanding of the world in the 1970s and the humans in it, than to the idea of pleasing Kesey's readers.

II. *Cuckoo's Nest* as Filmic Rewriting

Forman turns *Cuckoo's Nest* from an unequivocal textual assertion for the priority of individualism to a cinematographic construct of social reality, uniting dialectically antitheses and perspectives at different levels. In so doing, *Cuckoo's Nest* aligns itself with Bazinian understanding of the reality of film. Bazin(1981) insists on the realism of cinema, which gives him a measure to compare the art of film production as the ontological equivalent to any other universe-constructed arts. The assumption central to Bazin's understanding of cinema as part and parcel of reality is that he argues against the existence of the unmediated and pure reality, that is to say, the reality as well as the cinematic reality, is composed of a set of concerns shared socially. From this perspective, Forman's *Cuckoo's Nest* extends a gesture to construct a cinematic reality that is no less real than the reality out there.

Forman rewrites Kesey's story about the terror of the overwhelming Establishment to the one that exposes human incompetence in their farcical moments and grotesque greatness in an integration of tragedy and comedy. Kesey's story is Chief Bromdon's story, who, as the narrator and the witness of the solidifying American society, pretends to be deaf and mute in the hospital for the purpose of evading oppression. Although the narrator in the novel suffers from the split personality, therefore his vision appears to be mythical, absurd and unbelievable, he is hardly an unreliable narrator, for what he reveals is still "the truth, even if it didn't happen" (Kesey, 2007, p. 8). By him, the reader gets to know the prophecy of American society, in which the inhumane pressure has been incessantly exerted to keep its orderly operation. If anyone ever wants to announce his/her individuality that doesn't conform to the routine of social machine, s/he will be sent to a discipline organization, like this mental hospital. Kesey tries to warn people that they are about to lose freedom to be themselves in a society that valorizes machinelike operation than individuality. The narrator calls the mysterious and cold social machine "the Combine", which has a complete and invisible control of the whole country. Chief Bromdon says, "All up the coast I could see the signs of what the Combine had accomplished [...] a train stopping at a station and laying a string of full-grown men in mirrored suits and machined hats, laying them like a hatch of identical insects, half-life things [...]" (Kesey, 2007, p. 205). Under this omnipresent and omnipotent power combined across the nation, people become spiritually and physically identical, they are not even humans with personal nuances, for they are just "half-life things". And the mental hospital, for narrator, is the microcosm and even the center of "the Combine", by which Nurse Ratched is the incarnation of its oppressive power.

While McMurphy, in the eyes of the narrator, is a Christ-like figure for he blatantly rejects to conform to disciplines of the ward. He is not like anyone else, and he seems to be not from this world. "He walked with long steps, too long [...] The iron in his boot heels cracked lightning out of the tile. He was the logger [...] the swaggering gambler, the big redheaded brawling Irishman, the cowboy out of the TV set [...]" (Kesey, 2007, p. 171). There is almost no escape out of "the Combine". But when McMurphy realizes that the survival means to spiritually kill yourself and most of the patients stay in the ward by their own choices because they fail to conform to "the Combine" in the outside, he decides to fight for people's life and soul against the hospital with little chance of victory. One of his followers Dale Harding remarks, "Don't ever be misled by his backwoodsy ways; he's a very sharp operator, level-headed as they come. You watch; everything he's done was done with reason" (Kesey, 2007, p. 223). So he consciously chooses to sacrifice himself to save his followers and others. He gathers his disciples in the ward, leads them to a life with spirit and soul, and teaches them how to be away from their old selves. Without any wrong deeds, McMurphy dies on the cross-like electro-shock table only because his existence is a threat to the authorities. But the one who receives his teachings, Chief Bromdon has the final salvation from the earthly Satan. Slater thinks that the true hero is the Chief, because of the influence of McMurphy, the Chief has experienced a complete spiritual growth and by his individual responsibility he gets out of the hospital, and his spiritual maturity, different from McMurphy's rashness, prepares him for the future battle with the society (1988, p. 47).

If Kesey's McMurphy appears to be a figure of Superman, then Nurse Ratched has little humanity in her. Far distant from the ordinary people, she is a corporeal robot with a mechanical heart, an obvious living symbol of the invisible but overwhelming power of conformity. In the narrator's illustration, Nurse Ratched always sits in the center of a control system, keeping everyone under her surveillance and manipulating them according to her will, in the meantime keeps transferring between the ward and "the Combine" to make sure each part of the giant machine operates smoothly. Chief Bromdon describes her job like this: "When a useful product goes back out into society, all fixed up good as new, better than new sometimes, it brings job to the Big Nurse's heart; something that came in all twisted different is now a functioning, adjusted component[...]" (Kesey, 2007, p. 36). Thus she is the one to fix malfunctioning component of the machine. She performs to be gentle in her work towards patients, but when confronted with threats, she turns to be brutally dogmatic. Not only spiritually machinelike, Kesey also renders her physically monstrous by giving her a pair of oversized breasts. Those breasts are not for feeding infants for she has never been a mother, but only for terrifying patients of her inviolable solemnity as a symbol of sterility.

All these "larger than life" characters in Kesey's story become more human and more recognizable in Forman's film. He achieves this effect by removing the Chief from his novelistic role of narrator, and instead observes all characters mainly through the eye of the camera, with occasional uses of subjective perspectives. McMurphy still fights with Nurse Ratched against her control, but he does this not for the salvation of life and soul of Americans. And Nurse Ratched is neither the incarnation of social machine nor the monster of evil; she becomes the bureaucratic tyrant only of this ward, not the center of "the Combine" anymore. She and the hospital still valorize the discipline and conformity, and McMurphy is as well the disobedient figure who is not willing to compromise his individuality with the institution. But both of them do it for their own purposes of justifying their own power. In cinematic rewriting, the main characters lose their surrealistic images and become ordinary humans (Walker, 1975). Like each one of us, they intend to be good and great, and struggle for success and power. But their incapability because of human deficiency makes them appear to be pretentious and satirical. Forman rewrites the story from a protest against the conformity of the 1950s to the one that reveals the truth of modern human existence (Kennedy, 1981).

III. Creating a Reality through Cinema Aesthetics

Forman's *Cuckoo's Nest* takes the camera's observation of the discrepancy between nature and modern society as the anticipation of creating a filmic reality based on dialectical inquiry of consensus on divisions between freedom and imprisonment, individuality and conformity, hero and devil, sanity and insanity. Antithesis between wilderness and modern man has been anticipated in the opening sequence as a sarcastic overtone in addition to its literature counterpart. The first shot of a vast wilderness in front of huge mountains establishes the association between nature and freedom, in the meantime the separation between the natural and human worlds. The dawn light breaking up clouds naturally lights up the long shot of those big mountains framed in the background. The honking of geese intermittently vibrates through the soundtrack, setting the still shot of nature into a harmonization of inanimate and animate beings. Following the singing of birds is the rhythmic drumbeat by Native Americans, which is then orchestrated by a delicately sorrowful harmonica. Despite the camera offers a presentation of nature with sanctifying admiration, the harmonica adds "a mocking tone" (Slater, 1988, p. 48) to it. Emerging from left to right of the frame is the red headlight of a police car, which introduces elements of human intervention into the self-contained nature. Actions and technologies of modern man bring vigor as well as disturbance to the experience of freedom in nature.

Antithesis between nature and civilization has been immediately confirmed when the shot gazing at mountains cuts to a mythic interior shot that closely examines those sleeping patients who are residing in the state psychiatric hospital. They are sleeping in bunk beds that are arranged together in an open space without any protection of personal privacy. Surveying each of them from head to feet, the camera mimics the surveillance of Jeremy Bentham's Panopticon, which is an invisible control by institutional watchman when the inmates are not even aware of it. The omnipresent visibility of camera suggests its role as the accomplice of the mechanism of "panopticism" (Foucault, 1995, p. 216), and the executor of its disciplinary power. In these shots inside the asylum, the cinematic apparatus has established itself as a disinterested observer.

The introduction of Nurse Ratched establishes her identification with the institution's order and conformity. Her visualization offers a living embodiment of the panopticism as a structure of hierarchical power, a mechanism particular to modern disciplinary society that has been anticipated by the surveilling eye of camera. Dressed in a dusk cloak of pure black, she walks through iron-mesh door that represents, in the film, the gate to the world in the outside. Above the main gate, there hangs a red light bulb that functions to detain inmates, but also to remind them of their close proximity to freedom. Before her physical presence, the camera waits patiently inside the gate at an angle lower than waist. The ward appears to be grisly silent, and movements of Nurse Ratched compose the only dynamic portion in the frame. Compositionally, she becomes the most forceful figure in the ward. Her black costume disguises her femininity, and the camera establishes her as the dictator of the hospital ward in its shot with a tone of venerability (Slater, 1985, pp. 132—133). As she approaches, the camera looks up and enlarges her stiff, condescending façade. In the frame, the juxtaposition of Nurse Ratched and the red light associates her with the institutional hindrance to the freedom in nature. Later, a back shot shows that she walks into the middle of three hospital aides, who are doing the daily chores in the hallway. The hierarchy of power between Nurse Ratched and her African American subordinates has been introduced through the stage design in the scene, in which the other three men, all in white uniforms and holding tightly their mops, seem to bow down to their "queen", yielding a sense of complete resignation.

Contrary to the dominance of Nurse Ratched is the passivity and disenfranchisement of the patients (McCreadie, 1977). Take Pete Bancini, who suffers from brain damage and chronic drowsiness, as an illustration. Looking into his ward from the iron-fenced cell gate, the camera captures his expression of extreme scariness when one hospital aide unlocks his door and hastens him out of the bed. Entirely passive, Bancini has not been allowed autonomy in self-management, evidently assuming the role of being deputized by hospital agents. On the contrary, Nurse Ratched's aide has the power to unshackle Bancini, and also enjoys the initiative to question him.

Replacing surrealism of the fiction with realism of the film, Forman switches Chief Bromden's subjective perspective to a dialogism between cinematic objective perspective and characters' subjective ones. Through the objective shot of camera, the Chief has obtained an authentic portrayal and therefore become more recognizable. He is the observed rather than observer in the transition from first-person to third-person narration. It is shown more clearly he is a latent challenger of the oppressing institution, although his revolt is silently accumulative. His minor discontent with the routine anticipates the introduction of a real revolutionist, McMurphy.

No matter how heroic McMurphy seems to be in the novel because of the Chief's paranoid sanctification, his greatness has to be compromised in the negotiations of subjective and objective perspectives in the cinema (Simon, 1982). McMurphy is led in handcuffs to the hallway of this mental institution. The camera reproduces the introductory pattern of Nurse Ratched when he gets in, the parallel in form indicating their impending rivalry in the story. Situated in the middle of the hallway, it seems that the camera is waiting and evaluating his force. Dressed in casual clothes, McMurphy appears more prominent than the two guards who are on his sides in drab uniforms. His fresh appearance in the institution also arouses a public interest that is evidenced by the traveling camera. An objective shot captures a patient, behind the window gate, casting a look mixing hostility, curiosity and contemplation at McMurphy, a gesture to establish gaze focus on him and also suggest the audience his importance in promoting the plot development. Visualizing his perception that the hospital is a more comfortable place than work farm, a low angle shot exhibits his smirk growing rapidly into wild roars of laughter when he is removed from restraints of handcuffs. Even though the low camera angle intends to establish him as a heroic figure, his monkey-like flying jumps like a clown in the meantime belittle him. His demeanors free of restraints evidently deviate from other patients, who stare at him in the sweeping staircase indifferently.

Cinematized to be more human than superman, the shot/reverse shot in the conversation with Doctor Spivey frames and edits McMurphy into an equivalent characterization. They enjoy the commensurate medium close-ups, and also the equal right of speech. McMurphy has even been allowed to smoke in the office and to disturb the flow of talk as he out of sudden punches on the desk. They take turns to become each other's addresser and addressee, no one gaining priority overthe other. One of Doctor Spivey's photos memorizing the moment he chaining a chinook serves in this sequence as a metaphor of the battle between the rebel and the authority-holder. In the photo, Doctor Spivey lifts up a huge fish of great length and weight. Although it is a symbol of man's power, Doctor Spivey acknowledges that taking that fish in front of the photographer costs every bit of his strength. As a parallel to the conversation between him and McMurphy, it implies that to wrestle with those anti-authoritarians would eventually cause destruction to both sides.

The camera records McMurphy's obsession with power, which is identical with Nurse Ratched. From an observer to a leader, McMurphy exercises influence on his adherents by setting his own rules and establishes his authority by making exclusive interpretation of his rules. In scenes from basketball-playing to cards-playing, McMurphy switches his role from a physical education teacher to a table-rule maker, from passing on information to producing knowledge. While playing cards, he takes out a pack of cigarettes and stipulates one cigarette equivalent to one dime. When Martini attempts to violate his rule through breaking a cigarette into halves and replaces it with a nickel, an observing shot hiding at the back of Martini records that McMurphy, with a smoking cigarette in his mouth, demonstrates his means to veto Martini's proposal and claims it nonsense.

The film arranges McMurphy to know, after he having done so many challenges to Nurse Ratched, that he has to pay his freedom as the price for his actions. More reckless than strategic, what McMurphy has done is not a sublime cause for an overall liberation on behalf of other patients, but it is properly considered to be a willful release of his excessive natural impulses. He does not even know there is consequence to his action until the fourth therapeutic meeting. To harass Nurse Ratched is equal to taking the risk of being retained in the ward as long as forever. Once he knows the truth and the fact that most patients are voluntary in their residence in the hospital, McMurphy expresses repentance to the past. Through editing the sequence at this moment, the motivation underlying McMurphy's heroism is cast into serious doubt.

IV. Shared Understanding with Spectators

Bazin believes that the aesthetic of cinema needs to be social; otherwise it is a cinema without aesthetics at all (1981, p. 37). He means, cinema needs to find a way of connecting itself with the social milieu where it is produced, providing its spectators the chance to release their psychic needs. While pursuing the narrative coherence and the filmic realism at the same time, Forman's *Cuckoo's Nest* reveals its connection between cinema aesthetics and reality by demonstrating its ambiguity and uncertainties about the American myths constructed in the novel. Its aesthetic politics (Rancière, 2011) lies in the doubts lingering on the heroism of the Christ-like figure and the evil of the oppressive bureaucrat. Instead of constructing a consensus reality, Forman's dialectical uses of camera, actors' performance, settings, colors, and even the images of digressions all subtly point to the disruption of the narrative progress. In doing so, it liberates the spectator's film experience from its orderly arranged causal relationship, and reserves more space for spectator's individual reflections.

The spectators are offered a role to negotiate with the filmic reality, therefore establishing a shared understanding about what should be considered as authentic. To achieve this intersubjective acknowledgement, Forman firstly places privilege on human actions. Compared to the characters in the novel whose actions are filtered by the Chief, Forman widens the landscape of human faces by freeing the camera from its restraint within a particular perspective. The eye of camera objectively follows and records each character's actions, which sometimes contradict their proclamations and make those figures appear more inconsistently ironic. The reality of cinema does not come from its replication of the unchangeable objective world, but is rooted in the "pick and choose" according to the cinema aesthetics (Bazin, 2005, p. 26). Even though the filmic reality is constructed through artifice, rather than is retrieved directly from a raw perceptual reality, the purpose of aesthetic choices coming with realism is not for creating illusion but for helping cinema to restore integrally the reality.

While Forman's stress on human actions, faces and expressions prepares the gesture of film to negotiate with its spectators, the fulfillment of this negotiation requires the participation of human subjectivity (Rosen, 2003, p. 44). The viewing subjects' approach to the filmic reality constructed by the objective camera has to be realized by their own modes of postulation. Each time Forman registers the cinematography of long take and deep focus, such as the first introductions of McMurphy and Nurse Ratched; the close-ups of McMurphy when he waits for Billy and Candy, and in the process of lobotomy; and the close-up of Nurse Ratched when she is in the meeting with the management, it is the time when Forman tries to elicit the judgment and response of the spectator concerning the meaning of a scene. Being in the presence of actors/actresses' actions, and being cognitively absorbed in the disruption and suspension of cinema aesthetic upon narrative coherence, the spectators negotiate with the filmic reality as if they are living in the experience of film.

References:

Bates, R. (1979). The ideological foundations of the Czech new wave. In L. Jacobs (Ed.), *The Emergence of Film Art* (Second Edition). New York, NY: W. W. Norton & Company.

Bazin, A. (1981). *French Cinema of the Occupation and Resistance: The Birth of a Critical Esthetic* (S. Hochman, Trans.). New York, NY: Frederick Ungar.

Bazin, A. (2005). *What is Cinema? Vol.* II (H. Gray, Trans.). Berkeley, CA: University of California Press.

Canby, V. (1975). Cuckoo's nest—A sane comedy about psychotics. *New York Times*, November 23, Section II.

Cowie, P. (1975). *One Flew over the Cuckoo's Nest. Focus on Film*, 23(6), 4−5.

Foucault, M. (1995). *Discipline and Punish: The Birth of the Prison* (A. Sheridan, Trans.). New York, NY: Vintage Books.

Hames, P. (2005). *The Czechoslovak New Wave* (Second Edition). New York, NY: Wallflower Press.

Kennedy, H. (1981). Ragtime: Milos Forman searches for the right key. *American Film*, December.

Kesey, K. (2007). *One Flew Over the Cuckoo's Nest*. New York, NY: Penguin Books.

Liehm, A. J. (1975). *The Milos Forman Stories*. White Plains, New York: International Arts and Sciences Press.

Liehm, A. J. (1983). Milos Forman: The style and the man. In D. W. Paul (Ed.), *Politics, Art and Commitment in the East European Cinema*. New York, NY: St. Martin's Press.

McCreadie, M. (1977). *One Flew over the Cuckoo's Nest*: Some reasons for one happy adaptation. *Literature/Film Quarterly*, 5(2), 125-131.

Rancière, J. (2011). *The Politics of Aesthetics: the Distribution of the Sensible* (G. Rockhill, Trans.). New York, NY: Continuum.

Simon, J. (1982). *Reverse Angle: A Decade of American Film*. New York, NY: Clarkson N. Potter.

Slater, T. J. (1985). *Milos Forman: The Evolution of a Filmmaker* (Unpublished doctoral dissertation). Oklahoma State University, Stillwater, Oklahoma.

Slater, T. J. (1988). *One Flew over the Cuckoo's Nest*: A tale of two decades. In W. Aycock & M. Schoenecke (Eds.), *Film and Literature: A Comparative Approach to Adaptation*. Lubbock, Texas: Texas Tech University Press.

Sturhahn, L. (1975). *One Flew over the Cuckoo's Nest*: Interview with Milos Forman. *Filmmakers Newsletter*, 9(2), 26-31.

Walker, B. (1975). In the picture: Cuckoo's Nest. *Sight and Sound*, 44(4), 216-217.

Author:

Liu Shimeng, Ph. D. in English Language and Literature at Sichuan University, and graduate student in Educational Research at the University of Calgary. Her research interests are American literature and cinema, and mathematics education in K-12 system.

作者简介：

刘识萌，四川大学外国语学院英语语言文学专业博士，现在加拿大卡尔加里大学攻读教育学硕士，研究方向为美国文学与电影、K-12体系内的数学教育。

书　评　● ● ● ● ●

文学史叙事的虚构与真实：评乔国强的《叙说的文学史》

张　旭

作者：乔国强

书名：叙说的文学史

出版社：北京大学出版社

出版时间：2017

ISBN：978－7－301－28885－6

　　乔国强教授的《叙说的文学史》是首部用叙述学方法讨论"文学史叙事的一些带有本质性的问题及其属性和特点的学术专著"（乔国强，2017，p.5）。这个讨论不仅仅是"建立在对西方学者文学史观梳理的基础上"（p.5），更是建立在作者本人长期从事文学批评、文学史研究和叙述学研究的基础上。

　　本书共分为7个章节。第一章，作者全面梳理了20世纪50年代至今的西方学者关于文学史的研究，其中着重介绍了勒内·韦勒克（Rene Wellek，1903—1995）的文学史观，讨论韦勒克对于"新批评"派的基本主张和观念的继承与发扬。作者肯定了其对文学史研究的贡献：他"注意到了'结构'与'价值'的相对性和相互之间的依存关系"（p.90）；同时对其局限性也进行了批评："其落脚点最终还是回到了'新批评'派所谓审美价值体系与社会价值体系无关的框架中去"，"总体上没有超出'新批评'对文学的认知范围"（p.90）。第二章，作者从符号学、叙述学、历史学和伦理学等跨学科角度对文学史叙述中的述体、时空及其伦理关系进行了讨论。在第三章中，以顾彬

《二十世纪中国文学史》为例，作者重新界定并阐释了叙事中的"秩序"这一术语。第四章，作者借用荷兰历史学家弗兰克林·安克斯密特（Franklin Rudolf Ankersmit，1945— ）提出的历史表现这一概念，从认识论的角度出发，得出文学史的表现叙述不同于一般历史表现叙述的"一元论"，而呈现出"多元化"，并就文学史表现叙述的本质及其独特属性进行了讨论。第五章，作者从文学史也是文本化的过程这一事实出发，探讨了文学史的虚构性，并得出文学史的"虚构"即文学史的"真实"，而澄清文学史的虚构性本质，可以帮助人们最大限度接近真实，回归历史。第六章，作者进一步探讨文学史的虚构与真实，从"可能世界"理论出发，得出"文学史写作并非是单一价值层面的写作，而是一种由三个价值层面，即'虚构世界''真实世界'和'交叉世界'共同构建而成的综合体"（p. 235）。最后一章，作者集中讨论文学史中的叙事主题、叙事的话语时间以及叙事的故事话语，从这三个方面来看文学史的叙事性以及文学史的叙述策略，以更好地处理"文学史写作中所不可缺少的两个价值维度，即过去的文学史实和当下的审美体验，之间的关系"（p. 288）。

　　朱光潜在西方美学史的研究中提出，"美学史所研究的是过去美学思想的发展，主要是文艺方面美学思想的发展。美学史与美学只有一点不同：美学更多地面对现在，美学史更多地面对过去。但是这个分别也只是相对的：美学固然不能割断历史的联系，美学史也必须从现实出发"（朱光潜，1983，p. 399）。朱光潜对美学史研究的这一点心得体会放在文学史研究中也一样适用，文学史的研究及写作也是文学史家以自己的文学史观与过去的文学家及文学史家的文学史观进行一番较量的结果。在《叙说的文学史》中，乔国强教授也就文学史及其写作如何处理好"古老的史实"与"当下的审美体验"之间的关系，文学史中的"虚构"与"真实"的关系以及文学史中体现的文学的"社会价值"与"审美价值"之间的关系进行了讨论。这些关系都是我们在文学史及其写作中必然要面对，却相互对立、相互冲突的关系。因此，在对立中见出统一、在冲突中见出和谐正是文学史家力图做到的事情，而这也恰是本书写作的一个目的：希望"从叙述学角度来看文学史及其写作，可以让我们像外科医生一样，进入到文学史文本肌体的内部探测个究竟；也可以让我们借助于这种审视，厘清文学史文本内、外之间的关联和互动关系，窥见一些深层结构所具有的意蕴，并借此找出一些带有普遍性和规律性的东西"（乔国强，2017，p. 5）。文学史作为一种叙事，如何看待其虚构性，是正确认识文学史的一个关键问题，这也是贯穿全书的一条线索。

　　文学史作为一种叙事，其虚构性的本质是研究文学史无法逃避的话题，虽然国内外对文学史的研究众多，从叙事的角度讨论文学史，并且讨论文学史的虚构性问题的却是很少的。其原因有两点：首先也是其主要原因是"多数学者对文学史叙事的研究理念还不够理解"（p.7）；其次，"这与体制或文化氛围、意识形态也有一定关系，因为文学史以'史'的名义高高在上的，它是权威的象征"（p.7）。对于任何历史的研究，除了探寻历史的真相，其最主要的目的就是要做到"古为今用"，对过去的研究，其出发点和落脚点都必然是现实。因此，对于文学史的虚构性问题的研究绝不是宣扬历史虚无主义，而将文学史作为一种叙事，充分认识、研究其虚构性的本质，不单有助于人们更好地认识历史、回归历史，更有助于文学史研究及其写作的进一步发展。为了更好地研究文学史叙事的虚构性问题，在《叙说的文学史》中，作者借用了若干叙述学、符号学、历史学等其他学科的术语，并对这些术语重新进行了界定与阐释。第二章的"述体"，第三章的"秩序"，第四章的"表现叙述"以及第六章的"可能世界"理论都是这方面的尝试。本文以第二章的"述体"与第六章的"可能世界"理论为例，对本书中理论的借用与创新做简单探讨。

　　在第二章中，作者将法国符号学家高概（Jean-Claude Coquet，1928—　）和法国结构主义语言学家 E. 本韦尼斯特（Émile Benveniste，1902—1976）两人分别提出的"二重述体"结构合并、修改为一个"三重述体"结构（p.98）：文学家本人的身体存在、文学家投射到文学史文本中的叙述者以及文学史文本，并以王瑶的《中国新文学史稿》文本中出现的前后矛盾、冲突为例充分讨论了在"不言说的身体与书中言说的叙述者之间出现的对撞与分裂，乃至悖论"（p.103）。作者在第二章中也同时对"时空"和"伦理"两个概念的内涵重新进行了界定与阐释，并讨论了文学史的"三重述体"性质如何影响文学史叙事的"故事时空""话语时空"，同时"决定了文学史叙事时空的伦理关系及其规约"（p.123）。在第六章中，作者首次把"可能世界"理论运用于文学史的研究。文学史不同于一般意义上的历史，两者的区别主要在于文学史研究及其写作要面对大量虚构的文学文本，而"可能世界"理论作为一种开放式的理论，其目的是认识世界本质及属性，同时探讨世界真实性与虚构性两个方面。

　　该著对一些已有的叙事学、历史学、符号学等学科的术语重新进行界定与阐释，使之成为我们在面对新的叙事体裁和研究新的叙事问题时更有力的武器。这种做法无疑具有十分重要的认识论和方法论上的意义，作者在书中也指出"西方叙事学研究为我们提供了很好的认识论和方法论，对认识叙事的本质、机制、意蕴等有很大的帮助。不过，西方学者提出的叙事理念和研究方法并不足以完全涵盖日益多样化和复杂化的各类叙事和随之产生的各类问题。因此，我们还需要在已取得的研究成果的基础上有所改进，有所创新。通过修改一些叙述学术语、概念，重新界定其内涵和属性，扩大其外延或应用范围，使我们面对丰富多变的叙事时，能够更多地和有效地进行解读"（p. 161）。路程在《文学史的内部解剖：评乔国强教授〈叙说的文学史〉》一文中也引用了这一段，并认为这种做法"避免大而化之、悬空的意识形态或者审美审判，这对文学史的研究来说无疑具有巨大的方法论意义"（路程，2019，p. 207）。除此之外，这种做法具有更重要的现实意义与理论意义。理论意义体现在，利用原有的其他学科术语，对其重新进行界定与阐释，在为文学史研究开辟方向、摸索新的道路的同时，也是对原有的理论术语的丰富和原有的研究领域的拓展；现实意义就在于《叙说的文学史》进行若干术语的改造，由此取得了研究上的突破，这对后续的文学史研究及其写作具有十分重要的启发性意义，对相关学科的研究者也起到一定的示范作用，并使得文学史及相关研究呈现出更大的丰富性。其实，这种做法的理论意义与现实意义，作者在第六章的开篇部分提道，从"可能世界"理论出发建立全新的文学史观，使得"为多种文学史写作范式的出现开辟了道路的同时，也丰富了'可能世界'理论的内涵，并拓展了该理论的研究领域"（p. 236）。在面对新的、陌生的研究领域和问题时，作者善于利用已有的研究成果和研究方法，在其用起来"不顺手"时，敢于对已有的理论、术语进行大胆的改造与创新，这样做不仅可以在面对新的领域与问题时找到研究的视角、方向和道路，更是对原有理论、术语内涵及应用的极大丰富，对其研究领域的极大拓展。

《叙说的文学史》讨论的主要内容是文学史叙事的虚构性问题，文学史叙事的虚构是文学史写作必然的结果，是文学史研究无法逃避的问题，可以说，文学史叙事的"虚构"即文学史叙事的"真实"。文学史作为一种叙事，其撰写者——文学史家这一叙述主体的"三重述体"性质决定了文学史叙事的虚构性。文学史家首先作为一个个体或者说作为一个"身体"存在，不是一个抽象的人的概念，而是生活在一定的历史时期、一定的社会环境之中，这也就决定了文学史家的"身体"这一部分无法摆脱历史时代和社会环境的影响，而有时候时代和环境的制约恰恰是影响文学史家写作的决定性因素。因此，哪怕是"以个人的名义撰写的文学史看起来与'集体'没有关系，其实还是有着密切关系的，因为他/她都是生活在具体的时代和具体的环境中的，不知不觉中就会受到来自集体意识的侵蚀和影响，这都会导致以个人名义写就的文学史，其实最终反映了主要还是那个时代的共鸣意识"（p. 95）。这是导致文学史的虚构性的一个根本原因，文学史家写作的视角往往被限制在具体的历史时代和社会环境之中，只能以有限的视角进行写作，导致了文学史写作中必然存在大量的"偏见"，而这些"偏见"又是任何人都无法避免的。但是，从另一个角度来看这个问题，当文学史叙事的虚构性本质被了解了以后，在阅读文学史的时候人们就会有意识地注意那些来自作者的评价和介绍，因为这些地方恰恰是文学史家本人的文学史观和理论体系的反映与呈现，也就是"文学史叙述者的述体作为一个介质，既处于物质的时空，又处于文本这一隐喻时空中。因此，作为叙述者的他/她或如镜子般地折射，或如种子般地反映了处于物质时空中的述体"（p. 114）。《叙说的文学史》利用叙述学理论、术语对文学史及其写作进行更加细致入微的分析，从"述体""时空""秩序"以及"叙述主题"等诸多方面对文学史及其写作进行解剖，其目的绝不止于将文学史叙事的虚构性本质暴露于众，而是进而探寻虚构的根本原因，从"隐喻时空"追溯到"物质时空"，在回答了"为什么虚构是文学史本质"这一问题之后，由虚构重新回归真实，回归历史。书中举了大量这样的文学史文本的例子，仅以王瑶的《中国新文学史稿》和夏志清《中国现代小说史》为例做简要说明。王瑶和夏志清两位文学史家，都存在着"不言说的身体和言说的叙述者两者之间的矛盾和冲突"（p. 106），反映在其文学史著作中就表现为"文本中出现前后不一致，甚至前后矛盾的问题"（p. 106）。两个人都是同时承受来自文学史写作时要体现文学作品的审美价值和社会价值两方面的要求，而自身的审美体验与当时社会的意识形态又往往冲突、矛盾，这些冲突矛盾又反映为文本的前后不一致。而在认清了文学史叙事的虚构性本质后，从文本中体现矛盾的地方，利用叙述学理论方法，可以追溯这些矛盾产生的根本原因，从而帮助读者了解文学史家自身的文学史观和理论体系，最终在了解这些"偏见"并尽量减少这些"偏见"之后，让读者看到一个更加真实的文学史。

文学史叙事的虚构性本质还有另外一个重要原因，除了文学史家，文学作品、文学家、文学事件以及文学流派等，也不是纯然存在于虚空里的概念，它们同时也诞生于一定的历史时代和社会背景之下，而在经过长期的历史进程和社会环境发展变化之后，其本身的内涵与外延都会随之发生变化。因此，关键的问题是我们能否把握住文学的历史进程，而我们又将如何把握这一历史进程。面对这样的问题，很多文学史家或者文学批评家都会滑向两个极端，对这两个极端，勒内·韦勒克和奥斯汀·沃伦（Austin Warren，1899—1986）主编的《文学理论》有详细的论述。第一个极端就是所谓的"文学重建论"，其目标就是还原历史，将历史和现实割裂开来，把历史当作静止的世界来看，这也是韦勒克坚决反对的一种倾向，即认为"文学史有其特殊的标准与准则，即属于所在时代的标准与准则"（韦勒克 & 沃伦，2005，p. 37），并要求批评者"站在古人的视角，接受古人的内心世界并接受他们的标准，竭力排除我们自己的先入之见"（p. 37）。另外一些"文学重建论者"主张文学的重要目的在于"重新探索出作者的创作意图"（p. 34）。这些"文学重建论者"一方面将历史与现实割裂，从片面静止的角度看待历史；另一方面，完全无视读者在文学的审美接受过程中，在文学批评和文学阐释中发挥的积极主动的作用。忽视了读者在文学史构建中的地位，那么文学史就会成为一个脱离社会现实的"虚构"产品。"文学的历史不仅仅是一个审美生产的过程，而且也还是一个审美接受的过程。缺乏了读者的参与，这个过程就不完整"（p. 232）。韦勒克对"文学重建论"进行了有力的反驳，他提出"一件艺术品的全部意义，是不能仅仅以其作者和作者同代人的看法来界定的。它是一个积累过程的结果"（韦勒克 & 沃伦，2005，p. 36），他反对的理由却是不尽如人意的，即他认为"文学重建论者"的工作是"不必要也不可能成立的说法。我们在批评历代作品时，根本就不可能不以一个 20 世纪人的姿态出现……我们不会变成荷马或乔叟时代的读者……想象性的历史重建，与实际形成过去的观点，是截然不同的事"（p. 36）。韦勒克因为"文学重建论者"的工作不切实际、不可能实现而彻底地放弃这项工作，这就使得韦勒克自身滑向了另一极端，实际上是延续了"新批评"的传统，即将文学作品与创作者乃至读者完全分开，认为艺术有其独立的生命价值，进而将文学艺术作为一个独立的系统，将其原有的审美价值与社会价值完全割裂开来，只关注文学艺术作为独立的系统其自身的发展，只关注其审美价值。这种只关注文学体系的"内部研究"实际上是将原本复杂的问题简单化，"尽管文学的发展有其自身的规律和特点，但是，作为人类的一种精神活动和社会实践，文学并不单独存在，无法从与之相互依存的诸多关系中完全彻底地抽离出来"（p. 83）。我们无法还原历史的原貌，这一点正如韦勒克所说，"我们不会变成荷马或乔叟时代的读者"（韦勒克 & 沃伦，2005，p. 36），但是这不意味着我们无法了解历史，同时，我们不需要也并没有把整个文学史与文学批评建立在想象的基础上，"文学批评者不可能，也没有必要成为该作品出版时代的读者，但是我们有可能从相关史料中或多或少地了解该时期的读者，而后者正是文学史写作所应努力克服的方向"（p. 87）。面对不可能还原的历史，人们很容易陷入历史相对主义，试图用自己的想象来重建历史，与此同时，也很容易将历史的进程片面化，将复杂的问题简单化，但是作为文学史家，应在能收集到的真实的历史资料和能证实的历史史实的基础上开展自己的工作，文学史写作的困难性也正是文学史家努力的源头之一。

《叙说的文学》把叙述学理论作为手术刀，像医生解剖一样深入文学史内部，力图分析讨论文学史本质及其相关属性。本文仅就文学史叙事的虚构性问题进行了简单的探讨。文学史叙事的虚构性本质主要来源于两个方面：其一是文学史家无法摆脱时代与环境的制约，在文学史写作中不可避免地存在大量的"偏见"；其二是文学自身的意义与价值也要随着历史进程和社会发展而发生变化。运用叙述学理论对文学史叙事的虚构性本质进行剖析，有助于人们在了解文学史写作中存在的"偏见"之后，努力消除"偏见"，在面对无法把握的历史进程时尽量基于真实的历史资料和可证实的历史史实最大限度地还原历史。"换句话说，承认文学史的虚构性，是为了让文学史写作能最大程度地接近真实，至少能让人们意识到那份难以言传的真实。"（p. 234）

引用文献：

路程（2019）. 文学史的内在解剖：评乔国强教授《叙说的文学史》. 中国比较文学，2，206－210.

乔国强（2017）. 叙说的文学史. 北京：北京大学出版社.

韦勒克，勒内 & 沃伦，奥斯汀（2005）. 文学理论（刘象愚，等，译）. 南京：江苏教育出版社.

朱光潜（1983）. 朱光潜美学论文集，第三卷. 上海：上海文艺出版社.

作者简介：

张旭，四川大学外国语学院研究生，主要研究方向为英美文学和文学理论。

Author

Zhang Xu, postgraduate of College of Foreign Languages and Cultures, Sichuan University. His research fields are English and American Literature and Literary Theory.

E-mail：saulzx2018@163.com

评米克·巴尔《绘画中的符号叙述：艺术研究与视觉分析》

古晶莹

编者：段炼

作者：米克·巴尔

书名：《绘画中的符号叙述：艺术研究与视觉分析》

出版社：四川大学出版社

出版时间：2017

ISBN：978-7-5690-1491-4

米克·巴尔是当代西方学界的前沿跨学科学者。她将文学研究同艺术史研究和视觉文化研究结合起来，将西方学界的艺术史、视觉文化、文学分析研究推向了新前沿。在其译文集《绘画中的符号叙述：艺术研究与视觉分析》中，巴尔从当代符号学的角度出发，对西方艺术史进行研究，聚焦于绘画中的符号叙事和视觉分析问题，阐述其能指与所指之间的文化运作。

巴尔对艺术史的研究，关注的是理论、方法和实践三个方面，她从阐释学出发，关注图像符号的多重解读和意指延伸，将静止的符号延伸为行为和事件符号，段炼称其理论和方法为"视觉叙事符号学"。而译文集《绘画中的符号叙述：艺术研究与视觉分析》也正是巴尔的"视觉叙事符号学"理论、方法和实践相关著述的一个合集。这部论文集逻辑严密，不仅关注巴尔"视觉叙事符号学"理论的阐述，也关注其理论与实践之间的方法论连接，最后落脚在艺术史研究的实践之上。

一、跨学科的视觉叙事符号学

米克·巴尔关注的是跨学科研究，在这本论文集中，她融合了叙述学、符号学、精神分析等方面的内容，全面介绍她的视觉叙事符号学的理论、方法和实践三方面的内容。

　　第一辑"符号理论"选用的三篇论文主要阐述米克·巴尔视觉叙事符号学的理论。第一篇论文《看见符号：从符号学理解视觉艺术》中，巴尔对皮尔斯的符号概念的三元关系，即符号、解释项、再现体的三元关系重新进行了阐释，将皮尔斯的符号概念引入艺术史研究。同时，巴尔分析了罗兰·巴特的五种符码：行为符码、阐释符码、符号符码、规约符码和指涉符码，认为这些符码共同产生了一种包含某种文化的叙事，帮助观者理解图像。第二篇论文《作为符号学理论的叙事学》通过细读图像，从符号视角讨论视觉叙事的问题，跨越艺术与文学的界线，将叙述学引入符号学。该文的上篇主要讨论的是跨学科叙事的问题，通过分析人类学和艺术史研究中的叙事问题，指出了人类学与艺术史研究的符号特征。巴尔注重以读者为导向的研究，她指出，从读者的视角看，从形式到观念即从艺术作品到阐释的过程，是符号的意指过程。巴尔以图像细读为艺术史研究的基础，以文化分析来升华艺术史研究的意识形态。该文的下篇研究叙事符号的一种特殊形态，即来自文学之戏中戏的独特视觉现象"象中象"，这一专门研究以视觉细读为其阐释图像符号的叙事性提供了实践的基础（米克·巴尔，2017，p. 3）。第三篇论文《艺术与跨界符号》扩大符号理论的跨学科性，将精神分析引入叙事研究，使视觉叙事符号学获得更广泛的理论支撑。在该文中，巴尔以符号学理论为媒介，讨论一些将艺术史与其他学科结合起来的成功案例，主要是弗洛伊德和拉康的精神分析与视觉叙事的关系。巴尔在引入精神分析的理论时，强调主体的作用，即艺术史研究中史学家和批评家的作用。在符号的传播链中，这是解码者的作用，呼应了巴尔符号学对读者之阐释功能的倚重（p.4）。巴尔将凝视当作符号的能指链，引出了"聚焦"的议题。聚焦即观者的视角，在此，读者也就是精神分析和叙事研究的连接点，而这一点的生效，又有赖于历史语境，是为巴尔之文化分析和读图实践的意识形态特征。

　　在符号学的传播链上，编码者、符码、解码者、传播语境四者的协作，是符号系统运作生效的必要条件。巴尔的视觉叙事符号学方法重在视角，关注的是解码者，也就是读者视角。在巴尔的整个视觉叙事符号学中，读者（观者）导向是一个极为重要的概念。第二辑"符号方法"的三篇译文，主要探讨的都是视角这个问题。第一篇论文《解读艺术：从读者视角出发》主要关注的就是"换框"的问题，即观者与历史文化语境的问题。巴尔指出，每一个解读行为都发生在特定的社会历史语境中或所谓的框架中的，这种语境框架制约了可能被解读出来的含义。而在特定的语境下解读图像，首先涉及的就是挪用的问题，即把图像置于另一个文本中，完成换框。这种重构文本语境的行为，会使读者或观画者看到图像新的含义，而这种行为与历史诠释是不同的，这正好丰富了图像的意义。第二篇论文《解读符号：从类型符码到意指失谐》中，巴尔指出，现成的绘画分类标签起着旧画框的作用，因为它们能引导观者理解作品及其细节。在解读的过程中，不同的分类标签之间的阐释会产生冲突即失谐，致使其中的某一细节成为失谐的符号，这就解构了分类标签之前自成一体的图像意义。之后，巴尔对图像进行换框，关注图像的文本传统和视觉传统，理解其中的各种内涵丰富的细节，然后再分析写实解读和文本解读之间的矛盾，重构图像的意义。在此，巴尔指出，图像中的符号就是事件，而正是旁观者使得这些事件发生。第三篇《解读图像：从视觉认知到观照故事》解读伦勃朗的绘画，通过细读图像和视觉认知分析其绘画的叙事性。巴尔关注图像的"前文本"，即绘画的故事语境，从而指出图像与同一绘画传统之间的互文性。在这样的互文性的影响之下，观者更多会关注绘画的用喻方法，这是观者解读图像的一个重要方面。

　　第三辑"符号实践"关注的是巴尔的视觉叙事符号学的实践问题，选用的三篇译文依次呈现艺术史研究从视觉再现经视觉修辞而达于视觉叙事的推进和接续过程（p. 143）。第一篇论文《视觉再现：聚焦与窥视》主要关注"聚焦"问题。在这篇论文中，巴尔从苏珊娜故事表现出来的视觉传统中对窥视的运用出发，指出聚焦即话语对绘画解读过程的重要影响。巴尔将聚焦分为外在式聚焦和内在式聚焦，认为二者的相互关联在框架即语境中产生话语的混合。聚焦是视觉叙事的起点，在对艺术的解读实践中，通过细节分析、装框和换框（挪用）等操作引入话语间性，从而使作品意义具有可持续性，视觉艺术的意义根据不同的聚焦关系而变化（p. 143）。第二篇论文《视觉修辞：贯通图文的寓言符号》研究的是视觉绘画中的修辞方法。巴尔首先指出臆想式分析对解读图像意义的不足，即臆想式符号解读削弱了修辞的力度，使得人们只能形成片面的认识。而修辞事先能够构建事实，然后构建意义，即修辞给事实提供意义。分析修辞，辅以臆想式解读，对于帮助观者解读图像具有重要意义。其次，这对于发现符号在观者身上的作用也具有重要意义。第三篇论文《视觉叙述：父子关系及其神话》从神话学切入，将文化人类学和精神分析的方法引入视觉叙事研究以及文化分析中。巴尔的研究以文学作品作为绘画作品的前文本或称神话原型。观者通过比较文学与绘画，可以了解这一神话原型在绘画中的叙事方式，从而理解视觉与文化形象之间的关系。

　　总之，巴尔的视觉叙事符号学注重跨学科的研究，将叙事学、符号学和精神分析结合起来，以观者为导向，从读者的视角去解读作品。

二、视觉叙事的起点：观者

一般来说，符号传播链至少有四个方面：编码者、符码、解码者和传播语境。传统的艺术研究主要关注的是艺术家和作品：在研究艺术作品时，主要关注作品的时代背景、内容、风格以及表现形式等，从历史语境中去寻找作品的意义或者是在艺术作品中去找寻历史发展的规律，将艺术当作政治、社会文化和心理的反映，艺术创作的接收者或者说是观者、读者则被放到次要的位置上（郑伟，2018）。而米克·巴尔的视觉叙事符号学主要关注的是读者或者说是观者，也就是解码者，她认为，作品的符号传达的不是作者的意图，而是读者的意图。

在巴尔的视觉叙事符号学理论中，信息的来源不仅包括艺术家和作品，还包括观者，她研究的重点是图像与观者之间如何产生联系和互动。首先，巴尔借用皮尔斯的符号三元关系，阐明解释项即读者或者观者在意义生成中的重要性，认为读者是意义生成的起点。皮尔斯认为，符号活动的过程有三个途径：可以感知的或近乎可以感知的事项，即符号或者说再现体，它用来代表其他事物；符号在接受者大脑中形成的图像，称作解释项；符号所代表的事物本身，即对象或者称指称项。（巴尔，2017，p. 6）在此，巴尔不仅将解释项即观者或读者看作意义的内容，也看作意义生成的起点。也就是说，巴尔认为艺术作品所代表的对象体，在根本上是主观的，是由观者的接收所决定的。那么，观者何以成为意义生成的起点，并决定意义呢？巴尔的视觉叙事符号学首先把绘画作品中的各种元素和形象看作具有连续性和动态特征，即具有叙事性的符号。而巴尔认为，这些绘画形象自身并不能决定其作为符号的种类，这是由阐释者或者说观者决定的。正是观者或读者生产出符号，决定符号的效果并解读符号的意义，他们由此成为解读图像意义的主体，而艺术作品是在被读者接受和阐释之后，才成为艺术作品。

观者又是基于什么来解读作品的意义呢？观者与图像之间如何互动使得意义产生呢？视觉艺术的叙事意义是由观者基于观看的视角和视线来解读的。观者生活在特定的社会历史语境之中，在阐释作品时，观者当下所处的文化历史语境不可避免地介入其观看和阐释的行为中，使得观者的阐释不可避免地受到观者的生活经验的影响。同时，艺术作品的意义也是基于当下的历史语境和观者心理的。在此，观看艺术作品也就是艺术作品和观者之间交流的过程，也就成为一种生产意义的过程，艺术图像的意义在观者的解读中生成。此外，观看图像的视线就是一种视觉叙事，而不同视线的交接处，就是事件发生、发展和转折之点，这些就构成了事件符号的叙事体系。（段炼，2017）而这一叙事体系是动态的，观者的视觉感知在作品中运动，观者根据自己的个人体验和文化历史语境选择性地关注作品的不同方面，从而建构起自己关于图像的意义。由于不同的观者的关注点各不相同，观者选择的进入自己的图像阐释体系的符号也就不一样，因此图像内部的各种符号就都具有了参与作品意义建构的可能性，都有可能参与到与观者的互动之中。

由此来看，在巴尔的视觉叙事符号学中，视觉分析始于观者将视觉艺术中的符号视为事件，从而使之像词语一样具有叙事意义，并在动态的、以观者为主导的解读行动中，通过聚焦和框架分析等操作重构事件的意指过程，进而生成图像意义。

三、视觉叙事中的关键词：聚焦与装框

巴尔的视觉叙事符号学重视的是观者的视角，认为在不同的历史语境下，观者对艺术作品的解读参与了艺术作品意义的生成。那么，这种解读是如何产生的呢？对此，巴尔主要关注的是装框与换框，还有聚焦的问题。

聚焦这个词主要借鉴自文学叙事学。在文学叙事学中，聚焦指的是作者通过作品中人物的双眼去观察和描述其身处的世界（巴尔，2017，p. 143），即当作品呈现给读者时，其内容就已经是被作者阐释过的。就像文学叙事一样，绘画图像展示给读者的内容，包括绘画的各种要素，如点、线、光影、明暗、构图等，都是经过画家选择和阐释的，也就是说，在观者的观看过程及其图像意义阐释过程中，观者不可避免地会受到包括社会历史语境、绘画的呈现方式等的影响。这个以读者为主导的观看并不是个人化的，而是处于社会话语的框架之下的。巴尔将聚焦分为内在式聚焦和外在式聚焦。巴尔指出，"在叙事话语中，聚焦是语言能力的直接内容；而在视觉意识中，则是视觉能指的直接内容，如点、线、光影、明暗、构图。聚焦就是阐释，是主观化的内容。眼前所见即为脑中所想，是已获阐释的内容"（p. 164）。在视觉艺术中，聚焦涉及观者即聚焦者的视角和视线的问题，不同的聚焦者对同样的对象或事件所给出的阐释也是不尽相同的。在我们的观看过程中，观看行为就和解读阐释行为交织在一起，在社会文化语境的框架之下，使得作品的意义具有可持续性。

巴尔指出，框架即观者的解读行为发生的社会历史语境，是观看实践中存在的各种前文本，是被各种历时性的或共时性的因素塑造出的意义可能性。（郑伟，2018）在巴尔看来，由于观者是艺术作品意义生成的起点，而观者又

不可避免地会受到社会历史语境的影响，因此，每一个解读的行为都发生在特定的社会历史的语境中即所谓的框架中，这种语境和框架制约了作品可能被解读出来的意义（巴尔，2017，p.73）。框架分析即语境分析的关键词是换框。在解释换框这一概念之前，需要先来解释装框这一概念。装框指的是把视觉艺术作品放到特定的社会历史语境中去解读。装框是一个连续的符号活动，若无装框，任何文化活动都不可能进行。试图废除装框行为的努力是无效的，而让读者选择他们的画框则是富有意义的（p.82）。分析图像如何装框有助于赋予其历史语境，历史不会在将来的某一时刻结束，而是继续。历史用看不见的线索把其他的图像串联起来，这样就使图像的生产成为可能，而且能够反映观者的位置（p.83）。装框是解读艺术作品意义的起点，而换框指的是把作品植入读者选定的新语境中，这种重构文本语境的换框行为，会赋予艺术作品过去未曾被解读出的新的图像含义。换框涉及三个步骤：第一步是分析编码者预制的图像框架，第二步是拆除这一框架，第三步是从读者的视角在新的语境中重新设置一个读图框架。（p.71）符号学研究中的装框实践，涉及广泛，包括修辞、话语逻辑、鉴赏知识等，是对互文的、图像的、典故的装框，也是对叙事的装框（p.71）。巴尔认为，由于观者对符码的选择或者观者个人的社会文化背景不同，对图像意义的解读可能会有不同，在这样的情况之下，误读也就可能存在。但是，"解读能生产意义，因此我们所拥有的是一种解读行为，无论此种解读多么富于个人特征，它已然成为反思的对象……在艺术史的演进过程中，正是无数的解读行为构成了艺术"。在此，巴尔指出，观者对艺术作品的解读在某种程度上也是艺术史，在研究这些解读的时候，意识到谁在解读、哪个社会群体在解读的问题，意义十分重大。

结　语

　　符号学是一种阐释性的学科，从符号学的角度去研究视觉艺术，阐释绘画图像中的符号叙事与视觉分析的问题，是巴尔对当代视觉研究的贡献。作为当今西方人文学界的前沿跨界学者，巴尔将符号学和叙事学运用到艺术史的研究当中，对西方艺术史的研究具有十分重要的意义。

　　巴尔的视觉叙事符号学以读者/观者为导向，将观者看作绘画作品意义生成的起点，将绘画中的各个细节看成作为符号的事件，赋予其叙事特征。然后又从读者的视角出发去解读绘画，以读者为阐释的主角，结合读者当前所处的社会历史语境，从而解读出新的意义；而读者的解读行为，又参与艺术史的演进过程中，构成了艺术。

参考文献

段炼（2017）．米克·巴尔的视觉叙事符号学．国际视野，2，135－137．

郑伟（2018）．观看者的解读——米克·巴尔的视觉叙事理论，外语学刊，6，122－126．

米克·巴尔（2017）．绘画中的符号叙述：艺术研究与视觉分析（段炼，编）．成都：四川
　大学出版社．

作者简介：

　古晶莹，四川大学外国语学院研究生，主要研究方向为英语文学。

Author

　Gu Jingying, postgraduate of College of Foreign Languages and Cultures in Sichuan University. Her main research field is English literature.

　E-mail：amygujy@foxmail.com